KB196994

김성금 연작소설

우리들의 동창회

김성금 연작 소설

우리들의 동창회

인쇄 2024년 11 월 22 일
발행 2024년 11 월 28 일

지 은 이 | 김성금

펴 낸 곳 | 도서출판 우인북스
등록번호 | 385-2008-00019
등록일자 | 2008. 7. 13
주　　소 | 안양시 동안구 시민대로 272, 1305호
전　　화 | 031-384-9552
팩　　스 | 031-385-9552
E - mail | bb2jj@hanmail.net

ISBN　979-11-86563-37-3

값　15,000 원

이 책은 한국예술인복지재단의 후원을 받아 발간되었습니다.

김성금 연작소설

우리들의 동창회

또 가을이다. 단풍이 절정이듯, 내 인생도 절정이라고 우기고 싶다. 나는 양평의 한 농가에 살고 있다. 시골은 겨울이 일찍 찾아온다. 벌써 저녁 여섯 시만 되면 사방이 깜깜하다. 여기는 밤 문화라는 게 전혀 없다. 슬리퍼를 끌고 마실 갈 이웃도 없다. 길고양이와 먼 데서 개 짖는 소리, 가끔은 송아지 울음소리가 전부인 곳이다. 그래서 과거의 망령들이 내 서재로 찾아와 하소연하는 시간이 길다.

인생을 직진으로 산다는 건 참 어렵기도 하겠지만, 재미도 적을 것이다. 내게도 여고 시절이 있었고, 나는 곁길로 나가고 싶어 상상만 하던 여학생이었다. 그러나 그때 진짜 곁길로 나간 친구들도 있었다. 정상 궤도를 벗어난 그들의 삶은 녹록지 않았고, 학교가 얼마나 소중한 곳인지 살면서 절실하게 깨달았다. 하지만 인생을 되돌릴 수 없었다. 미로를 헤매며 정상 궤도로 진입하고 싶어도 그 방법을 모르고 엉뚱한 곳만 톺으며 살았다. 그녀들에게는 바른 길잡이 북극성 같은 존재가 필요했고 나는 그들에게 흑기사를 만들어 주기로 했다.
몇십 년째 만나지 못하는 친구들도 있고, 세상을 떠난 친구들도 있다. 다들 자신만의 인생을 살아냈을 것이다.

나는 젊은 시절, 노인 전문 소설가라는 말을 들을 정도로 노인들의 삶에 관심이 많았다. 노인도 아니면서 어떻게 노인들의 마음을 그렇게 잘 아느냐며 노인들이 혀를 내둘렀다. 그때는 그들이 나를 찾아왔기 때문이다. 그런데 지금 젊음을 통과하고 나서야 젊은 시절의 사람들이 찾아온다. 내 머릿속에는 왜 이리 많은 인물들이 살고 있는 걸까? 이번 책에는 일곱 명의 여자들이 나온다. 일곱 명 모두 나를 닮은 나의 분신이다.

항상 궁금한 게 있었다. 학교 다닐 때 칠 공주파로 활약하던 말괄량이 친구들은 어디서 어떻게 살고 있을까? 고등학교 삼 학년 시월에 학교를 떠난 아이들이 늘 걱정이 되었다. 1975년 그때는 훌륭한 선생님들도 많았지만, 거칠고 과격한 교사들도 있었다. 65명이나 되는 학생들을 다루기 힘들었기 때문일까? 따귀를 때리기도 하고, 칠판지우개를 뺨에 대고 털기도 했다. 엉덩이에 시퍼렇게 멍이 들어 절뚝거리며 걷는 아이들도 있었다. 지금은 있을 수 없는 일이었다. 그때는 언어폭력도 심했지만, 다들 그러려니 하고 참았다.

다시 열아홉 살로 돌아가는 건 불가능하지만, 나는 내 소설의 현재와 과거를 넘나들며 마음 가는 대로 세상을 주물러 볼 생각이다. 세월이 많이 흘렀지만 일곱 명의 학업을 마치게 해 주고 싶었다.

소설의 길로 들어선 지 삼십육 년이 흘렀다. 숙제처럼 이 글을 쓰고 싶었다. 독자에게 선한 영향력을 끼칠 수 없을까 봐 염려되어 접어두었는데, 자꾸 목에 걸린 가시처럼 불편했다. 내 머릿속을 차지하고 있는 일곱 명의 인물들을 세상 속으로 떠나보내며, 이제야 내 어깨에 얹힌 짐을 내려놓는다.

2024년 가을에 김성금

차 례

I. 유리벽
너머를 꿈꾸며

유리벽 너머를 꿈꾸며

1974년 7월 7일

박진경은 왕자 바위 위에 다리를 죽 뻗고 앉았다. 학교 건물 뒤쪽이 소나무숲이라 바람결에 솔향기가 날아왔다. 어디든 책을 펴고 앉으면 곧장 공간이동이 가능했다.

셰익스피어의 『오셀로』를 읽는 중이었다. 데스데모나에 대한 오셀로의 사랑…, 얼마나 사랑했으면 질투로 그녀를 죽이기까지 했을까? 두 사람의 비극에 마음이 저렸다. 셰익스피어의 4대 비극을 전부 읽었다. 희극보다는 비극의 여운이 깊게 남았다.

갑자기 왁자지껄하더니 아이들이 몰려와서 앉았다.

"야, 빨리 앉아 봐."

아이들은 품위 없이 교복 치마가 달려 올라가는 줄도 모르고 양반다리를 하고 앉았다. 스커트 밑으로 허연 허벅지가 다 보였다. 지나가는 여학생들이 흘끔거리며 바라보았다. 눈이라도 마주칠까 봐

겁을 먹은 모양새였다. 박진경은 못마땅한 표정으로 아이들을 바라보았다.

광자가 검은 비닐봉지를 부스럭거리더니 바구니에 쏟았다. 초록 상추와 풋고추가 쏟아졌다. 여섯 명이 상추를 하나씩 꺼내 쌈장을 바르고 도시락에서 밥을 한 숟가락 올렸다. 박진경도 침이 꿀꺽 넘어갔다.

"야, 팍진경! 상추 한 쌈 할래?"

박진경은 고개를 젓고 고개를 숙여 『오셀로』 속으로 다시 돌아갔다. 우걱우걱 씹는 소리가 들려서 자꾸 문장을 놓쳤다. 광자가 상추쌈을 싸서 박진경의 입에 쑤욱 넣었다. 상추와 쌈장과 쌀밥이 혀 안에서 버무려지며 유혹했다. 책을 덮고 아이들 속으로 풍덩 들어갔다.

"끝내준다."

박진경의 말에 뺨이 불룩해진 그녀들은 엄지손가락을 치켜들었다.

1974년 9월 1일

학교에 교생이 다섯 명이나 왔다. 남자 교생 하나에 여자 교생 네 명이었다. 그녀들은 담임 교생으로 남 선생님이 오기를 고대했다. H대에서 미술을 전공한 민영기 선생님이 담임 교생으로 오자 반 학생들은 환호하며 발을 굴렀다. 아침 조례 시간과 종례 시간에 얼굴을 볼 수 있기 때문이다.

학생들과 다섯 살밖에 차이가 나지 않는 여자 교생들은 시샘의 대상이 되었다. 게다가 예쁘기라도 하면 여지없이 입방아에 올랐다.

"화장을 저렇게 두껍게 하면 나도 예쁘겠다. 손톱으로 긁어 볼까?"

광자가 작은 눈을 치켜뜨며 경아의 귀에 대고 속닥거렸다.

여학생들의 관심은 담임 교생을 맡게 된 청일점 민영기 교생이었다. 굽슬굽슬한 긴 머리가 어깨까지 내려왔다. 구레나룻을 기른 총각 선생은 유럽에서 온 외국인 같았다. 여학생들은 내내 들떠 있었다. 스케치를 하기 위해 펼쳐놓은 스케치북은 하얀 백지였고, 박진경도 4B 연필을 이빨로 질겅거리고 있었다.

박진경은 옥상에 올라갔다가 민 선생이 한 여자 교생과 담배를 피우는 걸 보았다. 눈 화장을 짙게 한 교생은 담배 연기를 세련되게 불어 날렸다. 질투심으로 가슴이 뜨거워졌다. 기름이라도 부으면 활활 불이 붙을 것만 같았다.

미술 시간에 공부는 뒷전이고 선생님에게 엉뚱한 질문을 퍼부었다.

"선생님, 여자 친구 있나요? 첫사랑 얘기해 주세요."

민 선생은 붉어진 얼굴로 창밖을 내다보았다. 쑥스러워하는 모습이 보기 좋아 박진경은 목소리를 높였다.

"선생님, 첫 키스는 언제 해 보셨어요?"

"짓궂은 질문이네요. 학생 이름은?"

"팍, 박진경입니다."

광자가 큰소리로 대답하며 하마처럼 입을 벌리고 웃었다. 민 선생은 출석부로 교탁을 탁탁 내리쳤다. 소란하던 교실이 잠잠해졌다.

"저는 독신주의자입니다. 내 나이가 여러분보다 열 살 많아요.

첫사랑도 첫 키스도 당연히 안 했겠지요? 내 이야기 대신 운명적인 사랑 이야기는 해 줄 수 있는데, 괜찮습니까?"

민 선생이 독신주의자든 말든, 키스를 했든 말든 아무 상관도 없으면서 여학생들은 발을 구르며 환호했고, 책상에 턱을 받히고 민 선생님을 말끄러미 바라보았다.

"중세 유럽에 전해 내려오는 트리스탄과 이졸데의 슬픈 러브스토리입니다."

박진경은 이미 책에서 읽어 알고 있는 이야기였다. 민 선생의 테너 색소폰 같은 감미로운 목소리를 타고 이야기 속으로 풍덩 빠져들었다. 그녀는 책을 읽으면서 이미 이졸데가 되어본 적이 있어서 감정이입이 되었다. 트리스탄이 부상을 입은 채 해변에 쓰러져 죽어가고 있는 장면이 떠올랐다. 박진경은 이미 금발의 이졸데가 되어 민영기 선생인 트리스탄을 향해 달렸다.

"아무도 없는 바닷가, 트리스탄은 몸에 상처를 입고 쓰러져 있어요. 적국의 공주인 금발의 이졸데가 트리스탄을 발견하지요. 그는 콘월의 왕인 외삼촌 마크를 도우려 아일랜드에 침입하여 거인을 죽이고 영웅이 되었습니다. 그렇지만 독이 묻은 무기에 다쳐 죽어가며 악취를 풍기자, 사람들이 작은 배에 실어 바다로 떠내려 보냈던 겁니다. 이졸데는 해독제를 구해 그를 치료해 주었고, 둘 사이에 사랑의 감정이 싹트게 됩니다. 그러나 이졸데는 트리스탄의 외삼촌인 마크 왕의 아내가 되기로 정해지고 트리스탄에게 데려오라는 명이 떨어졌지요. 이졸데의 어머니는 결혼하러 가는 이졸데에게 사랑의 묘약을 줍니다. 그러나 시녀의 실수로 그만 사랑의 묘약을 나눠 마시게 된 트리스탄과 이졸데는 깊은 사랑에 빠지고 말아요. 왕과 결혼한 첫날밤, 이졸데는 왕의 침실을 몰래 빠져나와 트리스탄의 품으로 뛰어듭니다. 그러나 트리스탄은 이졸데를 외삼촌에게로 돌려보내며 눈물을 삼키죠. 그리고 홀로 멀리 떠납니다.

그리고 거기서 이름이 같다는 이유로 브르타뉴 왕의 딸인 흰 손의 이졸데와 결혼합니다. 세월이 흐른 뒤, 트리스탄은 전투 중에 또 독이 묻은 무기에 부상을 당해요. 금발의 이졸데에게 구원을 요청했어요. 흰 돛을 달고 오라고 전갈을 보냈죠. 바다를 하염없이 바라보며 이졸데를 기다리던 트리스탄은 병상에 눕고 말아요. 그제야 흰 돛이 나타납니다. 그러나 질투에 눈이 먼 아내는 검은 돛이라고 거짓말을 합니다. 트리스탄이 죽고 나서 도착한 이졸데도 그를 껴안고 죽고 말죠. 그 후 그들의 무덤에 두 그루의 나무가 솟아나 서로 가지를 뻗어 얽히더니 다시는 풀리지 않게 되었다고 합니다.”

민 선생의 이야기가 끝났는데도 여학생들은 여전히 턱을 괴고 민 선생을 바라보았다. 민 선생이 멋진 트리스탄으로 보였다. 박진경은 금발의 이졸데가 되어 비극에서 헤어 나오지 못했다.

민 선생이 한 달간의 교생실습을 마치고 떠나던 날, 교실은 울음바다가 되었다. 사람의 마음이라는 게 참 이상했다. 어떻게 그 짧은 기간 동안 큰 영향력을 끼칠 수 있을까?

“우리가 오늘 헤어지고 나면 이제 평생 못 보게 될 겁니다. 추억 속에서만 아련히 떠오르겠지요. 하지만, 여러분, 내가 보고 싶다면 매년 7월 7일 저녁 7시에 종로에 있는 Y 다방에서 만나기로 합시다. 몇십 년이 지나더라도 나는 늘 그 자리에 앉아 있을 겁니다.”

민 선생은 귀 옆의 구레나룻을 잡아 뜯으며 약속을 강조했다. 학생들을 달래기 위한 임시방편으로 제시했을지도 모를 그 약속에 펑펑 울던 여학생들은 배시시 웃으며 눈물을 닦았다.

민 선생이 떠난 자리가 휑하니 비어서 한동안 공황상태였다. 민 선생과 왕자바위 위에서 찍은 사진을 꺼내 들었다. 혜성이 오빠의 카메라를 들고 와서 사진을 찍자고 하는 바람에 다행히 추억 한 장은 건질 수 있었다. 민 선생을 가운데 두고 박진경, 광자, 경아, 김진경, 미애, 병선, 혜성 일곱 명의 말괄량이들이 사진 속에서 웃고 있다.

1974년 11월

민 선생이 떠난 후에 마음이 허허로운 그녀들은 몰려다니며 껌을 짝짝 소리 내어 씹어 대고, 다른 사람들 눈치 보지 않고 큰소리로 웃고 떠들었다. 혜성은 키가 커서 눈에 띄는 데다 건방지게 거미처럼 긴 다리를 달달 떨며 건들거렸다.

게다가 미애는 머리를 박박 밀고는 노랑물을 들여서 요주의인물이 되었다. 다른 사람을 괴롭힐 수 없으니 자기 머리나 들볶는 것뿐인데도 단체생활에서 당연히 튈 수밖에 없었다. 이옥순 선생은 미애를 붙들어 검은색 단발머리 가발을 강제로 씌웠다. 미애는 교문을 나서기 무섭게 굴레 벗은 말처럼 가발을 가방 속에 쑤셔넣었다.

그들은 가정적으로 조금씩 문제가 있었다. 병선 아빠는 밤무대에서 아코디언을 연주했다. 흰 양복을 입고 아코디언 가방을 들고 밤에 출근하는 병선 아빠는 영화배우처럼 멋졌다. 병선을 무대에 세워보려고 한국무용학원에 보내기도 했지만, 자기는 딴따라 아빠가 너무 창피하다며 도망 다녔다. 미애 엄마는 무당이었다. 광자는 아버지의 폭력 때문에 엄마가 집을 나가자, 방황하게 되었다. 박진경은 아버지가 누군지도 몰랐다. 술집 작부인 엄마는 기둥서방을 자주 바꾸었다. 경아는 원만한 가정에서 컸지만, 놀기를 좋아했다.

　도토리를 숨겨놓은 다람쥐처럼, 그들은 수업이 끝나기 무섭게 가게 뒷방으로 달려갔다. 미니스커트를 입고, 노랑머리 가발을 썼다. 이졸데의 금발처럼 노랑 가발이 바람에 휘날릴 때면 민 선생이 보고 싶었다.

　청계천 고고장 팽고팽고에 가면 부킹이 쉴 새 없이 들어왔다. 얼굴이 넙데데한 광자만 불러주지 않아서 자리를 지키고 앉아 울근불근했다. 경아는 반반한 얼굴 때문에 블루스 타임에 남자에게 붙들려서 애를 먹었다. 춤을 좋아하긴 해도 척척 들러붙어서 추는 춤은 역겨웠기 때문이다. 귓가에 불어 대는 거친 숨소리가 꺼림칙했단다. 한 번은 남자에게 붙들린 경아를 구출하기 위해 광자가 무대로 달려 나간 적도 있다. 남자들에게 술값을 떠안기고 따돌리는 것도 흥미진진했다. 낮에는 화장을 싹 지우고 청순한 여고생으로 돌아가니, 길에서 마주쳐도 몰라봤다. 죄책감도 없이 막 나가던 시절이었다. 엄마의 기둥서방은 박진경한테도 화냥기가 흐른다며 비아냥거렸다. 그 인간의 말이 박진경을 자꾸 엇나가게 했다. 캄캄한 집에 혼자 들어갈 때마다 자신이 왜 사는지 막막하기만 했다. 고등학교 일 학년 때 박진경은 술집 앞을 지나다가 봐서는 안 되는 장면을 목격하고 말았다. 교감 선생님이 엄마의 어깨에 팔을 두르고 있었다.

　"여러분, 밥이 밥주발에 있을 때 아름다운 것이지, 하수도 수챗구멍에 있으면 추하겠지요? 그러므로 여러분도 학생 신분에 맞는 자리에 있기 바랍니다."

훈화를 하던 그 점잖은 선생님이 왜 술집에 있으며, 왜 엄마를 끌어안고 있는 거지? 그 충격으로 비행 청소년이 되었다고 합리화하기에는 너무 철이 없었던 걸까?

1975년 5월 4일, 봄 소풍

왜 소풍은 걷기 대회 같냐? 다리 아파 죽겠다. 투덜거리며 도착한 도봉산이었다. 장기자랑 시간에 경아가 벌떡 일어나 나갔다. 아이들의 박수에 맞춰 춤을 추었다. 고고가 한창이라, 웬만한 아이들은 어깨를 들썩이며 춤을 출 수 있었다. 그런데 경아의 춤은 흉내조차 낼 수 없었다. 팔다리를 죽죽 뻗어가며 현란한 몸짓으로 춤을 추는 경아를 다들 신비롭다는 눈빛으로 바라보았다. 소울 춤이라는데 처음 보는 몸짓에 선생님과 아이들은 입을 다물지 못했다. 아이들은 아름다운 봄 경치도 보물 찾기도 심드렁했다. 다들 소울 춤이라는 신비함에 빠져들었다.

1975년 7월 7일

7시 약속을 지키기 위해 그녀들은 부지런히 종로를 향해 걸었다. 비바람이 우산을 자꾸 뒤집었다. 하얀 교복 상의가 다 젖어 브래지어가 비쳤다. 구두에 물이 스며들어 발이 축축했다. 신발을 벗어보니 하얀 커버 양말에 검푸른 물이 들었다.

박진경은 손수건으로 머리를 털면서 유리창을 통해 다방 안을 들여다보았다. 유리창 밖을 내다보던 민 선생과 눈이 마주쳤다. 가슴이 콩닥거렸다. 선생님! 서로 빤히 보이는데도 목소리는 들리지 않아서, 무언극을 하는 것 같았다. 손을 흔들어 보였다. 교복을 입고 다방에 들어갈 수 없어서 선생님이 다방 밖으로 나왔다.

"잊지 않고 왔구나. 그런데 너희 일곱 명이 전부냐?"

"고 삼이잖아요. 아이들 절반은 취직이 되어 실습 나갔어요. 진학반 아이들은 학원에 가야 한대요. 독서실에서 밤샘하는 애들도 있구요."

"그럼 너희들은?"

"저희들은 뭐 딱히 공부에 취미가 있는 것도 아니고요. 졸업이나 하면 다행이라고나 할까요."

박진경의 말에 광자가 못마땅한 듯, 등짝을 때렸다.

"야, 팍진경. 우리가 선생님과 약속을 지키려고 이 빗속을 뚫고 온 거지. 공부하기 싫어서 온 건 아니잖아. 팍!"

민 선생이 광자의 펑퍼짐한 어깨를 두드렸다.

"그래. 광자 말이 맞다. 오늘은 선생님이 맛있는 저녁을 사 주마. 이담에 돈 많이 벌면 선생님한테 맛난 것 많이 사 줘야 한다."

광자가 신이 나서 대답했다.

"박진경 우산이 크니까 함께 쓸까? 내가 나올 때는 비가 오지 않아서 우산을 챙기지 못했네."

일곱 명 중에서 이름이 불리자 박진경은 황홀경에 빠졌다. '우산이 크니까'라는 말은 어디론가 증발하고, '박진경 함께 쓸까'라는 말만 계속 귓바퀴에 맴돌았다. 우산을 받쳐 들고 큰길을 건너 시청

쪽으로 방향을 잡았다. 박진경 쪽으로 우산을 기울이느라 민 선생의 한쪽 어깨가 다 젖었다. 아버지 없이 자라서일까? 박진경은 또래 남학생들보다는 나이 지긋한 남자가 좋았다. 사랑의 묘약을 마신 이졸데처럼 민 선생에게로 마음이 달려갔다.

"여기가 그 유명한 무교동 낙지 골목이다. 오늘 매운맛을 톡톡히 보게 될 거야."

이 집 저 집 기웃거리던 민 선생은 허름한 이 층집 앞에서 우산을 접었다. 나무 계단을 밟고 올라가며 그녀들에게 따라오라고 손짓을 했다. 발을 디딜 때마다 낡은 계단에서 삐걱삐걱 소리가 났고, 박진경은 그 소리에도 웃음을 터뜨렸다.

"닭똥이 굴러가는 것만 봐도 웃음이 나올 때지."

광자가 자기 할머니의 말을 흉내 내는 바람에 한 번 터진 웃음이 끊기질 않았다. 2층 방은 다락방 같았다. 천장이 낮아서 고개를 숙이고 문지방을 넘어가야 했다. 상이 놓인 곳마다 양복을 입은 남자들이 앉아 있었다. 그들은 주인의 안내에 따라 겨우 하나 남은 빈자리에 앉을 수 있었다.

불판 위에서 낙지다리가 오그라지고, 뒤집어졌다.

"빨리 집어 먹어. 너무 구워지면 질기거든."

민 선생의 말에 너도나도 한 점씩 집어 들었다. 박진경도 낙지 한 점을 얼른 입에 넣었다. 순간 혓바닥에 불이 나는 것 같았다. 매운맛에 혀가 얼얼해서 맑은 조개탕 국물을 입에 물고 있었다. 못마땅한 선생들을 씹어대고, 험한 말을 입에 달고 살았는데, 매운맛에는 한없이 여린 혓바닥이었다. 민 선생은 태연한 표정으로 맛나게 씹고 있다.

옆 테이블에는 흰 와이셔츠에 넥타이를 맨 젊은 남자들이 막걸리를 마시고 있었고, 한쪽 테이블에서는 대학생으로 보이는 청년들이 노래를 부르며 어깨춤을 추었다.

"저 사람들이 추는 게 앉은뱅이 고고라는 거야. 니들은 춤출 줄 아니?"

그녀들은 서로 눈을 마주치며 빙그레 웃었다. 경아가 소풍 가서 소울 춤을 추기 시작하자 선생님들과 학생들이 놀랐던 기억이 났다. 발라드곡에 맞춰 섹시하게 허리를 돌리며 긴 팔다리를 죽죽 뻗는 동작에 넋이 나간 사람이 한둘이 아니었다. 경아는 앙큼하게도 고개를 잘래잘래 흔들었다.

음식을 다 먹고 난 후 민 선생이 담배를 피워 물었다. 다른 좌석의 남자도 대부분 담배를 피우고 있어서 실내는 안개가 낀 듯 뿌옇다.

혜성이 가방에서 사진을 꺼냈다.

"선생님이 떠나기 전날, 왕자 바위에서 찍은 사진이에요."

민 선생은 사진 속 얼굴과 그녀들의 얼굴을 대조해 가며 이름을 불러주었다.

"박진경, 김진경, 경아, 광자, 미애, 병선, 혜성 맞지?"

박진경은 손가락 사이에서 타는 담배를 물끄러미 바라보았다. 담배 한 개비를 얻어 피우면 매운 속이 가라앉을 것 같았다. 광자가 과장되게 입맛을 다셨다. 박진경은 광자의 등짝을 주먹으로 때리며 인상을 썼다.

"선생님, 학교를 꼭 졸업해야 하나요? 때려치우고 싶을 때가 한두 번이 아니에요."

"이제 6개월이면 졸업이야. 최소한 고등학교 졸업장은 따야지."

"그까짓 종이 쪼가리가 무슨 힘이 있을까요?"

"이 사회에서 정한 법칙이니까 지키는 게 좋아. 이제 졸업반인데, 육 개월만 참으면 되겠네. 내년 7월 7일에는 졸업하고 만나겠구나. 사복을 입은 멋진 모습이 기대되는걸!"

"내년에 2학년 2반 아이들이 전부 오면 반창회가 되겠네요."

"그렇겠구나. 나는 교사를 그만두고 대학원에 진학할 생각이야. 그렇게 되면 너희가 내 유일한 제자가 되는 거지."

"저희는 공부가 지긋지긋한데, 선생님은 공부를 더 하고 싶으세요?"

"그래. 너희들도 알게 될 거야. 공부할 때가 제일 좋다는 걸. 사람은 죽을 때까지 배워야 한다. 죽어야 인생을 졸업하는 거지. 비석에 쓰여 있잖아. ×× 년 졸이라고."

민 선생은 심각하게 이야기했지만, 그녀들은 이해하지 못했다. 학교만 졸업하면 끝이지. 공부를 죽을 때까지 한다는 게 이해되지 않았다. 그녀들은 무교동 낙지의 매운맛을 보고 헤어졌다. 다음 해 7월 7일 7시를 기약하면서….

1975년 10월 8일

담임선생이 윤리 선생이라 엄청 잔소리가 심했다. 오늘은 강당에서 윤리에 대한 강의가 있었다. 3학년은 절반 이상이 취업해서 나갔기 때문에 남아 있는 학생은 얼마 되지 않았다. 그녀들은 투덜거리며 강당으로 갔다. 강당 중간쯤에 일곱 명이 죽 앉았다. 강의는 역시나 졸업 후의 삶과 그 태도에 관한 내용이었다. 바르게 살아라. 밥알이 밥주발에 있을 때 아름다운 것이지, 하수구 수챗구멍에 있으면 추할 뿐이다. 그러니 금지된 곳에는 가지 말고 바른길로만 가라. 조회 때마다 듣던 말을 앵무새처럼 반복하는 바람에 광자가 도저히 못 참겠다며 자리를 박차고 나갔다. 경아와 미애, 박진경이 따라 나갔다. 병선과 혜성, 김진경이 일어서다가 윤리 선생과 눈이 마주쳤다.

"거기 세 명 이리 나와."

병선과 혜성, 김진경은 교단 앞으로 나갔다. 선생은 세 사람의 따귀를 때렸다. 전교생들 앞에서 따귀를 맞고, 세 명은 고개를 들 수가 없었다. 그리고 경아와 미애, 광자, 박진경도 교무실로 불려 갔다. 학생주임 이옥순 선생이 안경알 속의 눈을 희번덕거리며 소리쳤다. 앙칼진 목소리에 소름이 돋았다.

"담임선생이 윤리 선생인데, 이게 무슨 짓이냐? 너희들 일곱 명 모두 정학이다. 알겠나? 네놈들 앞길이 환하게 뚫린 것 같지? 네놈들 앞날은 유리창이야. 알아? 멀리까지 잘 보이는 것 같아도 코앞에서 딱 막혔거든."

그 말에 박진경이 참지 못하고 벌떡 일어섰다. 폭발이 일어났다. 내면의 폭발이 입을 통과하자 저주로 쏟아져 나왔다.

"선생님은 결혼도 못 하고, 혼자서 쓸쓸하게 늙어갈 겁니다."

교무실이 갑자기 싸해지며 정적이 감돌았다. 박진경은 껌을 잘근잘근 씹으며 학생주임을 노려보았다. 이옥순 선생은 얼이 빠져서 그 자리에 얼어붙었다.

"이것들이 아직도 정신을 못 차렸나?"

윤리 선생은 출석부로 그녀들의 머리를 하나씩 후려쳤다. 그것도 세워서 모서리로 때렸다. 눈물이 찔끔 나올 정도로 매웠다. 그것까지는 참을 수 있었다. 그러나 유리창 이야기는 심장을 도려내는 것처럼 아팠다. 그녀들은 자퇴를 하고 학교를 나왔다. 걸어 내려오면서 라면처럼 꼬불꼬불하게 병든 버드나무 줄기를 바라보았다. 하나밖에 없는 딸이 자퇴를 하자, 박진경의 엄마는 자리에 누웠다.

"너 하나 키우는 보람으로 살았는데, 이제 살고 싶지도 않다. 새벽에 지친 몸으로 들어오는 엄마가 불쌍하지도 않던? 너는 엄마처럼 살지 않게 하려고 자존심 다 버리고 이 짓 하고 있는데, 이럴 바에야 너 죽고 나 죽자."

박진경 엄마의 세 번째 기둥서방이 위로한답시고, 누워서 악을 쓰는 엄마의 머리카락을 쓸어 올렸다.

"이렇게 된 마당에 아예 바에서 일하라고 하지?"

먹지도 못하고 축 늘어져 있던 엄마가 벌떡 일어나 그의 멱살을 잡아 흔들었다.

"뭐라고? 이 미친 인간아. 내가 비록 술집 작부지만, 제 딸년을 술판에 내보내는 년이 어디 있어?"

"그 어미에 그 딸이지. 팔자 고치기가 어디 쉬운가? 저 화상이 술꾼들 군침 삼키게 생겼잖아."

그는 기어코 엄마의 염장을 지르고 내뺐다.

1976년 7월 7일

박진경은 길 건너편 2층 다방에 앉아서 Y다방으로 들어가는 동창들을 부러운 눈으로 바라보았다.

"벌써 삼십 명이 들어갔어. 쟤는 반장이잖아. 여전히 촌스럽네."

경아가 창문에 이마를 붙이고 중계방송을 하고 있다. 새내기 초년생들답게 나름대로 멋을 부렸지만, 풋풋한 모습들이다. 거기에 비하니 자신들은 산전수전 다 겪은 사람들 같다고 박진경은 생각했다. 민 선생은 꽃잎 속에 파묻힌 수술처럼 여학생들에게 둘러싸여 있다.

"우리를 찾고 계신 걸까? 자꾸만 두리번거리시네."

경아의 말에도 위로가 되지 않았다. 6개월만 참으면 졸업하지 않겠느냐고 하던 민 선생의 말을 새겨듣지 않은 게 절실하게 후회되었다. 이쪽 건물과 저쪽 건물 유리창들 때문에 민 선생의 모습은 어렴풋하게 보였다.

"야! 이놈들아. 네놈들 앞날이 뻥 뚫린 것 같지? 유리창이 꽉 막고 있다는 걸 생각해라."

학생주임의 날카로운 이빨이 어깨를 물어뜯는 것 같아 참지 못한 게 화근이었다. 어쩌다 민 선생에게 다가갈 수 없는 처지가 되고 말았는지, 생각할수록 가슴이 먹먹했다.

그녀들은 민 선생과 함께 걸었던 그 길을 더듬어 찾아갔다. 무교동 낙지골목으로 들어가 낡은 나무 계단을 올라갔다. 삐거덕삐거덕 소리를 낼 때마다 웃음을 터뜨렸었는데, 이제는 뼈마디가 아픈 소리처럼 들렸다. 고개를 숙이고 2층 문지방을 넘어가는데 민 선생의 모습이 자꾸 떠올랐다. 박진경은 낙지의 매운맛을 핑계로 울었다. 미애는, 남자들이 뻑뻑 피워 대는 담배 연기가 맵다는 핑계를 대며 코를 풀었다.

"야야, 꿀꿀하게 이러지 말고, '월드컵'에 가서 신나게 놀자."

광자가 식탁을 두드려 우울한 분위기를 깼다.

극장식 술집에 들어섰다. 웨이터가 그녀들을 정중하게 맞이하며 자리로 안내했다. 겉모습은 세련되어서, 대학교 졸업반 정도로 보였을 것이다. 키가 큰 병선은 어딜 가나 돋보였다. 하지만 겉을 아무리 치장해도 자퇴생이라는 자신들의 핸디캡을 감출 수가 없었다.

머리를 굽슬굽슬하게 기른 남자가 황금색 테너 색소폰을 불고 있었다. 흐느끼는 듯한 음색이 마음을 흔들었다. 와이셔츠 소매를 걷어붙이고 온 힘을 다해 불고 있는 곡은 이미자의 '황혼의 부르스'였다.

'황혼이 질 때면 생각나는 그 사람– 마음속에 아로새긴 당신 모습 잊을 길은 없는데.'

"아, 이게 뭐야. 트리스탄은 만날 수도 없으니. 우리는 비극적 종말을 맞는 금발의 이졸데인가?"

광자의 내레이션에 눈물이 찔끔 났다. 술에 취한 경아가 눈물을 줄줄 흘리며 술잔을 들어 올렸다. 박진경은 흰 돛대 밑에서 트리스탄이 죽을까 봐 발을 동동 구르는 이졸데의 심정처럼 속이 타들어 갔다.

1977년 7월 7일

7이 겹쳐서일까? 더 많은 아이들이 모였다. 그날도 그녀들은 작년처럼 건너편 다방에서 Y다방을 바라보았다.

혜성이 〈에쿠우스〉라는 연극 표를 갖고 와서 운니동 실험극장에 가서 연극을 보았다. 알런의 이글이글 타는 분노가 몸과 마음에까지 옮겨 붙어서 활활 탔다. 무대는 음울했고, 근육질의 말들도 무시무시했다. 연극 표를 주었던 혜성의 오빠는 여섯 마리의 말 중 하나로 출연했다. 알런이 여섯 마리의 말 눈을 꼬챙이로 찌르는 장면에서는 박진경도 복수의 화신이 된 것 같았다.

박진경은 집으로 가자마자 장롱 깊숙이 넣어 둔 엄마의 돈을 훔쳤다.

가방에 간단한 옷가지만 챙겨서 청량리역으로 갔다. 돈을 많이 벌어 성공하겠다고 다짐했다. 아무도 자신을 무시하지 못하게….

Ⅱ. 각자도생

경아의 7번 아이언

2000년

사실 옆집 재민 할머니가 경아네 집에 드나들기 시작하면서부터 마음에 바람이 들기 시작한 거였다.

"재민 엄마는 어디 다녀요? 저도 직장에 다니고 싶은데 취직하기 쉽지 않아요."

"철이 엄마도 많이 배웠남? 우리 며느리는 대학원에서 경영학을 전공했다우. 무역회사 차장이라 엄청 바빠요."

경아는 열등감에 얼굴이 화끈거렸다.

"철이 엄마도 고등학교는 나왔을 거 아니우? 우리 때는 국민학교 나와 한글만 쓸 수 있어도 다행인 시절이었지. 지금은 대학을 안 나오면 사람 취급도 못 받는다고 하더구먼."

재민 할머니는 경아가 고등학교를 다닌 것 같지 않다는 말투로 은근히 떠보는 것 같았다. 경아는 자퇴했다는 걸 들킬까 봐 가슴이 두근거렸다. 재민 할머니는 광고지를 한 아름 안고 있었다.

"이거 한 번 읽어봐요. 엘리베이터 앞 게시판에 붙이려고 가는 길이라우. 저쪽 길 건너 새로 지은 건물에 우리 아들이 골프 연습장을 냈거든."

재민 할머니가 광고지 하나를 뽑아 주었다.

"저한테는 딴 나라 이야기 같네요."

말은 그렇게 하고 들어왔지만, 딱히 할 일이 없던 터라 소파에 앉아서 광고지를 들여다보았다.

여성회원을 모집합니다. 오전 열 시

KPGA 프로 선수가 직접 일대일 레슨합니다.

옆집 남자를 유혹하기 위해 일부러 계획하고 헤어스타일을 바꾼 건 아니었다. 재민 엄마는 마흔세 살, 경아랑 동갑이라는데 삼십 대 초반으로밖에 보이지 않았다. 찰랑거리는 단발머리 때문일 거라는 생각이 들었다. 단발머리 여고 시절에는 경아도 남학생들 꽤나 울리고 다녔다. 머리카락을 잘라야겠다고 마음을 먹자, 갑자기 긴 머리카락이 싸구려처럼 느껴졌다. 남편 보기 좋으라고 불편을 감수할 필요는 없지 않을까 하는 생각마저 들었다.

"단발로 잘라주세요."

미용사가 가위를 들고 망설였다.

"이십 년 넘게 고수하던 머리를 자르려구요? 무슨 심경의 변화라도?"

뒤통수에서 싹둑싹둑 가위질 소리가 나자 가슴이 덜컥 내려앉았다. 바닥에 떨어진 머리카락은 그냥 무생물일 뿐이었다. 그런데 바닥에 툭툭 떨어지는 머리카락이 자신의 살점이라도 되는 듯 아프게 느껴졌다. 이렇게 잘라버리는 게 남편을 배신하는 건 아닐 거라고 생각했다. 그런데 그 작은 배신이 이제는 영영 돌이킬 수 없는 큰 배신이 되고 말았다.

머리카락이 귀밑에서 찰랑거렸다. 재민 엄마의 지적인 능력은 따라가지 못하겠지만, 헤어스타일만큼은 아주 흡사했다.

골프장 문 앞에서 들어갈까 말까 망설이는데, 자동문이 스르륵 열리는 바람에 깜짝 놀랐다. 옆집 남자가 벌떡 일어났다. 경아는 당황스러워서 몸을 비비 꼬았다.

"어? 어쩐 일이십니까?"

골프 연습장에 운동하러 왔다고 말하려고 했는데, 구경하러 왔다는 말이 툭 튀어나왔다.

"구경이요? 허허. 저는 재민 엄마가 온 줄 알고 깜짝 놀랐습니다."

그가 환하게 웃으며 의자를 권했다.

"저는 여기서 공 프로라고 불립니다. 제가 사장도 하고 레슨도 하고 커피 심부름도 하고, 북 치고 장구치고 다 합니다. 커피 한 잔 드릴까요?"

옆집 남자의 다정하고 장난기 섞인 목소리에 몸 둘 바를 몰라 몸을 비비 꼬았다. 참 이상도 하다. 같은 여자끼리 있을 때는 모든 게 자연스러운데 남자를 만나면 몸이 알아서 교태를 부린다.

"사모님은 삼십 대 중반쯤으로 보여요. 우리 재민 엄마랑 동갑이라고 들었는데요?"

공 프로는 커피를 뽑아다 주면서 웃었다. 그의 말투는 버터를 바른 것처럼 느끼했지만, 마음이 끌렸다. 이 남자를 재민 엄마에게서 뺏고 싶다는 엉뚱한 생각이 들었다. 다른 아이의 장난감을 뺏고 싶은 어린아이 같은 심정이었다고나 할까?

"우선은 골프화만 사시고, 골프채는 여기 공동으로 쓰는 걸 사용하세요. 한 삼 개월쯤 후에 사모님에게 맞는 골프채를 제가 골라 드릴 겁니다."

공 프로는 7번 아이언을 꺼내와 잡는 법부터 가르쳐주었다. 7번 아이언이 기본이 되는 클럽이라고 했다. 어깨에 힘을 빼라며 커다란 손으로 어깨를 붙잡을 때마다 어깨가 경직되었다.

"남자분들은 대부분 퇴근 후에 오기 때문에 오전에는 사모님들이 한가하게 연습할 수 있습니다."

하지만 보름 동안 여자회원들은 등록하지 않았다. 아무도 없는데서 기본기를 배우는 게 영 어색했다. 그래도 하나하나 동작을 숙지하려고 노력하다 보니 어색함은 줄어들었다. 처음에는 안 쓰던 근육을 써서 너무 힘이 들었다. 게다가 필요 이상으로 용을 쓰는 바람에 온몸이 결리고 쑤셨다.

어느 날, 공 프로가 점심 식사를 함께하자고 했다. 시간을 보니 열두 시가 넘었다. 자리를 비울 수 없어서 도시락을 갖고 왔단다.

"어머, 이 매실장아찌는 제가 재민 할머니께 드린 건데요."

"그렇습니까? 너무 맛있어서 싸가지고 왔습니다. 음식솜씨도 좋고 살림도 똑소리 나게 한다며 어머니가 하도 칭찬을 해서, 오 여사님이 어떤 분일까 궁금했습니다."

"저기요? 재민 엄마는 음식 잘하나요?"

"오 여사님, 저한테 저기요라고 하지 마시고요. 그냥 공 프로라고 부르세요. 다른 사모님들이 이상하게 보잖아요."

"어머? 이상하게 본다는 게 무슨 뜻이죠?"

"뭐, 우리가 애인 사이가 아닌가 하잖아요."

"에이, 농담이시죠?"

"네, 농담입니다. 흐흐."

이런 실없는 대화에 몸의 세포들이 팝콘처럼 톡톡 터지기 시작했다.

"저는 공 프로님이 오 여사님이라고 부를 때마다 십 년은 늙은 느낌이 들어요. 그냥 이름을 부르면 어떨까요?"

몇 달 지났을 때, 골프 연습장을 리모델링해야 한다며 문을 닫았다. 공사 기간이 한 달 정도 걸렸는데, 이상하게 마음이 안정되지 않았다. 짝사랑에 빠진 여자처럼 매 순간 현관문 외시경으로 밖을 살폈다. 혹시라도 들어오고 나가는 시간에 공 프로의 얼굴을 볼까 해서였다. 이거 반칙 아닐까? 이틀에 한 번 잠깐씩 들르는 남편의 얼굴이 그리운 게 아니라, 옆집 남자라니? 한 달이 지나 다시 골프 연습장으로 향했다. 이제는 쇼핑센터를 지나가다가도 골프웨어만 눈에 들어왔다. 하지만 너무 비싸서 눈요기만 했다. 경아는 싸구려 트레이닝복을 입고 다녔다. 지나가는 행인들을 유심히 보니 골프웨어에 운동화 차림이 많았다. 실내골프연습장에 스크린 방이 생기자, 대낮에도 남자들이 드나들기 시작했다.

공 두 박스를 쳤다. 골프채를 든 팔이 차력이라도 하는 것처럼 끔찍하게 무거웠다. 남들은 가볍게 휘두르며 타깃에 뻥뻥 소리가 나게 공이 맞는데, 경아의 타깃에서는 픽픽 힘없는 소리가 났다. 3년이 되었다는 박 여사는 공을 때릴 때마다 허리가 힘차게 돌아갔다. 같은 여자가 봐도 아름다운 몸매였다.

"오 여사님도 이대로 꾸준히 연마하면 이년 후에는 잘 치실 겁니다."

공 프로가 어깨를 툭 치고 지나갔다.

3개월이 흘렀다. 시작이 반이라는 말이 맞았다. 풀스윙을 하면서 골프가 재미있었다. 카메라 앞에 서서 포즈를 취하면 공 프로가 웃었다.

"비슷해요. 폼만큼은 프로 선수랑 아주 비슷합니다."

원형 탁자에 둘러앉은 회원들이 간식을 먹으라고 소리쳤다.

"경아 씨! 잠깐씩 쉬었다 하시죠. 너무 열심히 하신다. 이거 제가 재배한 복숭아와 자두예요."

백 사장이 잘 익은 복숭아 껍질을 벗겨 경아에게 내밀었다.

"어머? 백 사장님은 경아 씨한테만 까 주시기예요? 경아 씨는 남자 복이 터졌네. 왜 이리 들이대는 사장님들이 많은 거야?"

"우리 애인한테 누가 또 집적댑니까?"

백 사장은 정말 경아의 애인이라도 되는 듯이 정색을 하고 물었다. 공 프로가 자두를 집어 들어 우적우적 씹었다.

"백 사장님, 남들이 들으면 진담인 줄 알겠습니다. 말씀 좀 가려서 하시지요?"

공 프로의 말투가 사뭇 공격적이었다. 백 사장은 농담이라며 웃었지만, 복숭아 먹다가 벌레 씹은 표정이었다.

"요 아래 커피집 오픈 했던데, 커피 한 잔 사겠습니다. 자, 다들 일어나시죠."

백 사장은 언짢은 기색을 감추며 회원들을 부추겨서 전부 이끌고 나갔다.

"여기 커피가 없습니까? 넓은 홀에 에어컨도 빵빵 나오고, 클래식 음악도 있구먼. 좁아터진 카페보다 훨 낫구먼. 꼭 돈을 들여서 카페에 가서 비싼 커피를 마셔야 맛입니까?"

공 프로의 투덜거리는 소리가 자동문이 닫히면서 싹둑 잘렸다.

카페에 앉자, 백 사장이 자신의 속내를 드러냈다.

"경아 씨, 공 프로를 조심하십시오. 경아 씨가 자기 마누라라도 되는 듯이 단속을 합디다."

경아는 백 사장의 팔을 툭 치면서 웃었다.

"살아보니까 인생이 별거 아닙디다. 뼈 빠지게 벌어 유학시켜 놨더니 아들은 재미교포와 결혼하겠답니다. 딸은 호주에서 남자 만나 애를 낳고요. 아내는 산후조리 해 주러 갔습니다. 이게 뭡니까? 뭐 이런 개 같은 경우가 다 있습니까? 어떻게 살아야 할지 앞이 보이질 않아요."

"그런데 백 사장님은 쉰 살이라면서, 행동이나 말투는 어째 육십 대 같습니다. 도대체 결혼은 몇 살에 한 겁니까?"

김 사장이 고개를 갸웃거리며 물었다.

"제가 좀 조숙했지요. 스무 살 넘어 바로 살림을 차렸습니다. 그랬더니 자식들이 부모 본을 보고 그대로 따라 합디다."

경아는 백 사장이 자기와 닮은 꼴이라서 가깝게 느껴졌다.

"이제부터 인생 즐겁게 사세요. 돈 있겠다. 골프 잘 치겠다. 뭐가 아쉬워서 외롭게 삽니까?"

김 사장이 백 사장의 어깨를 감싸 안았다.

"저는 열심히 일하며 달려왔을 뿐, 놀 줄을 모릅니다."

인생이 허무해서 어찌해야 좋을지 모르겠다는 백 사장이 불쌍해서 한마디 거들었다.

"제가 놀아 봐서 놀 줄은 아는데요. 노는 거 별거 아니에요."

허름하게 낡은 집 같은 경아의 마음에 바람이 술렁술렁 들어왔다가 나갔다. 허세를 부리던 남자들도 한 겹 벗겨놓고 보니 가슴에 구멍이 뚫린 건 마찬가지인 것 같았다. 언제 이렇게 나이를 먹은 걸까?

경아는 자신과 닮은 꼴인 백 사장에게 조금씩 끌리고 있었다. 술을 마시지도 않았는데 분위기에 취했나 보다. 백 사장이 눈물을 흘렸다.

"저는 다시 태어나면 공부를 많이 하고 싶습니다. 가난이 지긋지긋해서 고등학교만 졸업하고는 닥치는 대로 돈을 벌었거든요? 그런데 내 친구 최 박사는 가방끈 길어봐야 아무 소용없다며, 다시 태어나면 나처럼 돈을 많이 벌어 부자가 되고 싶다더군요."

식구들을 벌어 먹이겠다고 온종일 운전대를 잡고, 고속도로에서 인생의 대부분을 보내고 있는 남편의 얼굴이 떠올랐다. 남편은 말이 별로 없는 것 외에 정말 나무랄 게 없는 진솔한 사람이다. 그런데 경아는 그 말이 없다는 점이 견디기 힘들다.

"여러분들 덕분에 오늘 아주 행복했습니다. 여러분들 빨리 머리

올리세요. 제가 모시고 갈 골프장이 많습니다. 골프장 잔디만 밟아도 답답한 가슴이 탁 트일 겁니다."

여자들은 기대에 찬 얼굴로 백 사장을 바라보았다.

"자자, 백 사장님을 따라다니려면 열심히 기량을 닦읍시다."

우르르 일어서는 여자들은 경아가 눈요기만 했던 값비싼 골프웨어 차림이었다. 이 바닥에선 일단 여자는 몸매관리하고 옷 잘 입는 게 우선인 것 같았다. 옷 입는 것에 별로 신경을 쓰지 않았는데, 보풀이 인 트레이닝복이 창피하게 느껴졌다.

공 프로는 지휘봉을 들어 새로 온 여자의 등 뒤에 대고 수평으로 움직이라고 지시했다. 경아를 보더니 경직된 얼굴로 고개를 돌렸다. 경아의 어깨를 맨손으로 붙잡고 돌리던 것과는 사뭇 다른 지도였다. 자신의 몸에 욕정을 불러일으키는 부분이 있는 걸까?

낮에도 밤에도 정말 골프에 올인했다. 운동을 하느라 살림은 뒷전이었다. 옆집 재민 할머니가 경아네 집에 들어와서 혀를 내두르곤 했던 게, 까마득한 옛날이 되어버렸다.

"아이고, 파리가 미끄러지겠네. 어쩜 이렇게 깔끔하우? 우리 아들이 철이 엄마처럼 야무진 여자를 만났어야 하는 건데. 아이쿠, 내가 무슨 말을 하는고."

공 프로 어머니의 그 말 때문이었을까? 그가 더 가깝게 느껴졌던 것은?

"이 식탁보는 철이 엄마가 뜬 거유? 뜨개질 가게 하나 열어도 먹고살겠네. 우리 며느리는 살림에는 영 관심이 없으니 원. 틈만 나면 엉덩이 비비고 앉아서 컴퓨터만 들여다보고 있다니깐."

공 프로의 어머니가 돌아가고 나면 뭔가 찜찜했다. 처음에는 경아를 칭찬하는 듯하다가 며느리 자랑을 늘어놓은 거였기 때문이었다. 그러다가 문득 골프채 헤드를 털실로 뜨개질해서 씌우면 독특할 것 같다는 생각이 들었다. 예쁘게 주머니를 짜서 씌웠다. 회원들이 경아가 골프백을 열 때마다 감탄사를 터뜨렸다.

　"경아 씨, 수고비 드릴 테니 내 것도 떠 주세요."

　백 사장이 따라다니며 졸라댔다. 어려운 일도 아니어서 털실을 사다가 뜨개질을 해 주었다. 그런데 다른 회원들이 둘 사이를 정말 애인 사이로 규정해 버렸다.

　어느새 2년이 흘렀다. 남편이 잠깐 들러 서너 시간 잠을 자고 나가면, 하루 스무 시간이 늘어져 있었다. 그때가 낮이 되었든, 밤이 되었든 시간이 남아도는 백 사장과 어울렸다. 백 사장은 만날 때마다 밥도 사 주고 선물도 사 주었다. 처음에는 조그마한 소품으로 시작했다. 핸드폰걸이나 동전주머니. 작년 생일에는 장미꽃을 한 다발 사 주었다. 이번 생일에는 골프웨어를 한 벌 선물 받았다. 혼자 외롭게 긴긴 시간을 끌고 갔는데, 이제는 골프 치며 노는 재미에 푹 빠져 시간이 휙휙 지나갔다. 조금씩 친해지면서 백 사장에게 가끔 공 프로에 관한 얘기를 넌지시 던져 질투심이 활활 타오르게 만들었다.

　"공 프로는 누군가를 가르치는 데 보람을 느낀대요. 공 프로를 제 멘토로 정할까 봐요."

　"그 친구 쥐뿔도 없는 사람이 너무 잘난 척합디다. 경아한테는 내가 멘토 아닌가? 골프장에 데려가 머리 올려주고, 골프채 사 주고 철철이 골프웨어 사 주고, 이 정도면 내가 진정한 멘토 아닌가? 흐흐."

백 사장은 그러면서 슬며시 경아의 손을 잡았다.

공 프로는 경아를 볼 때마다 백 사장을 조심하라고 했다.

"백 사장이 오 여사님에게서 원하는 게 뻔히 보입니다. 정말 조심하라니까요."

공 프로는 늘 지적을 했다.

"오 여사님, 이건 아니잖아요. 인생을 이렇게 룰루랄라 하면서 허송세월하면 안 되는 거잖아요."

"그렇다고 공 프로님처럼 인생을 심각하고 진지하게 살면 뭐가 남는데요? 먼 훗날, 나에게도 이렇게 행복한 날들이 있었다는 게 추억거리가 될 수도 있잖아요."

백 사장은 쉰 살이라고 했다. 돈이 되는 일이라면 닥치는 대로 했더니 많이 늙었다고 했다. 이마에 굵은 주름이 잡히고 목소리까지 허스키해서 나이보다 십 년은 더 늙어 보였다. 그가 타고 다니는 에쿠스는 일억짜리란다. 그는 악착같이 돈을 모아서 빌딩이 두 동 있고, 음식점도 전국에 몇 개나 있었다. 관리인이랑 지배인을 두고, 자기는 슬슬 놀러만 다닌다고 했다. 배우지 못한 게 똑같아서 경아랑 대화가 잘 통했다. 영어를 섞어가면서 배운 티를 내는 공 프로와는 대화가 어려웠다.

머리 올리러 골프장에 간 날에도 18홀을 돌며 120타를 쳤다. 비거리가 나오지 않아 굼벵이처럼 기어가는 꼴이었다. 더블 파를 해서 속상한 경아에게 백 사장은 양파를 했네, 양파 하면서 놀려댔다. 공 프로처럼 배우고 매너 있는 사람에게 호감이 갔지만, 레벨이 비슷한 백 사장과 어울릴 때 마음이 편했다.

어느 날 백 사장과 저녁을 먹고 헤어진 후 느지막하게 골프장에 들렀다. 공 프로는 스크린 골프를 치는 손님들 치다꺼리를 하느라 새벽 한 시까지 문을 열어놓고 있었다. 공 프로의 상처 난 자존심을 풀어주는 게 자신의 의무인 것만 같았다. 그는 싱그레 웃으며 경아를 반겼다. 나이가 들수록 고독을 즐길 줄 알아야 한다는데, 경아는 외로움이 너무 두려웠다. 공 프로가 퇴근할 때까지 혼자 연습도 하고 신문도 보고, 뒷설거지도 해 주면서 기다리는 게 일상이 되었다. 공 프로는 스크린 방에 간식을 날라다 주며 간간이 경아에게 윙크를 보내곤 했다. 그렇게 달뜬 마음으로 모두가 떠날 시간을 기다렸다. 골프 연습장 셔터를 내리고 함께 걸어 집으로 가는 길에 그는 대놓고 훈계를 했다.

"백 사장 그렇게 좋은 사람 아니니까, 너무 가깝게 지내지 마십시오."

"에이, 공 프로님이 잘못 보셨어요. 부인이 지금 호주에 딸내미 산후조리하러 가서 많이 허전한 것뿐이에요. 상대해 보니까 아주 좋은 사람이에요."

"부군께 이런 상황을 이야기해도 아무 거리낌이 없단 말입니까?"

"어머, 공 프로님, 우리가 어쨌다고 그러세요. 저녁 몇 번 먹은 것밖에 없어요."

"그렇군요. 그럼 경아 씨는 백 사장이 몇 살인지나 아십니까? 쉰 살인 줄 아시죠? 젊은 여자들이 상대해주지 않을까 봐 열두 살을 줄인 겁니다."

깜짝 놀라긴 했지만, 결혼할 것도 아닌데 나이가 무슨 상관인가 싶었다. 백 사장과는 낮 시간을 함께 보냈다. 백 사장이 아파트 입구까지 바래다주면 백 사장 차가 떠난 걸 확인한 뒤, 길 건너편의 골프 연습장으로 향했다. 손님이 있는 동안은 경아도 땀을 흘리며 열심히 운동을 했다. 몸매관리를 위해 다이어트도 철저히 했다. 얼굴에는 은은하게 광채가 나는 비비크림을 발랐다. 눈썹 문신도 하고, 입술에 영구 화장도 했다. 화장을 지워도 입술이 앵두처럼 붉었다. 속눈썹 연장술을 하고 나니 긴 속눈썹이 광대뼈까지 내려왔다. 백 사장이 마사지 샵에 일 년 회원권을 끊어주었다.

남편만 경아의 이런 변모에 아무런 관심이 없었다. 긴 머리가 좋다며 자르지 말라던 남편은 단발머리가 되어도 눈치채지 못했고, 통통하던 몸을 십 킬로그램이나 뺐는데도 몰랐다. 긴 속눈썹, 앵두 같은 입술도 못 알아보는 건지 아무런 반응이 없었다. 도시락 반찬이 부실했을 텐데도 가타부타 말이 없으니 차라리 잘됐다 싶었다. 골프장에서 지내는 일들을 남편에게 이야기해 봐야 알아듣지도 못할 테고 미안하기도 해서 경아는 입을 다물었다. 왜 한집에 사는지 모를 지경이었다. 코를 고는 남편을 피해, 비어 있는 아들 방으로 잠자리를 옮긴 지도 일 년이 넘었다.

백 사장과 김 사장을 따라 일주일에 두 번은 필드에 나갔다. 백 사장은 싱글이었다. 싱글은 18홀을 돌았을 때 80타 정도 치는 실력을 말한다. 경아는 핸디캡이 28타였다. 홀을 다 돌았을 때 100타 정도 치는 실력이었다. 백 사장은 경아가 데리고 다니기 적당한 실력이라고 좋아했다.

오늘은 경아가 홀인원을 하는 바람에 백 사장이 돈을 백만 원 이상 썼다. 함께 간 사람들 티셔츠 한 장씩 사 주고, 저녁도 거하게 냈다. 사실 한 번에 공을 때려서 홀컵에 넣는 건 초보자에게는 평생에 한 번 있을까 말까 한 행운이었다. 어쩐지 이런 행운이 오더라니….

"경아 씨에게 정성을 들일 때는 다 생각이 있어서 그런 거니까, 이쯤에서 끝내요. 당신 남편이 이 사실을 알아봐요. 아마 죽이려 들 겁니다."

남편은 살림밖에 모르는 경아가 이런 일을 벌였을 거라고는 꿈도 꾸지 못할 것이다. 돈을 조금이라도 더 벌어야겠다며 하루에 부산을 두 번이나 왕복하는 불쌍한 사람. 남편은 무엇이 경아를 행복하게 해 주는 건지. 어떤 게 가정을 지키는 건지 몰랐다.

* * *

골프연습장 개장 2주년 기념행사로 공 프로는 회원들을 모두 이끌고 이천 골프장에 갔다. 새파란 잔디가 쫙 깔린 필드에 들어서자 여자회원들이 탄성을 질렀다.

오늘은 경아에게 정말 행운이 따르는 날이었다. 골프를 시작한 지 2년밖에 안 되었는데, 홀인원을 한 거였다. 드라이버로 깃대를 향해 때린 공이 깃대 앞에 툭 떨어지더니 홀컵으로 굴러 들어갔다. 경아가 백 사장을 끌어안고 폴짝폴짝 뛰는 모습을 보는 순간 공 프로의 눈이 뒤집혔다.

"자, 기분이다. 오늘 비용 내가 다 댄다. 자, 티셔츠 하나씩 골라요. 식사도 제가 삽니다. 우리 애인이 홀인원을 했는데, 뭐가 아깝겠습니까?"

들떠서 벌게진 얼굴로 으스대는 꼴이라니. 미친놈. 저놈이 경아를 자기 여자로 만들고 싶어서 안달이 났구먼. 공 프로는 속이 상했다.

"공 프로님 고마워요. 연습을 심하게 시킬 때는 그만두고 싶을 때도 많았는데, 이 맛에 골프 치나 봐요."

들뜬 기분이 좀 가라앉고 나자 경아가 공 프로에게 깍듯이 인사를 했다. 백 사장은 대놓고 입술을 비죽거렸다. 백 사장은 경아에게 정성을 들였다. 골프채도 사 주고 골프웨어도 명품으로 사 주었다. 게다가 시간이 남아도는 두 사람은 툭하면 필드에 나갔다. 공 프로는 매인 몸이라 연습장에서 발만 동동 굴렀다. 그래도 공 프로는 믿는 구석이 있었다. 경아가 밤 열 시만 되면 어김없이 골프 연습장에 나타났기 때문이었다. 이것저것 마무리 청소하는 걸 도와준 후, 셔터를 내리고 함께 퇴근하곤 했다. 매일 밤 경아가 오면 온종일 쌓였던 스트레스와 피로가 한 방에 날아갔다. 그녀에게는 긴장을 풀어주는 힘이 있었다. 그녀의 눈웃음은 언제 봐도 마음을 녹였다. 저런 여자가 어떻게 트럭 운전기사와 결혼했을까 의아할 때가 많았다. 옆집 남자의 무표정한 얼굴이 떠올랐다.

"야성미가 흐르는 남편에게 첫눈에 반해서 결혼했지요. 스무 살 밖에 안 먹은 어린 여자애가 어떤 남자가 괜찮은지 어떻게 알겠어요? 집안도, 직업도, 학력도 아무것도 따져보지 않고 결혼했지요. 그때는 나도 참 순진했었지요."

그러면서 눈웃음을 쳤다.

"저는 공 프로님처럼 자상하고 지적으로 보이는 사람을 보면 무조건 존경하고 싶어요. 요즘은 우리 남편과 자꾸 비교하게 돼요. 게다가 우리 부부는 대화가 별로 없거든요. 재민 엄마하고 무슨 얘기가 그렇게 재미있어요? 다정하게 대화하는 걸 보면 부러워서 죽을 지경이에요."

여자에게 그런 칭찬을 듣는 게 처음이었다. 아내는 늘, 회사에서 일어난 이야기를 했다. 공 프로가 골프장에서 벌어졌던 이야기를 하면 아내는 중간에 툭 잘라먹기 일쑤였다.

"별로 중요한 얘기 같지 않은데요? 별 영양가 없는 얘기를 뭐 하려 해요?"

자기 일은 굉장히 중요한 사건처럼 심각하게 말하면서, 그의 얘기는 귓등으로도 안 듣는다. 그런데도 남들이 볼 때는 잉꼬부부처럼 보이는 모양이었다. 공 프로는 어렸을 때부터 골프를 했기 때문에, 직장생활에 대해서는 잘 모른다. 세계 곳곳을 누비고 다니면서 전지훈련을 했고 경기에 출전했다. 우승을 해서 스포츠 뉴스에 여러 번 나왔다. 이제는 겨우 싱글이나 유지하고 있는데, 그것도 연습을 게을리하면 무너지기 일쑤였다. 그러니 아내가 그를 우습게 보는 것도 무리는 아니었다.

주말에 아내와 팔짱을 끼고 아파트 주변을 산책하다가 경아를 만났다. 혼자서 시장에 다녀오는지 캐리어를 질질 끌며 아파트 입구로 들어왔다. 그들 부부를 바라보는 눈길이 곱지 않았다. 그가 윙크를 살짝 하자 그녀의 낯빛이 붉어졌다.

"처음에는 쌀알만 하던 질투심이 조금씩 커지더니 이제는 바위가 되어 가슴을 짓눌러요."

경아는 점점 속내를 드러내며 다가왔다. 공 프로의 나이는 이제 쉰 살이다. 경아의 나이는 아내와 같은 마흔세 살이다. 이 나이에 여자의 유혹에 넘어가 모든 걸 잃게 될 줄은 몰랐다.

"공 프로님과 함께 한 2년이 제게는 남편과 함께 살아온 무미건조한 이십 년을 다 보상받고도 남을 만큼 행복했어요. 매일 만나서 퇴근하던 그 시간이 너무 소중했다고요."

두 사람은 육체적 접촉 없이도 오르가슴을 느끼는 채팅방 사람들처럼 바라보기만 해도 애틋했다.

2년 전이었다. 공 프로의 어머니가 옆집에 들락거리면서 경아의 소식을 물어 날랐다. 등허리를 모두 뒤덮은 긴 파마머리의 옆집 여자는 예쁘다기보다 섹시한 느낌이었다.

"옆집 여자는 재민 에미랑 동갑이라는데 아들이 벌써 군대를 갔단다."

"스무 살에 결혼을 했다나 봐."

"남편이 트럭운전기사란다. 대형트럭을 운전하는데 서울에서 부산까지 갔다 온다는구나. 어떤 때는 돈을 더 벌어보겠다고 두 번을 왕복한다는구나. 휴게소에서 몇 시간 눈을 붙이고, 마누라가 싸준 도시락을 짬짬이 먹으면서."

"돈이 아무리 필요해도 남편 얼굴도 못 보는 게 무슨 의미가 있나 싶더란다. 아들마저 군대 가고 나니 왜 사는지 모르겠다고 하더라. 눈이 항상 촉촉하게 젖어 있는 게, 우울증이 있어 보이기도 하구."

공 프로는 밥을 먹으면서 어머니가 들려주는 옆집 여자 얘기를 건성 들었다. 그런데 자꾸 신경이 쓰였다. 문 열고 나가다가 얼굴이 마주치면 괜히 눈길을 피했다. 어머니가 옆집 여자에 대해 시시콜콜한 것까지 중계 방송하는 바람에 왠지 오래전부터 알던 사이 같았다.

경아는 골프 연습장 청소를 하면서 마음속의 말들을 털어놓기 시작했다. 그냥 여자들이 친구를 만나서 하는 수다 같은 거였는데, 그런 기본적인 것도 털어놓을 친구가 없다고 했다.

"남편이 섹시해 보인다고 해서 긴 머리를 고수했는데, 갑자기 싸구려처럼 느껴지더군요. 재민 엄마 단발머리를 보니까 당당해 보여서 저도 헤어스타일을 확 바꿔보았어요. 아이 다 크고 나니 갑자기 시간이 헐렁해지잖아요. 내가 계속 이렇게 안일하게 살아도 되는가 싶었어요. 그랬던 제가 골프를 하면서 비를 만난 식물처럼 살아나기 시작했어요."

남자들은 골프연습장에 들어서면서부터 두리번거리며 경아부터 찾았다.

"여, 잘되십니까? 경아 씨!"

신문을 보고 있던 박 여사가 벌떡 일어났다.

"우리들은 투명인간인가 보네요. 모두들 오 여사한테만 아는 척하는 걸 보면."

남자들은 일부러 경아가 연습하고 있는 앞이나 뒷자리에 섰다. 김 사장이 새로 장만한 드라이버를 들고 경아 앞자리로 가더니 뼁뼁 소리 나게 몇 번 휘둘렀다.

"어머? 너무 멋지세요. 여기서 공동으로 사용하는 드라이버보다 훨씬 좋네요. 엄청 비싸 보이는데요?"

경아의 립서비스에 얼굴이 벌게진 김 사장이 으쓱거리며 다가갔다. 사실 골프장에 있는 드라이버는 공 프로가 선수 생활할 때 쓰던 거였다. 괜히 무시당한 것 같아 기분이 나빴다.

"경아 씨, 제가 한 수 가르쳐 드릴게요. 비거리가 잘 나려면 허리를 써야 돼요. 백스윙할 때 팔에 힘을 주면 안 돼요. 양팔과 어깨가 이루는 삼각형의 각도가 무너지면 공이 맞지 않아요. 왼쪽 어깨가 턱 밑에 오도록 백스윙을 해야 됩니다. 그런 다음 꽈배기처럼 허리를 꼬았다가 휘리릭 풀면 그 회전력에 의해서 공이 더 멀리 나가는 겁니다. 팔은 그냥 건성 달려 있다 생각하고 몸통만 돌리면 돼요. 골반, 골반을 돌리라니까요?"

급기야 김 사장은 경아 쪽으로 다가가서 양쪽 골반에 자기 양손을 얹고는 휙휙 돌렸다.

"오 여사님은 이제 겨우 3단계 하고 있는데, 자꾸 가르치면 폼을 다 망친다구요. 이 공 프로 외에는 레슨 하면 안 됩니다."

공 프로가 퉁명스럽게 말하자, 경아가 배시시 웃었다. 경아는 남자들이 지분거리는 걸 은근히 즐기는 것 같았다. 공 프로가 레슨 하지 말라고 했는데도 불구하고, 남자들은 그가 잠깐 자리를 비우기라도 하면 경아의 몸을 만지지 못해 안달 난 수컷들이 되었다. 그중에 백 사장이 제일 난감한 케이스였다. 퍼팅 연습을 하면서 경아를 흘끔거리더니 공 프로가 다른 사람을 코치하는 동안 슬그머니 다가갔다.

"경아 씨, 뒤에서 보니까 다리 움직임이 이상하네요. 체중 이동을 할 때 왼쪽 발에서 오른쪽 발로 체중이 이동하게 되면 왼쪽 무릎이 살짝 나왔다가 오른쪽 무릎이 앞으로 나와야 하는데, 경아 씨

다리는 반대로 움직이고 있단 말입니다. 자 보세요."

백 사장은 경아의 무릎을 양손으로 붙잡아 이리저리 잡아당겼다.

"어머? 백 사장님, 거기는 경아 씨 성감대란 말이에요."

박 여사의 말에 골프 연습장이 웃음바다가 되었다. 성적인 농담이 슬쩍슬쩍 선을 넘기 시작했다. 정말 못마땅한 건 경아의 태도였다. 남자들의 접촉에 몸을 배배 꼬며 즐기는 눈치였다.

"여기서는 레슨을 하시면 안 됩니다."

그가 정중하게 머리를 조아리며 부탁하자 백 사장은 슬그머니 내려가 스크린 방으로 사라졌다. 공 프로는 레슨 하는 척하면서 경아의 귀에 대고 속삭였다.

"오 여사님, 남자들한테 좀 쌀쌀맞게 대하세요. 사내들은 예쁜 꽃을 꺾으려고 안달을 한단 말입니다."

경아는 백치 같은 얼굴로 그를 쳐다보았다.

"공 프로님, 왜 그러세요? 그렇게 말씀하시니까 다 도둑놈으로 보이잖아요."

그는 눈썹을 찡그렸다.

"오 여사님, 이제부터는 이 공 프로 말만 들으셔야 합니다. 골프는 한 달밖에 배우지 않은 사람들도 선생이 되려고 한다니까요."

경아는 아이처럼 고개를 끄덕였다. 그는 7번 아이언을 잡은 그녀의 엄지손가락이 일직선이 되도록 잡아주었다. 그녀의 작은 손이 그의 손 안에서 작은 새처럼 파르르 떨었다.

"진도가 빨리 나가지 않아 조급하시죠? 그래도 기본기가 탄탄해야 합니다. 단계만 훌쩍 뛰어넘으면 뭐 합니까? 공이 맞지 않으면 다시 일 단계부터 시작해야 되는걸요. 지금 속성으로 가르쳐 드리는 데도 그새를 못 참는 회원님들이 많습니다."

7번 아이언은 골프의 기본이 되는 클럽이다. 경아는 기본이 되어 있지 않았다. 다시 일 단계부터 시작해야겠다. 인생의 일 단계. 그는 오십 평생을 살아오면서 빗나간 삶을 살아보지 않았다. 그는 바른생활 아버지 모임의 회장이며, 청소년 선도위원장이었다.

＊　＊　＊

새벽 한 시다. 공 프로는 아파트 입구 주차장에 자동차를 대고 경아를 한 시간째 기다리고 있다. 검은 고양이가 차 밑으로 드나들며 어슬렁거리고 있다. 경아가 아직 돌아오지 않았다. 질투심은 온몸을 달궜다. 팽창할 대로 팽창한 몸은 곧 폭발해 버릴 것 같다. 밤열 시면 둥지로 돌아오는 어린 새처럼 어김없이 골프 연습장으로 돌아왔던 경아였다.

경아가 영영 날아가 버렸을까 봐 조바심이 났다. 자동차 트렁크를 열고, 골프 백에서 7번 아이언을 꺼냈다. 씨근덕거리는 자신의 거친 숨소리만 귀에 가득 차서, 아무 소리도 들리지 않았다. 그는 깔끔하게 살아왔다. 더티 플레이는 용서할 수 없다.

백 사장의 에쿠스가 반들반들한 몸체를 뽐내며 아파트 입구로 들어왔다. 가슴이 두 방망이질 쳤다. 당장 달려가 자동차 유리를 다 깨부수고 싶었지만 전봇대 뒤로 몸을 숨겼다. 경아가 차에서 내렸다.

"경아, 내 꿈 꿔!"

느끼한 백 사장의 목소리에 검은 고양이가 달아났다. 백 사장의 차를 향해 호들갑스럽게 손을 흔드는 경아를 보면서 꼭지가 돌 것 같았다. 다른 사람을 향해 눈웃음을 치는 경아를 견딜 수 없었다. 7번 아이언을 꼭 잡은 주먹이 부들부들 떨렸다.

                                 *   *   *

"경아 씨!"

경아는 멈칫하고 섰다. 전봇대 뒤에서 공 프로가 나왔다. 백 사장의 승용차가 아파트 입구에서 떠나자마자여서 당황스러웠다. 공 프로가 경아의 어깨를 왁살스럽게 잡았다. 손끝에서 나오는 분노의 느낌에 그녀의 몸이 먼저 반응했다. 그의 손에 들려있는 7번 아이언이 지나가는 자동차 불빛에 번쩍였다. 그 순간 눈앞이 캄캄해졌다. 무슨 일이 일어난 걸까? 경아는 바닥으로 쓰러졌고, 갑자기 눈앞에 넓디넓은 잔디밭이 펼쳐졌다. 여기가 천국일까? 오늘은 운이 좋은 날이었는데….

오늘은 정말 운이 좋았다. 드라이버로 때린 공이 포물선을 그리며 날아가더니 홀컵으로 빨려 들어갔다. 기분이 날아갈 듯 좋아서 백 사장을 끌어안고 폴짝폴짝 뛰었다. 얼굴이 하얗고 표정이 섬세한 공 프로의 얼굴이 다가왔다. 그의 얼굴이 일그러지기 시작했다. 그에게 선물 받은 2년이 남편과 살아온 무미건조한 이십 년을 다 보상받고도 남을 만큼 흡족했었다. 그런데 백 사장과 너무 친한 티를 낸 게 화근이었다. 공 프로와는 젊은 아이들처럼 밀고 당기기를 하면서 되도록 관계를 오래 지속하고 싶었다. 그를 안달나게 만들고 싶었다. 그래서 얼마 전에도 공 프로를 좀 긴장시켰다.

남편? 남편의 얼굴이 기억나지 않는다. 울퉁불퉁한 근육질의 남자라는 것밖에 달리 떠오르는 추억이 없다. 남편은 말수가 적은 사람이다. 결혼 초기에야 말이 별로 없어도 거칠게 몸으로 사랑을 해주면 멋지게 느껴졌다. 밥을 먹다가도 눈만 마주치면 밥숟가락을 놓고 경아를 안아다 침대에 집어던지는 터프한 남편이었다. 김장을 하다 말고 눈이 맞는 바람에 김치 맛이 이상해진 게 한두 해가 아니었던 걸 보면, 남편은 꽤나 오랫동안 그녀에게서 성적 매력을 느꼈던 것 같다. 경아가 홈쇼핑 모델을 하겠다고 했을 때 남편은 완강하게 반대했다.

"당신이 내게 과분한 여자라는 거 알아. 하지만 나는 당신 얼굴을 상품화하는 거 싫어. 나만 바라보고 살면 안 될까?"

그랬던 남편이 이제 예전처럼 정열적이지 않다. 밥을 먹다가 눈이 마주쳐도 슬그머니 그녀의 눈길을 피했다. 마주 앉아 일상적인 얘기를 할라치면, 손사래를 치며 하품을 했다. 하지 못한 말들이 허공에서 비눗방울처럼 힘없이 터지곤 했다. 남편은 이십여 년째 트럭 기사만 하고 있다.

사실 놀고먹기 미안해서 그녀도 직업을 가져보려고 애쓰기는 했었다. 눈높이를 낮추면 할 일이 없는 것도 아니었지만, 남편은 경아가 궂은일 하는 걸 좋아하지 않았다. 집안에 화초처럼 얌전히 앉아 있기를 바랐다.

그녀는 아파트 입구에 엎어져 있다. 시야가 점점 흐려진다. 이건 다 그녀가 자초한 일이다. 질투 때문에 일그러져있던 공 프로의 얼굴이 떠올랐다. 그래, 인생 별거 아니었어. 공 프로는 아마도 하얗고 섬세한 얼굴에 눈물을 흘리면서 이런 짓을 했을 것이다. 7번 아이언이었을까? 팔에 힘을 주지 말고 어깨를 돌려요. 골반, 골반을 돌리라니까요. 남자들의 목소리가 경아의 귓가에 맴돌았다.

* * *

새벽이 오려면 아직 더 기다려야 하나보다. 아내는 언제나 오려는지, 경아의 남편은 언제나 오려는지…. 공 프로는 맥이 풀려서 서 있기조차 힘이 들었다. 골목 어귀의 경계석에 다리를 걸치고 앉았다. 네온사인이 꺼진 거리는 좀비들이나 어슬렁거릴 것처럼 음산했다. 간간이 대형트럭들이 지축을 흔들며 지나갔다. 쓰레기봉투에 시선을 꽂으며 다가가던 줄무늬 고양이가 그를 보더니 잽싸게 전봇대 뒤로 몸을 숨겼다. 고양이의 눈동자가 새파란 레이저를 쏘아대는 사이보그 같아서 흡사 괴기영화 속의 한 장면으로 자신이 뛰어든 것 같았다. 경아는 조금 전까지도 몸을 퍼덕거리더니 이제는 움찔움찔 몸을 떨었다. 요리사의 칼끝에서 살을 다 발리고도 움직이는 생선을 보는 느낌이 들었다. 경아는 거친 숨을 몰아쉬고 있다. 숨이 가쁜 와중에도 간간이 입가에 미소가 감도는 걸 보니, 오늘의 행운에 도취되어서 지금 무슨 일이 일어난 줄도 모르나 보다. 그러면 안 되지.

그의 어머니가 옆집 여자 경아에 대해 입에 침이 마르게 칭찬만 하지 않았어도, 아니 그의 아내가 유능한 무역회사 차장이어서 날마다 야근을 하며 공 프로를 버려두지만 않았어도 이런 사달이 나지는 않았을 것이다. 못난 놈이 남의 탓만 하고 있다는 걸 안다. 그래도 지금은 누군가에게 이 책임을 전가하지 않고는 배길 수가 없다. 그는 지금 7번 아이언을 들고 서 있다. 고양이가 달려가 숨은 전봇대 뒤로 무거운 몸을 끌고 갔다. CCTV카메라가 두려워 보기는 처음이었다.

골 빈 여자들이 대부분 넘어가듯이 경아도 돈의 위력 앞에 무릎을 꿇었다. 정말 백 사장의 애인이 되어버렸다. 다른 남자 회원들도 그렇게 인정하고 더는 가까이 다가가지 않았다. 마흔세 살, 하루하루가 너무 무료해서 미칠 것 같다던 경아는 한 발 한 발 지옥인 줄도 모르고 빠져들었다. 그가 경아를 바른 길로 인도하려고 무던히 애를 썼는데 아무 소용이 없었다.

아내는 공 프로보다 능력도 좋고 월급도 훨씬 많았다. 남들은 잘난 아내 얻어서 횡재했다고 하지만, 그는 그녀 앞에만 서면 주눅이 들었다. 경아 옆에 있으면 어깨에 힘이 들어갔다. 그녀는 공 프로에게 배울 게 많다며 눈을 반짝였다. 경아는 촉촉하게 젖은 눈으로 공 프로를 바라보았다. 온몸으로 외로움을 뿜어내는 걸 눈치 못 챌 남자가 어디 있겠는가?

스크린 골프 손님이 돌아가고 나면 경아와 함께 청소를 했다. 스크린 골프 방, 허상의 시뮬레이션 안에서 경아는 꿈꾸듯이 말했다.

"난 이렇게 넓은 초원에 그림 같은 집을 짓고 알콩달콩 사는 게 꿈이에요."

숱이 많은 인조 속눈썹이 가짜인 줄 알면서도 그 유혹적인 눈매에 빠져들었다. 아파트로 함께 걸어오는 그 짧은 시간이 행복했다. '퀘렌시아'라는 장소가 있다. 투우할 때 소가 잠시 쉬며 숨을 고르는 공간이라고 한다. 이 시간은 그에게 퀘렌시아였다. 지친 몸과 마음을 추스르며 에너지를 재충전할 수 있는 공간과 시간이었다.

오늘 홀인원을 했다고 백 사장을 끌어안고 팔짝팔짝 뛰지만 않았어도 좋았을 걸. 백 사장 그놈이 경아를 끌어안고 뱅글뱅글 돌지만 않았어도 이런 일은 없었을 것이다. 공 프로는 자기처럼 이성적인 남자를 돌게 만든 경아가 무서웠다. 그런데 경아는 죽어가면서도 무섭도록 아름다웠다. 긴 속눈썹이 내리 덮인 창백한 볼이 가로등 불빛에 은은하게 빛이 났다. 입술도 시퍼렇게 변색되지 않고 도톰하게 붉은 입술이 그를 끌어당겼다. 경아 없는 세상을 살아갈 수 있을까?

그는 분노를 참지 못 하고 7번 아이언으로 경아의 뒤통수를 향해 샷을 날린 것이다. 경아 씨, 기본을 잊었군. 기본을….

맨 처음 경아의 손을 잡고 레슨을 했을 때 가슴을 두근거리게 했던 클럽이었다. 그녀의 손은 그의 큰 손 안에서 작은 새처럼 떨었다. 그는 그때부터 그녀의 포로가 되었다. 그는 깔끔하게 살아왔다. 반칙은 용서할 수 없다.

급브레이크를 밟는 소리가 났다.

"아악, 여기 사람이 죽어가요! 누가 좀 도와줘요."

아내의 음성이다. 그의 잘난 아내가 야근을 하고 마침내 돌아왔다. 경아의 팔을 핥고 있던 고양이가 후다닥 달아났다.

경비가 달려오고, 때맞춰 대형트럭까지 멈춰 섰다. 무대는 완벽했다. 경아의 남편이 내리더니 경아의 얼굴을 물끄러미 내려다보았다. 놀라지도 않고 소리를 지르지도 않았다. 공 프로는 전봇대 뒤에 숨어서 가로등 불빛 아래 펼쳐지는 장면을 바라보며 울었다.

매일 떠나는 미애

2004년

결혼하고 한 달 지나면서부터 남편과 한 침대에서 잘 수가 없었다. 남편의 눈길은 공들여 화장한 내 얼굴을 거들떠보지 않았다. 내 얼굴을 스마트폰으로 찍어서 보았다. 사진 속 얼굴은 예뻤지만, 외로움까지 찍혀 있었다. 남편의 얼굴을 닮아가고 있었다. 남편은 내가 옆에 있으면 성가셔서 잠이 오지 않는다며 서재로 잠자리를 옮겼다. 일 년에 한 번 정도 견우와 직녀가 오작교에서 만나듯 살짝 스치고 지나가는 섹스가 전부였다. 내가 섹스를 밝히는 여자였다면 진즉 이혼했을 것이다. 사랑 없이 어떻게 이십 년을 견뎠을까? 참 무모했다는 생각이 든다. 소주잔을 앞에 놓고 흐뭇하게 들여다보는 웃음 띤 얼굴 앞에서 나는 술을 질투하기까지 했다, 나를 그렇게 바라봐 주면 안 될까? 정성 들여 눈화장을 하고 깜빡거리며 다가앉아도 남편의 눈길은 심드렁하기만 했다.

남편과 함께 가족나들이 한 번 간 적이 없었다. 은영의 가족이 여행 갈 때 자동차에 끼어 타고 한 번 다녀온 것이 전부였다. 아이들 네 명이 병아리 떼처럼 은영의 남편을 졸졸 따라다녔다. 아빠아빠 하는 아이들을 바라보던 딸이 은영의 남편 다리를 껴안았다.

"아저씨! 태경이도 아저씨한테 아빠라고 불러도 돼요?"

그가 난처한 듯 은영을 쳐다보았다.

"그럼, 그럼 아빠라고 불러도 돼."

은영의 대답에 태경은 목마를 태워달라고 졸랐다. 그의 어깨에 올라탄 태경은 아빠 아빠하며 넉살 좋게 목을 꼭 끌어안았다. 네 살배기 태호도 덩달아 아빠 아빠하며 매달렸다. 우리 아이들을 초라하게 만든 남편이 미워서 참을 수 없었다.

아이들이 사춘기를 겪을 무렵부터 아이들에게 방을 하나씩 배정해 주고, 나는 거실에 이부자리를 펴고 누웠다. 창을 활짝 열어젖히고 나면 갑갑한 속이 조금 뚫리곤 했다. 새벽이 다가오도록 남편은 연락도 없이 들어오지 않고, 마음은 말똥말똥하게 깨어 있었다. 미래를 생각해야 할 시간에 결혼을 후회하고 남편을 미워하느라 아까운 세월을 다 흘려보냈다.

은영은 초등학교 동창이면서 고등학교에도 함께 갈 정도로 친했다. 내가 고등학교 3학년 2학기 때 실족하는 바람에 학교를 자퇴하고 말았다. 그래서 은영을 만나면 자존심이 상하곤 했다. 둘 다 같은 해에 결혼해서 아이들을 비슷한 시기에 낳았다. 아이들이 자랄 때는 할 일도 많아서 나를 돌아볼 겨를이 없었다. 좋은 대학에 보내는 것만이 일생일대의 목표인 것처럼 강남으로 이사했고, 유명학원에 아이들을 보냈다. 매일 자동차로 태워가고 태워오느라 아이

들의 스케줄 대로 움직였다. 지금 생각하니 그때가 좋았다. 아이들
이 대학생이 되자 갑자기 무료해졌다.

동네 여자들과 식사하고 커피를 마시고, 노래방에 갔다. 가끔은
나이트클럽에도 드나들었다. 즐겁게 놀다 들어왔지만, 뒤끝에는 늘
허망함이 들어앉았다. 아무런 의미 없이 살다가 인생 끝나는 건가
생각하면 두려웠다.

* * *

새벽 2시, 남편은 아직도 집에 돌아오지 않았다. 나는 입술의 거
스러미를 잡아 뜯듯이 마음의 거스러미를 잡아 뜯고 있었다.

컴퓨터를 켜고 메신저로 연결했다.

〈자요? 곰탱이님?〉

〈아니. 아이리스도 이 시간까지 잠 못 들고 있군요?〉

〈지금이라도 곰탱이님에게 달려가고 싶어요〉

〈내일 와요. 보고 싶어요〉

〈정말? 나 정말 가요〉

〈언제든지 와요. 안동역까지 달려갈 테니.〉

컴퓨터를 끄고 한참 깜깜한 화면을 들여다보았다. 보고 싶다. 잠
시 상상의 나래를 펴다가 꿈속으로 빠져들었다. 몸의 열기가 식으
며 바닥의 요가 축축하게 젖었다. 갱년기에 접어들면서 시도 때도
없이 열이 올랐다가 식을 때면 온몸이 젖었다. 흘린 땀은 요 위에
내 몸의 굴곡 대로 얼룩을 만들었다.

아침이다. 안방 문을 열자 시큼하고 불쾌한 냄새가 안개처럼 비

집고 나왔다. 남편은 도대체 언제 들어온 걸까. 거의 매일 기다리다가 잠이 들었다.

"미애야, 부부가 함께 자야 냄새가 안 나는 거야. 혼자 두면 금방 홀아비 냄새난대. 식구 벌어 먹이느라 얼마나 힘들겠어. 남편 불쌍한 줄 알아라."

은영의 말이 자꾸 귓바퀴에서 맴돌아 고개를 흔들며 중얼거렸다.

'불쌍하긴 뭐가 불쌍해. 이 인간이랑 한번 살아 봐라. 그런 말이 나오나.'

나랑 동갑인 남편은 술에 절어 많이 늙었다. 어떤 사람은 삼촌이냐고 물었다. 얼마 전에는 동네 여자들과 어울려 철학관에 다녀왔다.

"내가 전생에 일본여자였대요. 백 년 전에 한국에 왔다가 죽는 바람에 본국에 돌아가지 못했대요."

남편은 나를 경멸 어린 눈초리로 바라보았다.

"그런 걸 말이라고 듣고 있었어?"

남편의 마음에는 화가 잔뜩 들어 있어서 별말 아닌 것에도 미움이 온몸의 땀구멍을 통해 뿜어져 나오는 것 같았다. 자기는 폭력을 한 번도 쓴 적이 없다고는 하나 그의 표정만 봐도 나는 불안했다. 맏딸로 사랑을 듬뿍 받고 자란 나는 사람들의 기분이나 표정을 살피는데 익숙하지 않았다. 남편은 사람이 어째 그렇게 눈치가 없냐며 핀잔을 주곤 했다.

직장에서 나를 좋아하는 남자들이 여럿 있었다. 어떤 때는 구내식당에서 일하는 청년까지 관심을 보이며 토스트를 한쪽 건네주기도 했다. 잘 웃는 내가 자기를 좋아한다고 생각했나 보다. 너는 왜 남자들만 보면 눈웃음을 치는 거야? 동료여직원이 지적을 하곤 했다. 저 눈웃음에 몸살 난 청년이 한둘이 아니라며 눈을 흘겼다. 젊은 날을 떠올리며 스마트폰을 쳐들고 웃으며 사진을 찍었다. 사진 속의 내 눈가는 잔주름으로 가득했다. 늙음이 거기 처음으로 들어앉은 걸 보았다.

남편은 책을 좋아했다. 책에다 줄을 치고 메모를 해가며 읽었다. 마음에 드는 구절이 있으면 노트에 필기까지 해 가며 읽었다. 나는 책을 별로 좋아하지 않았다. 서재에서 얼쩡거리며 남편의 등 뒤에서 책을 넘겨다보았다. 남편은 나를 의아한 눈으로 쳐다보았다. 아무 감정이 실려 있지 않았다. 방해하지 말고 빨리 나가주기를 바라는 눈빛이었다. 많은 걸 바란 게 아니었다. 나를 바라보고 다정한 말 한마디 해 주었으면 싶었고, 사랑스러운 눈빛으로 나를 껴안고 침실로 가 주었으면 싶었다. 그걸 꼭 말로 해야 하나? 나는 마음이 상해서 문을 소리 나게 닫고 나왔다.

어느 날 부부싸움을 하다가 남편이 나에게 '무당 딸인 주제에…' 라고 했다. 그 말을 듣는 순간 심장이 뚝 떨어지는 소리를 들었다. '당신은 태어나지 말았어야 했어' 라는 드라마 속 대사가 나도 모르게 툭 튀어나왔다. 갑자기 안색이 변한 남편이 식탁 의자를 번쩍 들었다. 온몸에서 살기가 뿜어져 나왔다. 날아오는 의자에 맞으면 죽을 것 같은 공포감에 휩싸였다. 무릎을 꿇고 싹싹 빌었다.

"잘못했어요. 잘못했어요."

내가 폭력 앞에서 이렇게 비굴할 줄은 몰랐다. 그 후로는 남편이 무서웠다. 남편이 퇴근해 들어오면 심장이 벌렁거렸다.

그 후 어쩌다 잠결에 남편의 손길이 닿으면 몸과 마음이 다 잠겨버렸다. 우리에게는 대화도 없고, 스킨십도 없다. 온종일 뭘 하고 지내는지 서로 모른다. 미래에 대한 계획도 없고, 힘들 때 위로도 되어주지 않는다면 이게 부부일까?

딸에게 결혼은 필수가 아니라고 말해 주었다. 좋은 남자 있으면 동거해 보고 결혼하고 싶지 않으면 관둬도 된다고 말했다. 요즘 젊은 애들은 그러고 산다는데, 그게 현명한 것 같다.

"엄마, 우리 때문에 억지로 살았다는 말은 하지 마세요. 우리도 피해자라구요. 엄마 아빠를 보면 나는 결혼하고 싶지 않아요."

내 인생이 너무 억울하고 불쌍했다.

"뭔가 집중할 걸 찾아. 가족들만 바라보지 말고."

은영의 조언이 그때는 들리지 않았다.

남편은 새벽 여섯 시에 누룽지를 말아 먹고 나가면 밤 열두 시나 돼야 들어왔다. 어떤 때는 술에 절어 새벽 세 시에 귀가했다. 요리학원에 다니며 배워 온 음식 솜씨를 발휘할 기회조차 없었다. 일품요리를 내놓고 칭찬을 기다렸지만, 고맙다는 말도 없이 우걱우걱 먹어치웠다. 잘 먹는다는 건 맛이 있다는 거겠지. 미루어 짐작하며 만족해야 했다. 갖가지 향수를 뿌려도 알아채지 못했다. 코가 막힌 거야? 그에게 가려고 노력하는 내가 너무 한심했다.

은영은 스트레스를 풀지 않으면 병이 된다며 혼자 여행을 떠나보라고 권했다. 로랑그라프의 『매일 떠나는 남자』라는 책을 선물했다.

"한 번 읽어 봐. 이 소설에서 주인공은 항상 여행을 떠나려고 결심만 하지. 사십 년이 지나도록 떠날 준비만 해. 결국 죽어서 재가 되어 달나라에 뿌려지지. 그건 아니라고 봐. 내가 너라면 매일 떠날 것 같아. 집에서 서울역이 엎어지면 코 닿을 거리잖아."

은영 부부는 친구처럼 살고 있다.

"너희 부부는 무슨 얘기가 그렇게 많아?"

"그냥 소소한 얘기야. 그냥 시시콜콜한 얘기를 다 하지. 그냥 여자들끼리 수다 떠는 거랑 똑같아."

은영이 말하는 '그냥'이 마냥 부러웠다. 딸 태경은 지방 대학에 다니고, 아들 태호는 군대에 갔다. 남편은 상의도 없이 강남 아파트를 전세 놓고 서울역 근처의 연립주택을 전세로 얻었다. 이사해 놓고 보니 주변에 아는 사람이 하나도 없었다. 갑작스레 목을 조여 오는 외로움의 시간을 주체할 수 없었다. 이리저리 밴드를 기웃거리다가 남자들을 만났다. 매일 안부를 묻고 한 마디씩 댓글을 달아주었더니 개인으로 문자를 하자고 제안을 해 왔다. 문자에 낯 간지러운 글을 올릴 때마다 발바닥이 간질간질했다. 내가 이렇게 많은 남자들에게 위로를 주는 역할을 하게 될 줄은 몰랐다. 내가 보낸 글 한 줄에 아침 출근길이 즐겁다는 해바라기. 잠 못 드는 밤에 자장가 같은 다정한 글을 붙들고 잠이 든다는 바람꽃. 언제든 안동에 내려오면 함께 어디로든 도망칠 수 있다고 큰소리치는 곰탱이. 그들에게 글을 쓰며 남편이 부재중인 시간을 달랬다.

남편이 출근하자마자 열차 시간에 맞추기 위해 서둘렀다. 서울역까지 걸어서 십 분 거리다. 핸드백을 어깨에 둘러메고 선글라스를 끼고, 하이힐을 신었다. 좀 불편하긴 해도 옷매가 살아났다. 커피로 염색한 머리카락을 풀어헤쳤다. 구불구불하게 가슴까지 내려와 찰랑거리는 머리카락에서 커피향기가 났다.

"화장품값도 아껴. 바르나 안 바르나 똑같아."

남편은 결혼 초부터 돈 관리를 직접 했다. 매달 생활비를 타서 생활했다. 남편의 연봉이 얼마인 줄도 모른다. 은영네는 정반대다. 남편의 월급이 은영의 통장으로 들어오고, 남편에게 용돈을 준다는데, 다른 세상 이야기 같다.

결혼 초에는 남편이 출근하면서 매일 만 원씩 주었다. 갑자기 아프거나 친구들이 만나자고 하면 쓸 돈이 없어서 난감했다. 친구들도 다 떨어져 나갔다. 빈약한 생활비지만, 아껴 쓰며 저축했다. 크게 나갈 돈은 남편이 쓰고, 나는 살림에 들어가는 돈만 지출했다. 돈을 아껴서 생활했더니 언제부턴가 돈이 쌓이기 시작했다. 이월상품이긴 하지만, 옷을 사고, 갖고 싶었던 향수도 사 모을 수 있었다. 건물 유리창에 비친 내 모습을 바라보았다.

'누가 봐도 사십 대 후반으로 보이지 않을 걸.'

휘파람새는 레퍼토리가 가장 많은 새로 울음소리가 다양하다고 한다. 나는 만나는 대상에 따라 목소리의 톤도 조절이 가능했었다. 여자 친구들과 만날 때는 털털하고 수다스럽게, 남자와 만날 때는 약간 높은 톤으로 이야기하곤 했다. 나의 긴 머리카락에 흐르는 윤기는 커피로 마사지하고 마요네즈로 영양을 듬뿍 준 결과였다. 나는 외모 가꾸기에 게을리하지 않았다. 마무리는 항상 화장대 위의 향수를 고르는 데 있었다. 내가 나타나기 전에 향수 냄새가 먼저 나를 알릴 수 있게 머리카락에도 치맛단에도 뿌렸다. 여름에는 겔랑의 페퍼민트를 자주 뿌렸다. 오늘 향수는 조말론이다. 고개를 돌릴 때마다 조말론 향수의 상큼한 꽃향기가 코끝을 자극한다. 나는 끈끈하고 불쾌한 곳에 한 줄기 바람처럼 등장하는 게 좋았다. 나는 그렇게 살고 싶었다. 자신만만하고 유머 있고, 열정적인 사람으로 살고 싶었다.

"겉이 처녀 때 같다고, 몸속까지 젊지는 않아. 갱년기니까."

은영의 목소리가 귓가에 맴돌았다.

일단 서울역 플랫폼에 서면 멀리 여행을 떠나는 느낌이 들어 가슴이 설레었다. 한동안 플랫폼에 혼자 앉아 있다가 돌아오곤 했다. 훌쩍 기차를 타고 어디로든 사라지고 싶어 발바닥을 꾹 누르고 있어야 했다. 그러다가 정말 표를 사서 떠나기 시작했다. 나는 매일 떠났다. 처음에는 양평까지 갔다. 열차를 탄 것만으로도 멀리 떠나온 것 같았다. 다음에는 원주까지 갔다. 그리고 어느 날은 강릉까지 갔다. 파도 소리를 들으며 멀리 수평선을 바라보았다. 수평선 너머에 일본이 있을 터였다. 거기까지 가고 싶었다.

"당신은 전생에 일본 여자였어."

철학관 남자의 말 때문인지 그쪽이 정말 고향처럼 그리웠다. 카페에 앉아서 홀로 커피를 마셨다. 해안선을 따라 몇 시간을 걸었다. 집에 돌아오면 지쳐서 쓰러졌다.

"아이들도 없는데, 온종일 뭐 해?"

"그냥 집안일했어요. 당신은 어땠어요."

"말하면 당신이 알아?"

우리의 대화는 거기서 끝났다. 거기서 말이 길어지면 그런 말은 왜 하느냐는 후렴구가 뻔히 보이기 때문에 나는 입을 다물었다. 이렇게 관심이 없으니 혼자 무슨 짓을 하고 다녀도 모를 것이다. 강릉의 한 음식점에서 여기 청국장 하나 주세요. 카페에서 아메리카노

한 잔 주세요. 그날 한 대화의 전부다. 그래도 하루가 행복했다고 자위하며 잠자리에 들었다.

매일 열차에 올라 낯선 땅으로 달려갔다. 파도를 바라보다가 오는 것이 고작이었지만 남편에게 받은 모멸감이 조금씩 떨어져 나갔다. 기차에 올라 미래에 대해 곰곰이 생각해 보았다. 남편 때문에 불안해하며 떠나보낸 청춘이 너무 아까웠다.

내가 제일 하고 싶은 건 뭘까? 생각해 보았다. 글을 맛깔나게 잘 쓴다고 칭찬해 주셨던 고등학교 때 국어선생님이 떠올랐다. 국군장병위문편지를 썼다가 답장이 학교로 오는 바람에 학교가 발칵 뒤집혔었다. 교장 선생님은 절대로 답장을 쓰면 안 된다며 나에게 다짐을 받았다. 그런데 뒤돌아보니 문학을 향해 한 발짝도 떼지 못했다. 불평불만을 쏟아놓은 감정의 쓰레기통인 일기장이 전부였다.

남편도 연애할 때는 이렇게 삭막하지 않았다. 내가 결혼을 결심하게 된 건 그의 슬픈 두 눈 때문이었다. 촉촉하게 젖은 검은 눈동자는 보석 같았다. 그가 살아온 이야기를 들을 때마다 이 남자의 얼굴에 웃음을 안겨 주겠다고 다짐했다. 내가 조금만 뒷받침해 준다면 이 남자를 성공시킬 수 있을 것 같았다. 내가 태어나서 본 사람 중에 제일 외롭고 괴로워 보이는 캐릭터였다. 농담하며 늘 시시덕거리던 첫사랑 남자는 그에게 비하니 너무 철이 없고 가벼워 보였다. 그것이 나의 큰 착각이었다. 사랑에 있어 연민은 금물이라는 걸 이제야 깨달았다. 그리고 사람을 변화시킬 수 있다는 내 생각이 얼마나 교만했는지도 이제 알겠다. 결혼하고 나서 딱 한 달 동안만 달콤하고 행복했다. 그 후 그의 얼굴에는 다시 희망 없고 쓸쓸하던 과거가 덧입혀졌고, 이십 년이 흐르도록 나아지는 건 전혀 없었다.

새벽 2시, 남편은 여전히 부재중이다. 전화벨 소리에 깜짝 놀라 받으니, 남편 번호가 떴다.

"강철진 씨 부인되시죠?"

그 말에 가슴이 철렁 내려앉았다.

"술에 취해 쓰러진 걸, 경찰차에 태웠어요. 아파트 앞으로 갈 거니까 나오세요."

허둥지둥 아파트 입구로 달려갔다. 경찰차가 서고, 무슨 보따리처럼 남편을 떨구고 경찰차가 떠났다. 남편은 자기 집이나 되는 듯이 잔뜩 웅크리고 잠들어 있다.

"이 웬수야."

주먹으로 남편의 머리를 쥐어박았다. 1동 앞에 내려주지, 어떻게 끌고 가라고 아파트 정문에 버리고 가는 걸까. 경찰이 원망스러웠다. 창피를 무릅쓰고 경비원을 불렀다.

"아이고 김 사장님 오늘도 술을 많이 드셨네요."

양옆에서 부축해 간신히 안방 침대에 눕혔다. 이런 일이 있을 때마다 동네에서 고개를 들고 다닐 수가 없다. 경비원이 현관문을 나가자마자 남편의 옆구리를, 어깨를 주먹으로 쳤다. 허벅지를 발로 찼다. 이럴 때는 정말 죽이고 싶었다. 낮에 열차를 타고 강릉까지 다녀왔던 생각을 하며 마음을 가라앉혔다.

아침에 일어난 남편은 머리와 옆구리가 얻어맞은 것처럼 아프다며 진통제를 찾았다. 인스턴트북엇국에 끓는 물을 부어서 식탁 위에 올려놓았다. 이제는 정성을 다해 해장국을 끓이고 싶지도 않았다. 아내로서 최소한의 의무만 하고 있다. 남편은 후루룩 마시고 서둘러 출근했다.

* * *

〈서울역에서 열차 타면 3시간 걸려요. 보고 싶어요. 빨리 달려와요.〉

〈정말요? 어디서 볼까요?〉

〈안동역으로 와요. 내가 차를 가지고 나갈게요〉

스포티하게 차리고 나섰다. 청바지에 티셔츠, 머리에는 공주처럼 은색 머리띠를 했다. 배낭까지 둘러메니 처녀 때로 돌아간 것만 같다. 마지막으로 겔랑의 페퍼민트 향수를 귀 뒤에 뿌렸다.

열차 옆 좌석에 팔십대로 보이는 노부부가 다정하게 이야기를 나누고 있다. 노인은 희끗희끗하지만 숱이 많은 눈썹에 쌍꺼풀진 눈이 아직도 반짝거렸다. 갸름한 얼굴선에 검버섯이 피었지만 젊어서는 꽤 미남이었을 것 같다. 중절모를 쓰고 큼지막한 금반지를 끼고 있다. 노파는 뽀얗게 화장을 한 동글납작한 얼굴이다. 다소곳하게 앉아 있다. 노파가 노인의 손을 잡아 자기 무릎 위에 놓더니 손가락 마디마디를 주무르고 있다. 참 다정해 보였다.

"너는 손이 참 따뜻하구나. 내 손은 얼음장같이 찬데."

노파의 말에 깜짝 놀라서 그들을 다시 바라보았다. 부부가 아니니까 그렇게 다정했던 걸까? 그때 노인의 전화기 벨이 울렸다.

"아, 그래요. 잔금은 언제랍니까?"

노파가 눈을 반짝이며 노인의 허벅지를 손바닥으로 탁탁 쳤다.

"방 나갔대? 계약금 많이 받았대?"

노인은 임대사업을 하는 것 같다. 노인이 노파의 귀에 입술을 대고 속삭이는데 다 들렸다.

"내가 무릎이 안 좋아 그렇지. 다른 데는 멀쩡해."

노파가 까르르 웃으며 노인의 허벅지를 소리 나게 때렸다. 짧은 다리를 달랑거리는 노파의 얼굴이 발그스름하다.

"안동역이다. 얘기하면서 오니까 금방 왔구먼."

아무도 관심 갖지 않을 노인들의 행동에서 눈을 뗄 수가 없었다. 내가 원한 건 바로 저렇게 소소한 대화였을 뿐이다. 저 나이쯤 되었을 때의 내 모습을 가늠해 보았다. 그때까지도 남편과 이런 상태로 살고 있을까? 아니면 혼자가 되어 저 노파처럼 남자친구하고 여행을 가게 될까?

안동역에 도착하니 시대가 옛날로 돌아간 것 같았다.

〈곰탱이님, 저는 청바지에 배낭 메고 선글라스를 꼈어요. 은색 머리띠를 찾으세요.〉

손을 흔들며 달려온 곰탱이는 넓은 가슴으로 나를 포옹했다. 그의 품에서 젊은 남자의 향기가 났다.

"와, 아이리스를 이렇게 만나다니요. 꿈만 같아요. 다음에는 내가 서울역으로 갈게요. 이 상큼한 향기는 뭐죠? 생각보다 더 아름답군요?"

우리는 일 년 동안 채팅한 사이라 그런지 바로 친숙해졌다. 글로만 오고 갔는데, 이렇게 감정이 고스란히 살아 있다니 신기했다. 그는 안동대학교에서 박사과정에 다니고 있단다. 서른다섯 살, 닭띠, 나와는 띠동갑이다. 내가 마흔일곱 살이라고 했더니 깜짝 놀랐다.

자기랑 동갑인 줄 알았단다.

"우리가 결혼할 것도 아닌데, 나이는 상관없지만 말입니다."

우리는 월영교 근처에서 헛제삿밥을 먹었다. 자동차로 안동댐을 향해 올라갔다. 영화촬영장을 한 바퀴 돌면서 구경도 했다.

카페에서 그는 내 손을 슬며시 잡았다. 나의 긴 손가락과 갸름한 손톱을 쓰다듬었다. 그의 손길에 온몸이 전율하는 것 같았다. 그의 손가락도 내 손가락처럼 가늘고 길었다. 남편은 내 손가락을 볼 때마다, 손가락이 길고 손톱이 길어서 게으르다며 자신의 뭉툭한 손가락을 자랑스럽게 내보이곤 했다.

곰탱이는 나에게 인생을 살면서 뭐가 제일 하고 싶었냐고 물었다.

"일본어가 배우고 싶었지요. 고등학교 다닐 때 제2외국어가 일본어였는데 재미있었거든."

"아이리스는 반달처럼 생긴 눈매가 꼭 일본 여자 같아요. 일본어가 딱 어울릴 것 같은데요."

"호호 그런 소리 많이 들었어요. 얼마 전에 철학관에 갔었는데, 그분 하는 말이 내가 전생에 일본 여자였다고 하더군요."

"그래요? 그 말 일리가 있어요."

그는 내 말에 일일이 고개를 끄덕여 주었다. 그걸 말이라고 듣고 있었냐며 핀잔을 주던 남편의 얼굴이 떠올랐다. 무조건 내 편이 생긴 것 같아서 행복했다.

안동역에서 기차를 타고 곰탱이에게 손을 흔들며 흐뭇했다. 허기진 뱃속에 달달한 빵 냄새가 가득 들어차듯 나른하며 행복했다. 열차 안에서 『매일 떠나는 남자』를 펼쳤다.

– 떠난다는 것은 어느 정도 죽는 것이나 마찬가지다. 그러니까 나는 많이 죽었다 –

그 부분이 명치에 걸렸다.

집에 돌아와 곰탱이에게 문자를 보냈다.

〈오늘 정말 의미 있는 여행이었어요. 월영교에서 바라본 아름다운 경치, 안동댐에서 마신 커피, 평생 잊지 못할 거야. 당신 아니었으면 내가 뭘 하고 싶은지도 모르고 살았을 거야〉

〈아이리스, 당신은 뜨거운 여자예요. 그 뜨거움으로 향학열을 불태워 봐요. 당신의 멋진 미래가 기대돼요〉

혜성의 영역 표시

2009년 봄.

　나는 견사 안에 쪼그리고 앉아 있었다. 노파와 전원주택 여자가 입구로 다가왔다. 노파가 지팡이로 견사 문을 쾅쾅 두드렸다. 전원 주택 여자가 이곳까지 왕림하다니 무슨 일일까? 나는 숨을 죽였다. 캐리가 문밖을 향해 짖기 시작하자, 개들이 죽어라 짖어댔다. 쉿, 입술에 검지를 대자 캐리가 검은 눈동자를 뒤룩뒤룩 굴리며 숨을 죽였다.

　어쩐지 어젯밤 꿈자리가 사나워 밤새 뒤척이며 잠을 자지 못했다. 새벽녘에야 간신히 잠이 든 터였다. 첫 남편과 정수 씨가 나란히 언덕 위에서 나를 불렀다. 같이 가자는데, 꿈결에도 거기가 황천길 같아서 화들짝 놀라 잠에서 깼다. 생시에는 힘겹게 사느니 따라갈까 하는 마음이 있었는데, 꿈속에서는 왜 그리도 무섭던지 온몸으로 완강하게 저항했다. 캐리가 팔을 핥는 바람에 눈을 떴지만 몸이 천근만근이었다. 컨테이너 창이 환하게 밝아 있었다. 이런 일이 있으려고 간밤에 그런 꿈을 꾸었나 보다.

다음 날, 군청에서 직원이 세 명이나 찾아왔다.

"민원이 들어왔으니 당장 오물을 처리하십시오. 이게 도대체 뭡니까? 저분들이 사람이 좋아 이쯤 한 줄 아십시오."

나는 성처럼 우뚝 솟은 전원주택을 노려보았다. 소똥 냄새는 견디면서, 개똥 냄새에는 구토가 난다니 이해하기 힘들었다.

사람들은 나를 개 엄마라고 불렀다. 여기서는 호칭이 마땅치 않았다. 교장네, 서씨네, 노인회장네, 이장네, 전원주택집이라고 지칭했다. 나에게 대놓고 '개 엄마'라고 부르진 않았지만, 저희들끼리는 '그 개 엄마 있잖아요.' 하며 나를 지칭하는 것 같다.

나도 처음부터 이런 여자는 아니었다. 첫 번째 결혼을 하고 일 년도 되지 않아 교통사고로 남편을 잃었다. 오빠의 도움으로 이십 년 가까이 연극판을 떠돌았지만, 주연, 조연은 못하고 엑스트라로 살았다. 엑스트라라는 영역을 벗어나 보지 못했다. 책가방 끈이 짧다는 이유였다.

재작년에 두 번째 남편 정수 씨를 만났다. 복지관에서 강아지 미용을 배울 때였다. 정수 씨 역시 부인이 죽은 지 십 년이 넘었기에 우린 쉽게 친해졌다. 우리는 마음이 맞아 함께 살기는 했지만, 법적인 절차는 생략했다. 밭을 일구면서 연애하듯이 재미나게 살았다. 밭의 동쪽 모퉁이에 정수 씨의 부모 산소와 전 부인의 산소가 있다. 밭일을 하다 힘들면 산소에 기대앉아서 물도 마시고 점심도 먹었다. 비닐하우스에 유기견도 데려와 열 마리 정도 키우고, 우리는 컨테이너에서 생활했다. 알콩달콩 산 세월이 겨우 이 년이었다. 정수 씨가 갑자기 죽고 말았다. 점심식사 잘하고, 전 부인의 산소에 기대고 앉아 잠이 들었는데, 그냥 저세상으로 가버린 것이었다.

정수 씨는 전 부인과 나란히 산소에 묻혔다. 나는 어쩔 줄 몰랐고, 갈 곳도 없었다. 호적에 올라 있지 않으니 유산을 받을 수도 없었다. 정수 씨 산소 바로 옆이 내 영역이라고 생각했다. 정수 씨의 자식들도 형제들도 눈을 바로 뜨지 않았다. 어서 떠나라고 종용했지만 갈 곳이 없었다. 밭은 시동생이 농사를 짓겠다며 내놓으라고 했다. 그래서 밭의 한쪽 구석이 내 영역이 되었다.

시동생은 자신의 밭 한구석에 비닐하우스를 치고 개를 키우는 나를 차마 내쫓지 못했다. 동네 사람들도 나의 기구한 운명을 불쌍히 여겨 내색을 하지 않았다. 유기견을 받아다가 키우는 일에 전념했다. 내가 의지할 거라고는 이 아이들뿐이었다. 개들이 점점 늘자 사료값을 감당하기 힘들었다. 면사무소 근처에서 음식점을 하는 사장님이 나를 잘 봤는지 만날 때마다 반갑게 맞아주었다.

"김 여사님, 제가 이번에 차를 바꾸려고 하는데 이 경차를 싸게 드릴 테니 가져가세요. 오토바이보다는 편리하실 겁니다. 그리고 식당에서 나오는 잔반을 드릴 테니 경차에 싣고 나르세요. 안정감도 있고, 남 보기에도 나을 겁니다."

헐값에 자동차를 구입했고, 잔반을 가져다 먹이기 시작했다. 그러나 과거에 애완견이었던 강아지들은 조금 날름거리다 말아, 거의 대부분 남기고 말았다. 고무 함지박을 문밖에 내놓고 거기에 남은 잔반을 버리기 시작했다. 겨울에는 그런대로 괜찮았는데 여름이 되자 그것이 썩어서 넘쳐, 비라도 오면 밭고랑으로 흘러갔다. 견사 뒤에는 우사가 있어 온종일 소똥 냄새가 났다. 소똥 냄새와 이 냄새가 대충 섞이면 그런대로 넘어가리라 생각했다.

사실 정화조를 설치해 두긴 했는데 전기료가 무서워서 거의 쓰지 않았다.

"여기가 어딥니까? 상수원 보호구역 특별대책 1 권역이란 말입니다. 수도권 사람들이 먹는 물인데, 그들이 알아봐요. 하수처리가 제대로 되지 않아 똥물을 흘린다면 말이 됩니까? 아마 기겁을 할 겁니다."

군청직원의 목소리가 커지자, 캐리가 내 다리 뒤에 몸을 숨기고 으르렁거리며 이빨을 드러냈다.

"그 개도 풀어두면 안 됩니다. 사람이라도 물면 어쩌려고 그럽니까?"

캐리는 으르렁거릴 때조차도 우습다. 입이 비뚤어져 혀가 한쪽에서 대롱거려 메롱하며 약 올리는 것 같은 모습이다. 캐리를 품에 안고 다독였다.

"이 개는 물 줄 몰라요."

"주인이나 그렇게 생각하지. 다른 사람들에게는 위협이 된다고요. 목줄을 꼭 매세요."

나는 풀이 죽어 고개를 끄덕였다. 캐리에게 목걸이를 하고 목줄을 맸다. 캐리는 싫다고 도리질을 했다. 캐리의 머리를 쓰다듬었다. 내 목에도 개 목걸이를 채운 것처럼 목이 갑갑했다.

"일단 정화조에 개똥을 넣고 톱밥을 덮고, 개똥을 넣고 톱밥을 덮는 방식으로 하겠습니다. 잔반은 안 먹이고 사료를 먹이겠습니다."

군청직원은 내 의견에 고개를 갸웃거리면서 돌아갔다. 위기는 모면했지만 마음이 불안했다.

다음 주에는 면에서 직원이 나왔다.

"군청에서 지시가 내려왔습니다. 매주 와서 확인하고 보고해야 하니, 주변을 깨끗이 치워주셔야 합니다."

온종일 이리 뛰고 저리 뛰고 등이 휘도록 일해도 입에 풀칠하기도 힘들었다. 혜화동 연극판에 뛰어들어 살 때는 배가 고파도 자존감은 높았는데, 이건 정말 정신적으로도 육체적으로도 밑바닥 생활이었다. 음식점 사장이 딱한 눈으로 보았다.

"김 여사님, 차라리 하우스에 가서 일하는 게 어떻겠어요? 하루에 6만 원씩 준다는데요. 개 키우는 건 정리하는 게 좋지 않겠어요?"

처음에는 내게도 소박한 꿈이 있었다. 유기견을 맡아 키우고 분양하는 곳에서 남편과 함께 봉사를 하기 시작했다. 깨끗이 씻기고, 털을 다듬고, 통통하게 키워서 새로운 주인에게로 넘겨줄 때는 보람을 느꼈다. 처음에는 우울증에 걸려 움츠러들거나 아무나 보고 거품을 물며 덤벼들던 개들이 정성 들여 보살피자 눈빛이 순해졌다. 마음에 상처를 입은 유기견을 키워서 입양시키며 보람도 느꼈는데, 이제 작은 꿈을 펼칠 영역조차 허락되지 않았다. 세상이 원망스러웠다. 문득 이러고 살아서 뭐 하나 하는 나쁜 마음이 들었다.

"저 언덕 위 양계장 터를 전원주택 단지로 개발할 겁니다. 57세대가 들어선다니 이제 민원이 끊이지 않을 텐데, 다른 방도를 찾아보셔야 할 거 같습니다."

면 직원이 와서 한바탕 설교를 하고 가면 머릿속에 젓가락을 넣고 휘휘 저은 것처럼 아팠다. 컨테이너에 붙여 놓은 손바닥만 한 거울을 들여다보았다.

"할 수 있다! 남편을 둘이나 저세상으로 보내고도 살았는데, 이까짓 것 아무것도 아니다!"

주먹을 들어서 매일 아침 외쳤던 구호를 외쳐 나를 곧추세우려고 애써 보았다.

"나는 이 세상에서 제일 멋진 여자다! 오늘도 힘차게 시작하자!"

그런데 거울 속 얼굴이 일그러지며 눈물이 흘렀다. 얼굴은 탄력을 잃고, 화장을 하지 않은 얼굴은 주름과 잡티로 뒤덮였다. 내가 웃으면 사람들이 배우 같다고 했다. 남편이 입던 반팔 러닝셔츠 사이로 축 늘어진 젖가슴을 내려다보다가 갑자기 자신감이 뚝 떨어졌다. 두려움이 덮쳐왔다. 더는 살 자신이 없다. 이제 어디로 가지? 강아지들은 또 어떻게 되는 걸까? 주인한테 버려져서 악머구리처럼 끓던 아이들이 이제 안정을 찾았는데…. 마지막 보루였던 내게서 버림을 받으면 이 아이들은 끝나는 거겠지. 마음이 복잡했다.

아무것도 모르는 캐리는 내 발치에 제 몸을 비비적거렸다. 견사의 강아지들이 배가 고프다고 낑낑거렸다. 스테인리스 우리마다 사료를 듬뿍듬뿍 놓아주었다. 강아지들은 마지막 식사인 줄도 모르고 꼬리를 치며 맛나게 아침 식사를 하고 있다.

컨테이너로 돌아와 돋보기를 끼고 화장을 시작했다. 얼굴에 파운데이션을 펴 바르고 손가락으로 두드렸다. 두드리면 두드릴수록 화장이 잘 먹고 들뜨지 않는다. 눈썹을 넓고 진하게 그리면 나이보다 젊어 보인다. 빨간 립스틱을 바르면, 얼굴에 생기가 돈다. 다 알지만, 손가락이 떨려서 제대로 그릴 수가 없다. 정수 씨의 러닝셔츠를 껍질처럼 벗겨냈다. 몇 년 전 정수 씨와 처음 이곳에 올 때 입었던 빨간 원피스를 입었다. 남의 옷을 얻어 입은 것처럼 어깨선이 내려오고, 허리 쪽이 할랑했다. 선글라스를 끼고, 마스크를 썼다. 손가방에 라이터를 챙겨 넣었다. 휘발유 통을 들고 문을 나서는데 눈물이 뚝 떨어졌다. 정수 씨와 전 부인은 내 심정도 모르고 햇살 아래 무심하게 잠들어 있다. 비닐하우스를 빙빙 돌며 휘발유를 부었다.

전원주택을 바라보았다. 저 여자는 얼마나 팔자가 좋기에 젊은 나이에 이층짜리 전원주택을 짓고 사는 걸까?

비닐하우스 문을 활짝 열었다. 다섯 마리씩 가둬 두었던 스무 개의 스테인리스 우리의 문도 다 열었다. 강아지 백 마리가 우리를 뛰쳐나와 비닐하우스 문밖으로 나갔다. 캐리가 내 다리에 몸뚱이를 비벼댔다. 비닐하우스 앞 메리의 우리를 열자, 캐리와 메리가 반가워서 서로 얼굴을 핥는다. 강아지들은 한동안 멀리 가지 못하고 하우스 주변에 코를 박고 얼쩡거리며 오줌을 싸서 영역표시를 하고 있다.

"영역표시를 해 봐야 소용없어. 우리의 영역은 이제 없다구!"

빗자루를 휘둘러 강아지들을 다 쫓아버렸다. 자꾸 달라붙는 캐리도 인정사정 보지 않고 빗자루로 엉덩이를 때렸다. 야산으로 뛰어 올라가며 자꾸 뒤돌아보는 캐리 때문에 마음이 약해지려고 했다. 목걸이라도 풀어 줄 걸. 저 애 목걸이를 풀어주는 사람이 나타날까?

가방에서 라이터를 꺼냈다. 엘피 가스통 밸브를 열어놓았다. 라이터에 불을 붙여 바닥에 던졌다.

자동차를 타고 언덕을 향해 달리기 시작했다. 빨간 불꽃이 혀를 날름거리며, 빠르게 비닐하우스 주변으로 번져갔다. 빨간 원피스 속에 갇힌 내 마음처럼, 내 삶이 담긴 비닐하우스가 타닥타닥 비명을 지르며 타기 시작했다. 잠시 후, 펑 소리가 나며 엘피 가스통에 불이 붙었다. 비닐하우스에서 검은 연기가 치솟고, 불길이 거세게 타올랐다. 전원주택 여자와 노파가 나와서 소리를 질렀다. 언덕 위 전원주택을 짓고 있는 공사장에서 인부들이 내려다보았다. 불자동차가 출동했다. 왱왱거리는 소리가 점점 가깝게 들려왔다. 정수 씨와 그의 아내 산소에까지 불이 옮겨 붙었다.

나는 자동차를 구명보트 삼아 구불구불한 길을 내달렸다. 야산에 흩어져 있던 개들이 떼거리로 달려 내려왔다. 비겁하게 도망치는 나를 따라 달리는 개들에게 정말 미안하다. 개떼가 자동차를 뒤쫓아 오는 장면은 평생 잊지 못할 것 같다. 캐리의 옆으로 빼문 혓바닥이 자꾸 눈에 밟혔다.

2009년 7월 7일

저녁 7시 나는 무작정 종로에 있는 Y 다방으로 나가 보았다. 몇십 년이 지나도 민영기 선생님은 거기 앉아 있을 것만 같았다. 정말 기적처럼 거기서 민영기 선생님과 병선을 만났다.

"혜성아, 그동안 어떻게 된 거야?"

민 선생님은 노신사가 되었다. 구불구불한 머리카락은 은색으로 변하고 수염과 구레나룻도 은색으로 변했다.

병선이 내 손을 잡았다.

"나는 그동안 고소혜라는 이름으로 모델 활동을 했어. 학력위조가 밝혀져서 지금은 별장에서 칩거 중이야. 매니저가 그만뒀어. 내가 할 줄 아는 게 아무것도 없지 뭐야. 매니저가 필요한데 나 좀 도와줄 수 있겠어?"

오갈 데 없는 나는 병선을 따라서 병선의 별장으로 가게 되었다. 민영기 선생님과는 내년에 다시 만날 것을 기약했다.

병선의 에쿠우스

2009년 7월 31일.

말의 거친 숨소리와 군무에 흥분이 되었다. 연극이 끝나고 나서도 계속 귓바퀴에서 속삭이는 소리가 들렸다. 에쿠우스, 에쿠우스….

밤마다 말을 타고 황홀하게 달렸던 알런이 여섯 마리 말의 눈을 꼬챙이로 찌르고 나락으로 떨어지긴 했지만, 그는 달려보지 않았는가? 알런의 이글거리는 분노의 불길이 나의 몸과 마음을 활활 태웠다.

꿈이었다. 벌써 햇살이 눈두덩에 어른거린다. 눈을 뜨자 또 고통스러운 현실이 기다리고 있다. 벽에 걸린 가발들이 눈에 들어왔다. 구불구불한 긴 머리 가발은 노랑에 가까운 연한 갈색이다. 꼬불꼬불하게 파마가 된 짧은 머리 가발은 검은색에 흰 머리카락이 적당히 배합되어 있다. 사람의 나이를 줄였다 늘였다 하는 방법으로 헤어스타일만 한 것도 없다.

햇살 아래 펼쳐진 들판은 온통 초록이다. 침대에 누워서도 초록 들판과 파란 하늘이 통유리를 통해 시원스레 보였다.

"휘이 휘이!"

아침부터 깡통 두드리는 소리에 귀가 따갑다. 수십 마리의 참새 떼가 정원 나무들 속에서 날아올랐다. 그 속에 노란 깃털 새가 끼어 있었다. 갈색의 작은 참새들 속에 끼어 있는 노란 새는 크고 아름다워서 단연 돋보였다. 새까맣게 익은 블랙베리를 부리에 물고 우아하게 날아올랐다. 그때였다. 노란 새가 이쪽을 향해 날아오는가 싶더니 맑은 유리창에 부딪혔다.

"너희 앞날이 유리창이다. 뻥 뚫려 있는 것처럼 보여도 꽉 막혔다고. 알아들어?"

고등학교 때 이옥순 선생이 회초리를 들고 교탁을 탁탁 때렸다. 그때는 사랑의 매라는 이름으로 교사들의 폭력이 있어도 고발하는 학부형이 없었다. 이옥순선생은 너희 앞날은 꽉 막힌 유리창이라며 서슴없이 막말을 해댔다. 말괄량이들에게 쏘아대던 훈계가 이제 내 뒤통수를 치고 있다. 나는 태아처럼 몸을 웅크렸다. 내 인생은 뻥 뚫린 고속도로를 내달리는 중이었다. 딱 한 번의 거짓말이 들통 나는 바람에, 유리창에 부딪혀 바닥으로 추락한 노란 새처럼 나는 나락을 향해 추락하는 중이다.

배가 고프다. 마음은 고통 속에서 질퍽거려도, 내 몸뚱이는 배고픔을 느끼고 있다. 벽에 달린 인터폰에 대고 소리쳤다.

"혜성아, 밥."

곧바로 계단을 올라오는 소리가 들렸다. 혜성은 쟁반에 샌드위치와 샐러드를 받쳐 들고 들어왔다. 한 손에 노란 새가 들려 있다.

"아까 내가 깡통을 두들길 때, 허둥지둥 달아나다가 유리창에 부딪혔어. 죽은 줄 알았는데 기절했던 모양이야. 그 와중에도 입에 블랙베리를 물고 있더라."

"어쩌려고?"

"날 수 있을 때까지 돌봐줘야겠지?"

노란 새는 동그란 대가리를 갸웃거리며 까만 눈동자로 나를 바라보았다.

"천천히 먹고 있어. 커피 가져올게."

노란 새가 죽지 않아서 다행이다. 통유리를 통해 보는 정원은 아름답다. 각종 과실수의 나뭇잎들이 제각각 초록을 뽐내며 바람이 부는 대로 춤을 추고 있다. 초록이라고 다 같은 초록은 아니다. 햇빛을 받는 각도에 따라서 조금씩 다르다. 나는 사람들 속에 섞여 있을 때 행복했다. 참새 속에 섞여 돋보이던 노란 새처럼 스포트라이트를 받으며 내 존재를 뽐내며 살았다. 지금 나는 사회로부터 자가 격리 중이다. 전염병 환자처럼 갇혀 지낸 지 7개월이 지났다. 내가 그토록 좋아하던 일에서 손을 뗄 수밖에 없었다. 가까운 친척, 지인들과도 단절이다. 혜성을 7월 7일에 만났다. 그녀에게 도와달라고 매달렸다.

옥수숫대는 바람이 부는 방향에 따라 사열 종대로 줄을 맞춰 군사훈련이라도 하는 것 같다. 생각의 고삐를 황급히 당겨보지만, 내 마음은 벌써 과거의 시간 속으로 질주하기 시작했다. 여고 시절, 교련 시간이었다.

"우로 봐!"

학생들은 내 구령에 맞춰 단상을 향해 고개를 돌렸다. 나는 사각 턱에 독수리처럼 날카로운 눈매를 가졌다. 사복을 입고 나서면 남학생으로 오해받을 때가 많았다. 큰 키에 덩치가 좋아서 교련시간에 대대장을 맡았다. 나 때문에 여학생들 사이에 미묘한 다툼들이 끊이지 않았다.

"대대장은 내가 찍었어. 넘보지 마."

내게 연애 감정을 느끼는지 여학생들의 고백 편지가 책상 속에 들어 있곤 했다. 작은 선물꾸러미를 들고 쭈뼛거리며 찾아오는 아이들도 있었다. 어떤 때는 자기들끼리 머리끄덩이를 잡고 싸우기도 했다. 혜성도 그런 여학생 중 하나였다.

열병식 후에 교관이 지나다니며 무작위로 질문을 퍼부었다.

"김경아, 부목에 관해 설명하라."

경아는 우물쭈물하더니 목청을 높였다.

"잊었습니다."

옆에 서 있던 혜성이 손을 번쩍 들었다.

"대신 대답하겠습니다!"

혜성의 말에 가슴을 쓸어내렸다. 이런 대답에 대해서는 배운 적이 없었다. 열병식이 끝나고 혜성은 여학생들 사이에 정말 혜성처럼 나타나 인기를 독차지했다. 나는 태연한 척 정면을 바라보고 꼿꼿이 서 있었다.

생각이 과거로 돌아갈 때마다 지워버리고 싶은 순간이 있다. 그 부분을 지우면 내 인생은 고병선이 아닌 고소혜가 될 줄 알았다. 한동안 꾸지 않았던 악몽이 물밑에 가라앉아 있던 시신처럼 떠올랐다.

고소혜의 이름은 세상에 널리 알려졌고, 돈도 원 없이 벌었다. 이 별장도 내 힘으로 장만했고 관리를 하는 사람도 두었다. 사실 이 별장은 가끔 지인들을 불러 바비큐 파티를 할 때나 들렀던 곳이다. 여기 이렇게 칩거하기 위해서 별장을 지은 건 아니란 말이다. 거미줄에 걸려 버둥거리는 잠자리처럼, 사람들의 곱지 않은 시선에 걸려 옴짝달싹 못 하게 될 줄은 몰랐다. 눈도 입도 달리지 않은 인터넷상의 글이 마음에 칼금을 그어댔다. 꽹음 소리에 놀라 하늘을 올려다보았다. 파란 하늘에 하얀 구름이 사선을 긋고 있다. 눈을 가늘게 뜨고 보니 줄 꼭대기에 제트기가 크레파스처럼 달려 있다. 조물주 마음대로 내 인생 항로를 긋는 것이라면 어떡하나? 내 의지대로 열심히 살았고 성공했다고 자부했다. 그런데 조물주가 내 인생의 선을 똑바로 그어 올라가다가, 벌을 주기 위해 선을 내려 긋고 있는 것만 같다. 저 하얀 줄의 끝에 매달려 끌려다니다 추락하는 것이 인생이라면 너무 억울하다. 운명은 바꾸기 위해 있는 거라며 큰소리치고 살았는데, 자꾸 절망적인 생각만 끼어들었다.

교감선생님의 훈화가 가끔 떠오른다.

"여러분, 모든 것은 제자리에 있을 때 아름다운 것이다. 밥이 밥주발에 있어야 아름다운 것이지 하수구 수챗구멍에 있을 때 아름답겠는가? 학생은 학교에 있어야지. 학교가 아닌 곳, 어른들이 출입하는 술집에 있으면 아름답겠는가?"

박진경이 내 귀에 대고 속삭였다.

"무슨 말씀? 우리한테 들어보라고 하시는 거 아님?"

나는 첫 단추를 잘못 끼웠지만, 다른 친구들보다 백배는 더 노력해서 이 자리까지 올라올 수 있었다. 내 이야기를 하려면 고3 때로 거슬러 올라가야 한다.

엄마는 어느 날, 새벽기도를 다녀와서 나를 깨웠다. 나는 학교를 자퇴하고 나서 일 년 동안 이불속에 고치를 틀고 살았다. 동생이 가끔 이불을 들춰보고는 내 상태를 가족들에게 보고했다. 내 몸은 말라서 미라가 될 지경이었다.

"너를 위해 모아 놓은 대학 등록금과 결혼자금이다. 나는 이제 모든 걸 하나님께 맡기려고 한다. 하나님이 이끄는 대로 가 봐라."

엄마의 말에 허물을 벗듯 이불에서 나왔다. 나는 스무 살에 유럽행 비행기에 올랐다. 먼저 성형외과를 찾아가 고병선을 탈피하기 위해 노력했다. 얼굴이 바뀌니 새로운 세상에서 살아갈 새로운 힘이 마구 솟아났다. 어학을 공부하다가 모델지망생을 뽑는 광고를 보았다. 그리고 유럽에서 모델이 되었다. 동양적인 얼굴로 유럽에 알려지기 시작했다. 한국에 돌아와 나는 스타가 되었다. 내가 벌어들인 돈을 은행에 저축하거나, 찾아본 적이 없다. 운전도 할 줄 모른다. 음식을 한 번도 해 보지 않았다. 청소를 해 본 적도 없다. 전신 마사지를 받거나 미용실에 가거나 코디를 받거나 목욕탕에서 때를 미는 것까지 모두 다른 사람 손에 맡겼다. 부모님이 잘 빚어 준 몸매를 유지하면서 엄청난 돈을 벌어들였을 뿐이다. 모든 걸 매니저가 다 해 주었는데, 학력위조 사건이 터지자 매니저가 그만두었다.

지금은, 7월 7일에 종로 Y 커피숍에서 만난 혜성이 내 곁에서 비서 노릇을 해 주고 있다. 혜성은 매니저이면서 동시에 요리사고, 운전기사다. 그녀는 꼼꼼하고 기억력이 뛰어나서 실수하는 법이 없다.

그동안 나는 아예 뇌를 떼어놓고 살아온 것 같다. 생각이나 기억은 매니저에게 모두 맡기고, 생각이란 걸 하지 않고 살았다. 그래도 어쨌거나 내가 갑이고 매니저가 을이었다.

내가 여고 시절에 그렇게 추락할 때, 세계적인 모델이 되어 다른 사람들의 이목이 집중되는 유명인으로 살리라고는 아무도 기대하지 않았다.

"누님은 처녀라 그런가? 젊어도 너무 젊어. 삼십 대라고 해도 믿겠다."

남자들이 치근덕거릴 때마다 귓등으로 들었는데, 이젠 그런 하얀 거짓말이 그립다. 그 시절에 이런 몸을 가진 여학생은 농구선수밖에 없었다. 요즘은 중년 여인들의 옷을 걸치고 홈쇼핑 무대에도 섰다. 방송할 때마다 매진이 되어, 의류업체에서는 나를 서로 스카우트하려고 아우성이다. '아침마당'이라는 프로그램에 나가서 나의 인생에 관해 이야기하고 난 후, 길에 나서면 낯선 여자들이 친근하게 다가와서 알은체했다. 음식점에 가면, 사장이 함께 사진을 찍자고 했다. 사인을 해달라고 하면 우쭐한 마음에 '당신의 열정이 아름답습니다.' 따위의 어쭙잖은 글귀를 써주곤 했다. 다음에 들르면 내 사인과, 함께 찍은 사진 액자가 떡하니 벽에 걸려있었다. 나는 내가 자랑스럽고 행복했다. 나는 내 일과 내 몸에 애착을 느꼈다. 거기서 떨어져 나간다는 건 상상도 할 수 없던 일이다. 학력위조사건이 터지고 나자, 지인들까지도 모두 나를 떠났다. 7월 7일에 만난 혜성이 나를 돌봐주고 있다.

혜성이 머그컵을 들고 들어서기도 전에 커피 향기가 먼저 콧속을 자극한다. 한 모금 마시니 몸이 이완되는 것 같다. 컵을 든 채로 테라스로 나갔다. 단정하게 깎인 잔디에서 풋풋한 풀 냄새가 2층까지 날아왔다. 관리인 부부는 쪼그리고 앉아 잡초를 뽑아내고 있다. 뽑혀 나온 잡초가 바구니에 수북이 쌓여 있다. 내 인생에 기록된 치욕스러운 그 순간을 뿌리째 뽑아버렸으면 좋겠다. 혜성이 빈 머그컵을 받아 들며 내 어깨를 두드렸다.

"자, 이제 아침 운동해야지. 프로는 어느 순간에도 몸관리를 소홀히 하면 안 되는 거야."

트레이닝복으로 갈아입고 나섰다. 오늘도 영상 33도까지 오를 거라는 기상청의 예보다. 모자에 선글라스, 마스크까지 쓰고 걷다 보면 숨이 턱 막혔다. 길은 겨우 차 한 대가 지나다닐 정도로 좁다. 게다가 자동차 통행이 적으니 칡넝쿨이 길까지 슬금슬금 기어 나와 있어 걸을 때마다 발에 걸려서 불편했다. 빵과 샐러드만 먹고 이렇게 장애물을 통과하며 한 시간을 걸었다. 길에는 오가는 사람이 아무도 없다. 농민들은 새벽 3시부터 나와 일하고, 아침 8시면 일을 마쳤다. 내 주변에는 늘 사람들이 북적거렸는데, 요즘은 길고양이보다도 사람 구경하기가 힘들다. 땅바닥에 척 늘어져 있던 칡넝쿨이 풀숲으로 미끄러져 들어갔다. 칡넝쿨이 아니라 진짜 뱀이었다. 온몸에 소름이 돋고, 비명도 나오지 않았다.

"따뜻하게 달궈진 아스팔트에 나와 찬 몸을 녹이려다가 잠이 든답니다. 새벽에 차에 치여 죽는 뱀이 엄청 많거든요."

남자의 말에 그때부터는 바닥만 보고 걸었다. 모든 게 다 뱀으로 보였다. 착시현상을 일으켜 나무동가리도, 버려진 고무호스도 뱀으로 보여 바짝 긴장되었다. 기괴한 소문에 바짝 긴장하고 살았던 시간이 떠올랐다. 나는 돈을 많이 벌었기 때문에 주변 사람들에게 아낌없이 썼다. 친구들이나 친척 모임 때마다 늘 밥을 사는 건 내 차지였다. 초등학교 동창회에 나가 선뜻 오백만 원을 찬조금으로 내기도 했다. 엄마에게 아파트를 사 주었다. 정말 기꺼운 마음으로 돈을 썼다. 그러나 다른 먹이를 찾아 떠나는 새떼처럼, 그들도 어디론가 다 날아가고, 내 곁엔 혜성만 남았다.

　내가 무대에 선 지도 이십 년이 넘었다. 어린 시절 내 모습이 지금은 하나도 남아 있지 않았다. 법원에 가서 개명신청을 해 이름까지 아예 바꿔버렸다. '고소혜'라는 현대적 감각이 느껴지는 이름으로…. 스무 살 때 유럽으로 가서 제일 먼저 한 일은 독수리처럼 날카로웠던 눈매를 쌍꺼풀 수술과 앞 트임 뒤트임까지 해서 시원스럽고 둥그런 눈매로 만들었다. 남성적인 매력을 물씬 풍겼던 사각턱을 브이 라인으로 고쳤다. 그야말로 뼈를 깎는 고통이 뒤따랐지만, 달라지기 위해 참고 견뎠다. 밖으로 드러난 것은 다 바꾸었는데도 불구하고 변화된 껍데기 속의 마음은 여전히 고병선이었다. 과거의 무수한 에피소드들이 뭉쳐진 덩어리가 마음인 걸까? 새로운 에피소드들이 많이 만들어지면, 과거의 쌓인 기억들은 저절로 삭제되었으면 좋겠다. 사건이 터지고 나자 인터넷에 기괴한 소문들이 나돌았다. 있지도 않은 일이 정말 있었던 일처럼 각색되고 부풀려졌다.

　"삼류대학 중퇴인 게 뭐 대단한 학력이라고 위조까지 했을까?"
　"트랜스젠더라며?"
　"어쩐지 여자가 그런 골격이 나오기 쉽지 않다 했어."
　주변 사람들은 인터넷이라는 바다에 부패한 시신처럼 둥둥 떠다니는 루머를 믿었다. 기자들은 M 대학교 교무처에 찾아가 나에 대한 기록을 조회했다. 당연히 나에 대한 흔적을 찾지 못했다. 졸업도 아니고 중퇴라고 하면 그런 줄 알던 옛날 사람들에 비해 참 영악해졌다. 가게주인들은 나랑 함께 찍어 자랑스럽게 걸었던 액자도 다 떼어내 버렸다. 반갑게 다가왔던 사람들이 쭈뼛거리며 자리를 피했다. 모든 것이 유리창처럼 투명하게 다 들여다보이는 이 세상이 무섭다. 휴대폰도 일시 중지시키고, 인터넷도 없는 별장에 죽은 목숨처럼 숨어버렸다.

"혜성아, 저기 칡넝쿨이 꼭 뱀 같지 않니? 매번 속으면서도 섬뜩해."

바람결에 덩굴손이 흔들리자, 둘이 끌어안고 소리를 질렀다.

"덩굴손이 꼭 고개를 치켜든 뱀 대가리 같아."

나는 비명을 지르며 별장을 향해 달리기 시작했다. 휙휙 다리에 걸리는 칡넝쿨들이 뱀이 우글거리는 뱀 소굴 같았다. 나는 숨을 몰아쉬며 잔디밭에 널브러졌다.

"가짜가 진짜 같은 세상이네. 나처럼."

세상을 향해 달리고 싶다. 〈에쿠우스〉라는 연극에서 주인공 알런이 말을 타고 달리던 모습이 떠올랐다. 내 인생에 달려갈 미래가 남아 있을까?

"혜성아, 연극 〈에쿠우스〉를 보고 싶어. 여기서 나갈 방법이 없을까?"

"왜 없겠어. 너만의 방법이 있잖아."

안방 벽에 걸린 가발을 쳐다보았다. 어떤 걸 써야 사람들의 시선에서 벗어날 수 있을까? 노랗게 물들인 긴 머리는 사람들의 시선을 끌 염려가 있었다. 일단은 짧고 꼬불꼬불한 파마머리 가발을 썼다. 얼굴의 절반을 가리는 선글라스를 쓰고, 엉덩이를 덮는 헐렁한 윗도리를 입었다. 입가에 잔주름을 그려 넣고 보니 영락없는 노파였다. 변장을 하고 나니까, 마음속으로 시원한 바람이 드나드는 것 같았다.

* * *

내가 스무 살 때는 〈에쿠우스〉를 운니동에서 공연했는데, 2009년 지금은 대학로 문화공간 '이다' 1관에서 하고 있다. 주차하고 공연장까지 걸어오는 동안 많은 사람들이 지나쳐갔지만, 아무도 나를 알아보지 못했다. 아무도 모르게 대학로를 활보할 수 있다는 자유로움과 함께 아무도 모르게 다녀야 한다는 슬픈 감정이 마음을 넘나들었다.

포스터에는 여섯 마리의 말로 분장을 한 젊은 배우들이 근육질 몸매를 자랑하고 있다. 몸에 걸친 거라고는 가죽 팬티에 허벅지까지 오는 긴 부츠뿐이었다. 악마의 이미지 같은 표정과 말의 상징인 갈기머리가 강력하다.

레빈 피터 쉐퍼 작의 〈에쿠우스〉

삼십여 년 만에 다시 보는 똑같은 연극인데, 느낌은 아주 달랐다. 열일곱 살의 주인공으로 나왔던 배우가 이제 중년의 의사 역할을 할 만큼 세월이 흘렀다. 무대는 예전보다 더 실감 나게 꾸며졌고, 연기도 세련되고, 섹스 장면도 적나라하게 보여 주었다. 그런데 알런의 고통이 예전처럼 아프게 와닿지 않고, 심장이 벌렁거리지 않았다. 스무 살 때는 알런이 여섯 마리 말의 눈을 꼬챙이로 찌를 때, 그의 고통이 감정이입 되어 펑펑 울기까지 했었다. 그때의 열기를 다시 한번 느껴보고 싶고 카타르시스도 맛보고 싶었는데, 알런의 고통이나 흥분은 무대 위에서만 맴돌고 내 마음속으로 들어오지 않았다. 그때의 그 뜨거운 피는 내 혈관을 돌고 있을 텐데, 함께 돌아야 할 내 느낌만 차갑게 식어버린 걸까?

나는 내가 이렇게 나락으로 떨어진 이유는 엄마 때문이라고 원망했다. 엄마 역시 알런의 엄마처럼 종교에 집착했다. 바르지 못한 행동을 하는 아이들을 지나치지 못했다. 엄마는 함께 길을 가다가 칼로 가로수의 나무껍질을 벗기고 있는 중학생을 불러 세웠다. 나는 그 학생이 칼을 들고 있어서 불안했다.

"다른 사람이 학생 팔을 칼로 북북 긁어대면 좋겠나?"

학생은 칼을 든 채로 엄마를 노려보았다. 흰자위를 희번덕거리는 중학생이 일을 저지를 것 같아서 엄마를 잡아끌었다.

"말세다 말세야. 청소년들을 바르게 가르쳐야 하는데, 애들이 무서워서 훈계를 못 하는 세상이 됐으니 원."

권사인 엄마는 교회에 가서 새벽기도를 하는 것으로 하루를 시작했다. 목사님과 함께 성도들의 집에 심방을 가고, 문병을 가고, 장례식장에 가는 것이 엄마의 일과였다. 늦게 집에 돌아와서 집안 청소를 하고, 설거지를 했다. 집안은 반들거렸고 그릇들도 반짝거렸다. 하루에도 몇 번씩 샤워하고, 끈적거린다며 화장도 하지 않았다. 매일 말끔하게 차려입고 목사님의 필요에 따라 움직이는 엄마여서, 나는 교회에 엄마를 빼앗긴 기분이었다.

아빠는 일요일마다 양복을 빼입고 다방에 가서 마담에게 환심을 사는 것이 일과였다.

나는 고등학교를 자퇴한 후, 한동안 집에 누워서 지냈다. 엄마는 나를 위로하고 다독거리는 게 아니라, 새벽기도 시간을 늘렸을 뿐이었다. 엄마가 잘못한 것은 아무것도 없었다. 엄마는 바른길에서 벗어난 적이 한 번도 없었으니까. 하지만 나는 나를 안아줄 넉넉한 엄마의 품이 그리웠다. 박진경 엄마는 딸의 머리채를 휘어잡고 욕을 해대다 끌어안고 울었다.

"야, 이 미친년아. 몸이 부서져라 돈 벌어서 너 하나 공부시키는 재미로 살았는데, 뭐가 어째? 니 맘대로 자퇴를 했다고? 오늘 너 죽고 나 죽자."

원색적인 그 사랑이 부러워서 이불속에 고치를 틀고 누워 있는 동안, 박진경 엄마의 거친 대사를 몇 번이고 되뇌었다.

"우로 봐!"

더는 학생들 앞에 서서 우렁차게 구령을 붙일 수 없는 것이 속상했다. 나는 늘 선생님들에게나 학생들에게 잘 보이고 싶었다. 그런데 그 일이 있고 난 후, 친구들과 함께 자퇴하고 학교를 떠날 수밖에 없었다. 이불속에 고치를 짓고 누워서 일 년 내내 생각했다. 이제 바르게 살고 싶지 않았다. 무슨 수를 쓰든 성공하고 싶었다. 보란 듯이 성공해서 나 이렇게 살았노라고 세상에 알리고 싶었다. 모델이라는 목표를 정해 놓고 수단과 방법을 가리지 않고 경주마처럼 달렸다. 기억의 말머리가 고개를 돌리려 할 때마다 채찍질을 해서라도 되돌아보지 않았다.

쓰레기 더미처럼 치워버리고 살았던 과거가 지금 와서 냄새를 풍기고 있다. 일이 터지고 나자, 바르게 살았던 시간까지도 가면을 쓰고 살았다는 비난을 듣게 되었다. 인생의 어느 한순간도 거짓이 있으면 안 된다는 걸 새삼 깨달았지만, 이미 늦었다.

정신과 의사 다이사트는 알런의 잔혹한 행위에 대한 원인을 파헤쳐 가는 과정에서 부모의 왜곡된 사랑을 알게 되었다. 도덕적 억압에 짓눌린 알런의 뜨거운 내면을 마주하게 되었다. 그는 말에 대한 열정과 원시적 욕망으로 가득한 알런을 치료하면서 그 자신은 치료에 대한 회의를 느낀다. 17세 소년이 가진 순수한 열정을 부러워한다. 이 소년의 기억에서 말을 제거하여 사회가 원하는 모습으로 바꾸어 놓는 것이 과연 치료라고 볼 수 있을까? 정상적으로 살아가는 것이 무엇인가? 다이사트의 독백에 공감이 간다.

엄마 때문이라며 분통을 터뜨렸던 시간이 목구멍을 타고 올라왔다. 엄마의 바른생활이 신물 난다며, 적당히 거짓말도 하고 편법을 쓰며 살아왔던 시간이 가슴을 쿵 하고 때렸다. 출판사에서 자서전을 써보라고 충동질만 하지 않았어도 상황은 변하지 않았을 것이다. 편집국장의 말을 들어 보니 이쯤에서 나의 인생을 세상에 알리는 것도 좋겠다는 생각이 들었다. 지금이야말로 어려움을 딛고 일어서서 나 이렇게 성공했노라고 내세울 타이밍이라고 여겨졌다. 물론 내가 쓴 건 아니었다. 출판사에서 연결해 준 대필 전문 작가는 여성지에 게재된 나의 인터뷰 기사들을 토대로 해서 이야기를 만들어 나갔다. M 대학교 가정학과 중퇴라는 학력을 쓰라고 했다. 거짓 학력이 마음에 걸리기는 했지만, 대필 작가가 대학교 일이 학년쯤에 있을 법한 에피소드들을 천연덕스럽게 만들어서 집어넣었다. 거의 많은 부분이 미화되긴 했지만, 사실에서 조금 부풀린 정도였다. 오천만 원이라는 거금이 들었지만 아깝지 않았다. 자서전은 베스트셀러가 되었다. 이제 성공을 거두었으니 자서전을 쓸 때가 된 것 같아 썼을 뿐이고, 사람들이 내 책을 흔쾌히 샀을 거라고 생각했다.

평범한 일상을 사는 알런의 정신과 의사 다이사트는 절규한다.

"그래도 알런은 달려보지 않았는가?"

다이사트의 절규가 내 마음을 파고들었다. 울컥 목울대에서 나도 모르게 신음이 나왔다.

연극은 거기서 끝나고 더 진행될 필요가 없었다. 그 마지막 신은 나의 뇌리에 오래도록 각인되었다. 연극무대는 거기서 끝나면 될 것이다. 그런데 자서전으로 완벽하게 마무리 지었는데도 불구하고, 나의 인생은 계속 진행 중이다. 그래서 자서전은 섣불리 쓸 게 못 된다는 걸 깨달았다. 죽기 바로 전에 쓰거나, 썼다면 죽고 나서 발표해야 한다는 생각이 들었다.

작년 말, 신문과 텔레비전에 연예인 학력 위조 사건이 터졌다. 거기에 내 이름이 끼어 있었다.

─고소혜 본명 고병선. 고등학교를 자퇴한 사실을 숨기고, M 대학교 중퇴라고 학력을 속였다. 국민의 언니로 존경받던 그녀가 국민을 상대로 사기를 친 것 같아 실망감을 감출 수 없다. ─

나는 진실하게 살았는데, 학력 위조 때문에 내 인생이 모두 가치를 잃었다.

"모델이 몸매 좋고 워킹 잘하고 표정 좋으면 그만이지, 왜 학력까지 까발리며 망신을 주지 못해 안달인지 모르겠다."

혜성은 자기 일처럼 부르르 떨었다. 자서전을 쓰면서 인생을 한 번 정리하고 넘어가자고 했던 일이 아예 사회에서 정리당하고 말았다.

"일 년 정도 지나면 여론이 잠잠해질 거라고 민영기 선생님이 말씀하셨어. 나도 쉬고 싶어."

막이 내리고 관객들이 일어나 박수를 치기 시작했다. 배우들이 다시 나왔다. 배우들은 기립박수를 받으며 퇴장했다. 나도 내 인생의 연극이 끝나는 날, 기립박수를 받고 싶었는데, 이제는 모든 게 물거품이 되었다.

"또다시 열정을 쏟아부을 일이 나타날 거야. 인생이 다 끝난 것 같아도 살다 보면 또 다른 길이 생기더라. 내 인생도 견사를 불태우며 끝난 줄 알았어. 그런데 너를 만나서 나는 또 다른 삶을 시작했잖아."

혜성이 중얼거렸다. 관객석에 조명이 들어오고 사람들은 객석을 떠나고 있다.

김진경의 가면

2010년 6월 7일

쿵!

내가 살아 있는 건가? 등뼈가 무너진 걸까? 눈을 떴다. 천장이 높아 보인다. 눈높이에 있어야 할 피아노와 화장대가 올려다보인다. 엉덩이와 허리 사이에 손을 넣으려다 그만두었다. 손바닥이 비집고 들어갈 틈 없이 온몸이 방바닥에 척 늘어져 있다. 다시 눈을 감았다. 빈속에 소주를 한 병 다 마시고 깜빡 잠이 들었다. 뒤척이다 침대에서 떨어졌나 보다. 어디 뼈라도 부러진 걸까? 의식은 있는데 몸이 움직이지 않는다. 또 여덟 살 때 다리에서 떨어지던 악몽이 되살아났다.

나는 다리 난간에 앉아서 발을 구르고 있었다. 파란 하늘에 떠가는 구름이 코끼리가 되었다가 원숭이로 변신하는 걸 바라보고 있었다. 느닷없이 누군가 내 등을 밀었고 나는 바닥으로 추락했다.

다급하게 달려오는 발자국 소리가 쿵쿵 내 머릿속을 두들겼다. 사람들의 비명. 누군가가 나를 둘러업고 달렸다.

"진경아, 죽으면 안 돼. 정신 차려!"

엄마의 울부짖는 목소리가 옆에서 함께 뛰었다. 헉헉 헉 나를 업고 달리는 사람의 거친 숨소리를 들으며 안심했다. 마음이 든든했다. 엄마와 아버지가 있으니 나는 괜찮을 거라는 생각이 들었다. 의사는 아무 데도 다친 데가 없다며 기적이라고 했다. 그러나 가끔 가슴에 담이 들면 숨을 쉴 수가 없었다. 누구였는지, 왜 그랬는지는 기억나지 않는다. 나의 첫 번째 추락이었다는 것만 떠올랐다. 나를 업고 병원으로 달려갔던 젊은 아버지의 등이 그립다.

아버지를 못 뵌 지 오래되었다. 남편은 지금 대만에 출장 중이다. 아들은 미국에 유학 중이다. 이제 나를 업고 병원으로 달려갈 사람이 아무도 없다. 어떡하지?

낮에 요양원에 봉사하러 갔다가 색소폰 연주자를 보았다. 낯이 익어서 자꾸 그의 시선을 피했다. 십여 명의 노인들이 강당에 놓인 소파에 앉아 있었다. 공익근무요원들이 휠체어를 밀고 들어왔다. 복지사가 노인이 누워 있는 요를 잡아당겨 끌고 나왔다. 이불 썰매를 태워달라고 아버지에게 응석을 부리던 어린 시절이 떠올랐다. 아버지는 무남독녀인 나를 애지중지 키웠다.

"진경이는 누구 딸?"

"아빠 딸!"

옆집 아주머니가 혀를 차며 웃었다.

"에구, 모과처럼 못생긴 딸이 뭐가 예쁘다고."

이불 썰매를 타고 나온 노인이 목을 빼고 반짝거리는 색소폰을 바라보았다. 소파에 앉아 고개를 뒤로 젖히고 코를 골며 꽃잠에 빠진 노인도 있다. 자그마한 노파가 휠체어에 실려 왔다. 온몸에 감긴 줄을 잡아당기며 인상을 썼다. 복지사가 안 된다고 말려도 막무가내로 줄을 잡아 흔들었다. 마지못해 복지사가 줄을 풀어주었다. 노파의 몸이 휠체어 밑으로 주르륵 흘러내렸다. 노파가 양말을 잡아당겨 벗더니 색소폰 연주자에게 집어던졌다.

"아유, 금자 어르신이 잘생긴 선생님이 마음에 드는 모양입니다. 오늘 백 살 생일이세요."

복지사의 말에 큰 소리로 웃던 연주자의 눈자위가 붉어졌다. 그는 색소폰 마우스피스를 입에 물었다가는 헛기침을 하고 돌아섰다.

"이거 참, 죄송합니다. 제가 마음이 약해서요."

"아닙니다. 우리도 처음에는 다들 그랬습니다."

진경 할머니는 소파의 팔걸이에 엉덩이를 살짝 걸치고 앉아 색소폰 연주자를 바라보았다. 인상을 찌푸리고 유심히 그를 바라보더니 고개를 좌우로 저었다. 내가 다가가자 갑자기 색소폰 연주자를 향해 삿대질을 했다.

"진경아, 공부 안 할래? 이 담에 커서 뭐가 되려고 공부는 안 하고 저런 놈하고 싸돌아다니는 거야?"

나는 진경 할머니를 꼭 끌어안았다.

"네, 엄마 공부할게요. 걱정하지 마세요."

진경 할머니는 눈만 뜨면 '진경'을 찾으며 공부하라고 소리쳤다. 그래서 모두들 그녀를 진경 할머니라고 불렀다.

색소폰연주자가 나를 향해 윙크를 했다. 나는 가슴이 덜컥 내려앉았다. 눈가에 주름살이 지긴 했지만, 내 가슴을 울렁거리게 했던 그 윙크였다.

나는 고향인 화천에서 공부를 잘하는 아이였다. 은행에 취직하려고 서울에 있는 고등학교로 유학을 갔다. 그런데 고등학교 3학년 가을에 자퇴를 하고 말았다.

"이제부터 자식 없는 셈 칠 거니까 당장 나가."

아버지가 나를 향해 화를 내는 얼굴을 처음 보았다. 우리 딸 최고야. 역시 우리 딸이 이 세상에서 제일 이뻐. 우리 딸은 누구한테 시집가려나? 나는 아빠랑 결혼할 거야. 이렇게 닭살 돋던 부녀 사이가 변하자 엄마는 마른 손만 비비며 어쩔 줄 몰라했다. 나는 교통사고로 입원했다가 퇴원하자마자 무작정 집을 나왔다.

연주자가 '고향의 봄'을 연주했다. 요양원에서 자주 부르는 노래라 대부분의 노인들이 따라 불렀다. 박수를 치는데 손바닥이 딱딱 들어맞는 노인들이 별로 없다. 복지사가 분위기를 한껏 띄워보지만 대부분 무표정이다.

"점심식사들은 하셨어요?"

연주자가 묻자 모두들 어리둥절한 표정이다. 밥을 먹고 간식으로 단감을 먹었는데, 모두 꿀 먹은 벙어리다. 연주자가 '찔레꽃'을 불고 나서 '선창'을 불기 시작했는데 몇 사람이 선창의 리듬에 맞춰 아직도 찔레꽃노래를 불렀다. 불협화음에 강당 안이 난장판이 되었다.

"마지막으로 '작별'을 연주할 건데, 어르신들이 이 노래를 아실까요?"

색소폰 소리에 가만히 귀를 기울이던 노인들이 입을 달싹거렸다.

"동해물과 백두산이 마르고 닳도록 하느님이 보우하사 우리나라 만세…"

치매 노인들의 입에서 나오는 가사가 믿기지 않았다. 백 살 된 할머니가 팔을 들려고 애썼다. 복지사가 양손을 붙들어 주자 '만세!' 하고 외쳤다. 다들 어깨춤을 추며 만세를 불렀다. 꽃잠에 빠져 있던 노인도 박자에 맞춰 다리를 흔들었다.

"대부분 팔일오 광복 때 젊은 시절을 보냈지요. '작별'의 멜로디에 맞춰 애국가를 부르니 가슴이 뭉클하네요."

복지사의 큰 눈에 얼핏 눈물이 비쳤다.

"제가 오는 게 어르신들에게 도움이 될까요?"

"그럼요. 이분들에게는 새로운 경험이 필요하거든요. 처음 보는 악기도 좋고, 음악을 들려주면 음악치료가 되어 좋지요."

진경 할머니가 얼굴을 찡그렸다. 나는 방으로 모시고 들어갔다. 기저귀를 빼고 따뜻한 물수건으로 닦아드렸다.

"진경아, 저놈이랑 다시 어울릴 생각하지 마라."

진경 할머니는 내 어깨를 잡고 흔들었다.

"네, 엄마. 다시는 안 만날 거니까 걱정 마세요."

강당에서 박수 소리가 요란하게 났다. 꽃잠에 들었던 노인이 지팡이를 짚고 일어서서 공손히 고개를 숙였다.

"수고 몽땅 했수다."

늘 부루퉁하던 얼굴에 웃음기가 돌았다. 치매 노인들에게 야단맞고, 얻어맞을 때도 있지만 요양원에 오면 충전이 되었다. 진경 할머니는 눈을 감고 코를 골았다. 짧게 깎은 머리카락에 코를 고는 모습에서 여성성을 찾아보기 힘들었다.

"공부도 다 때가 있는 거야. 이것아, 질 나쁜 친구들을 사귀더니 결국 인생을 망치는구나. 어이구. 남 부끄러워서 어떻게 사나."

엄마가 곁에 있어도 엄마가 보고 싶다. 엄마의 소원인 공부를 하기에 많이 늦었을까?

동서들은 본인이 원하기만 하면 평생 공부할 수 있는 세상이 되었다며 나를 채근했다. 시동생들은 대학을 졸업한 직장여성들과 결혼했다. 그래서 그런지 동서들은 당당해 보였다

"형님도 이제는 본인을 위해 사세요. 요즘 동사무소에 가면 컴퓨터를 배울 수도 있고요. 무료강좌도 많아요. 아주버님은 잘 나가는데, 형님만 도태되면 안 되잖아요."

동서들은 우리가 어떻게 결혼하게 되었는지 궁금해했다.

"가평에서 고등학교를 졸업하고 취직 공부를 하고 있었어. 성적이 좋지 않아 은행에는 못 들어가고 중소기업에 들어가려고 했지. 그런데 그때 대학을 졸업하고 가평에 군 복무를 왔던 그이를 만났어. 교회 성가대에서 그를 만나 좋아하게 됐지. 그가 제대하면서 손목을 채 가지고 서울로 오는 바람에 그냥 따라왔지 뭐야."

"어머, 정말 낭만적이다. 형님 옛날에 진짜 예뻤을 거 같아요."

임기응변으로 만들어낸 내 과거는 그럴듯했다. 누가 물어봐도 똑같은 이야기가 튀어나왔다. 세월이 흐르면서 나도 그 가면의 생을 믿게 되었다. 그런데 그 색소폰 연주자가 문제였다. 그의 낯익은 윙크에 가슴이 철렁 내려앉았다. 그가 돌아간 뒤, 복지사에게 명함을 보여 달라고 했다.

[○○ 대표이사, 경영학 박사 홍영표]

심장이 제멋대로 쿵쾅거렸다.

"매월 마지막 주 목요일에 색소폰 연주하러 오실 거예요."
복지사의 말소리가 귓바퀴에서 계속 맴돌아 어지러웠다.

과거 속의 남자 친구가 몇십 년이 지난 지금 나타났다. 홍영표. 몇십 년 만에 보는 건데도 나는 그를 금방 알아보았다. 잘생긴 인물이긴 했지만 쉰 살이 넘었는데도 늘씬한 몸매를 유지하고 있었다. 그는 나를 알아보지 못한 것 같다. 나는 그동안 내 과거를 몽땅 지우고 살아왔다. 다정한 아내, 효성 지극한 며느리, 사랑이 많은 엄마, 괜찮은 형수라는 가면을 쓰고 살았다. 모두에게 없어서는 안될 중요한 사람이라는 인정을 받기까지 엄청 노력하며 살았다. 그런데 홍영표가 나타나자 내 가면에 균열이 가기 시작했다. 휴대폰 다이어리에 매월 마지막 주 목요일에 엑스 표를 쳤다. 요양원에 절대로 가지 말 것. 정말 기가 막혔다. 이 넓은 땅에서 하필이면 소도시 조그마한 요양원에서 마주치다니.

요양원에서 돌아오자마자 소주를 마셨다. 위장을 뚫을 듯이 쏘아대던 느낌도 난다. 상처 난 마음을 수세미로 문지르는 통증 때문에 눈물이 났던 것도 기억난다. 나는 왜 젊은 날을 그렇게 살았을까? 그동안 가면을 쓰고 철저하게 나를 포장했다. 과거 속의 인물들이 가끔 튀어나와 내 가면을 벗기려고 할 때마다 나는 도망쳤다. 옷을 훌훌 벗어던지고 침대에 누웠던 기억이 났다. 그리고 침대에서 떨어졌다.

이건 순전히 홍영표 때문이다. 삼십여 년 동안 코빼기도 보이지 않던 인물들이 나타날 때마다 나는 도망쳤다. 그동안 나의 정체를 숨기고 살아왔다. 가면에 익숙해져서, 가면이 내 얼굴 가죽에 찰싹

붙어서, 그 현숙한 여자가 나인 줄 알았다. 과거의 그 시간을 기억에서 뜯어내고 싶다.

옷을 꺼내 간신히 팔을 꿰고, 바지를 입었다. 양말을 신는데 땀이 방바닥으로 뚝뚝 떨어졌다. 여기저기 전화를 걸었지만, 아무도 받지 않았다. 한 발짝씩 간신히 떼며 걸어서 한의원을 찾아 들어갔다. 간호사가 부축해서 침대에 눕히고 바지도 내려주었다. 침을 맞고 물리치료를 받고 나자 내 손으로 바지를 입고 침대에서 내려왔다. 그래도 고개는 돌아가지 않았다. 광자에게 전화를 걸었다.

"담 약을 사서 먹어 봐. 내가 천장에 도배를 하고 나면 가끔 담이 들어. 약을 하루치 지어줘도 한 봉지만 먹으면 목이 획획 잘 돌아간다니까."

약국으로 향하다가 아파트 상가에 먼저 들렀다. 나는 아르바이트를 하는 음식점으로 들어갔다. 양 사장이 커피를 건네었다.

"닭을 푹 고아서 그 국물에 지네를 오십 마리 넣고 고아요. 시퍼런 물이 우러나는 데 그걸 먹으면 보름이나 못 일어나던 사람도 벌떡 일어나요."

현실성 없는 비법에 고개를 젓고 있는데, 웬 여자가 미닫이문을 밀고 들어왔다. 양 사장이 여자를 향해 꾸벅 인사를 하며 반갑게 일어선다. 낯이 익었다. 어디서 봤더라. 여자의 눈이 반짝인다. 그녀도 나를 알아보는 눈치다.

"이 아줌마 아들이 이번에 미국 유학을 갔어요. 하나밖에 없는 아들이 유학 가고 나니 무료해서 일하러 나왔는데, 갑자기 허리를 삐끗했다지 뭡니까? 이쪽은 건물주이신 박 사장님."

양 사장의 말끝에 그녀가 다가섰다.

"혹시 서울에 있는 D여고 다니셨나요?"

"아니요. 저는 가평에서 고등학교를 졸업했어요."

내 입에서 자동으로 흘러나오던 거짓말이 툭 끊겼다.

고등학교 3학년 때 우리 반이었던 박진경이다. 나는 박진경을 금방 알아보았다. 박진경이 갑자기 돌아섰다.

"제가 갑자기 처리할 일이 있었는데, 깜빡 잊고 있었네요."

"사장님, 임대료는 송금해 드릴까요?"

삼십여 년 만에 만났는데, 박진경은 만나면 안 되는 사람처럼 나를 피했다. 박진경은 어떻게 살았기에 건물주가 되었을까?

담 약을 먹고 한약을 먹고 파스를 붙인 후, 일찌감치 자리에 누웠다. 될 대로 돼라 하며 막살았던 여고 시절이 후회스러웠다. 다시 돌아갈 수만 있다면 치열하게 공부를 하고 싶다. 지금까지 살아온 것 제로로 만들고 다시 리셋하고 싶다.

새벽쯤 되어서 뒤척이는데 몸이 편안해졌다. 돌아누워도 결리는 데가 없다. 남편은 늘 바쁘다. 지금도 대만에 국제회의가 있어서 출장을 갔다. 비어 있는 옆자리가 익숙해 질만도 한데 또 외롭다. 몸이 아프니까 마음이 약해진 탓이다. 남편과 어깨를 나란히 하고 싶은데, 그게 잘 안 된다. 교양 있게 말하려고 하는데 그게 잘 안 된다. 애를 쓴다고 교양이 솟아나는 건 아니기 때문이다. 대화할 때 조심하는데도 가끔 무식한 단어가 튀어나온다.

"철이 엄마는 정말 모르는 거야? 모르는 척하는 거야?"

나는 긍정도 부정도 하지 않고 배시시 웃으며 곤경에서 벗어나곤 했다. 가면 속에 나를 숨기고, 수줍은 듯 웃어 주었다.

"철이 엄마는 항상 웃는 얼굴이 좋더라. 분위기메이커야."

남편에게 고등학교 졸업장이 없다는 말을 차마 하지 못했다. 고 등학교 동창들 모임이라며 꼬박꼬박 나가니까 남편은 눈치채지 못 했다. 사실 친구들을 찾은 지 십 년도 되지 않았다. 친구들은 나름 대로 젊은 시절을 잘 살아남았다. 경제적으로는 넉넉했다. 모임을 하면 자동차가 다섯 대다. 일찌감치 결혼해서 자녀들을 다 키워놓 은 경아와 나, 모델이 되어 잘 나가는 병선, 도배 일을 하는 광자, 그리고 미애. 우리는 7월 7일이면 동창회라는 이름으로 만났다.

"홍영표가 나타났어. 그가 입만 뻥긋하면 내 인생은 끝장이야."

"큰일이다. 왜 나타난 거지?"

경아는 골프장에서 양다리 걸치다가 골프채에 맞아서 죽을 뻔했 다며, 자기 꼴 나기 전에 요양원에 가지 말라고 했다.

"너희들 그때 죽을 듯이 사랑했잖아. 다시 만나면 또 불꽃이 튈 거야. 그럼 네 가정은 풍비박산 나는 거야."

처음 남편을 만났을 때, 나는 가출해서 가평 현리라는 곳에 가 있었다. 그가 나에 대해 물었을 때, 부모님이 두 분 다 교통사고로 돌아가셔서 고아가 되었다고 했다. 나는 얼굴이 반반한 편이었고 남 자는 쉽게 나에게 넘어왔다. 우리는 사랑에 빠졌고 전역하는 그를 따라 무작정 서울로 상경, 그의 집으로 따라 들어갔다. 남자의 집 은 발칵 뒤집혔다. 그때까지 가정부를 두고 살던 시어머니는 가정 부를 내보내고 그 자리에 나를 앉혔다. 시부모, 두 명의 시동생, 두 명의 시누이가 있었다. 아래 위층을 오르내리며 청소하는 일이 힘 에 부쳤다. 힘들다고 눈물을 뚝뚝 흘리면 남편은 다정하게 다독여

주었다. 아무 데도 의지할 곳 없는 나를 늘 감싸고돌았다. 시집 식구들은 바보 같은 아들이 여자가 여우 짓을 하는 것도 모른다며 혀를 찼다.

아들이 태어났다. 내 옆에 껌딱지처럼 붙어 있는 아들 덕택에 조금씩 사는 재미가 있었다. 시부모님께 잘하고 시동생, 시누이들에게도 최선을 다했다. 세월이 흐르면서 점차 나를 인정하기 시작했다. 이제 내 나이도 오십을 넘어섰다. 하나밖에 없는 아들은 미국에 유학을 갔다.

시에서 내게 효부상을 주겠다고 했다. 나는 더럭 겁이 났다. 고등학교 졸업장이 필요하다고 하면 어떻게 하나, 걱정이 앞섰다. 가족들은 충분히 효부상을 탈 만하다면서 추켜세웠다. 친구들은 머리를 흔들었다.

"그만큼 했으면 됐어. 칠 공주파 김진경이 효부상 탄 여자라는 멍에까지 떠메려고?"

나는 생각을 하느라고 골치가 아팠다.

"제가 상을 받을 만큼 한 것도 없어요. 부모를 모시는 건 당연하지요."

나의 속마음을 모르는 직원은 고개를 끄덕였다.

"요즘 세상에 시부모님과 사는 것만도 효도입니다. 정말 훌륭하십니다."

내가 왜 변명을 늘어놓으며 상을 탈 좋은 기회를 놓쳐야 하는지 속이 상했다. 가로수의 이파리들이 풀썩풀썩 떨어져 바람이 부는 대로 휘날렸다. 눈물이 쏟아졌다. 나는 왜 한때의 감정을 다스리지 못해 평생을 가면 속에 사는 것일까?

뒤늦게 고향인 화천으로 찾아갔지만, 부모님의 흔적은 찾을 길이 없었다. 마을회관에 갔더니 옆집에 살던 아주머니가 계셨다. 모과처럼 못생긴 딸을 애지중지한다며 아버지에게 핀잔을 주던 아주머니였다. 왜 이제 왔냐며 내 등을 두드렸다.

　"네 아버지는 네가 집을 나간 후에 얼마 있다 돌아가셨어. 엄마는 독거노인으로 살다가 치매기가 있었지. 동네 어른들이 면사무소에 연락해서 저기 있는 요양원으로 보냈어."

　아주머니의 손가락 끝에 보이는 요양원 건물이 자꾸 어룽졌다. 요양원을 향해 가는 발걸음이 무거웠다. 삼십여 년의 긴 시간이 양 다리에 모래주머니처럼 매달렸다. 엄마의 얼굴이 하현달처럼 하얗게 바래고 야위었다. 엄마는 나를 알아보지 못하고 선생님이라고 불렀다. 가족들에게는 요양원에 봉사활동 간다고 말하고 일주일에 한 번 엄마를 보러 갔다. 그게 매주 목요일이었다. 그런데 하필이면 거기서 홍영표를 만난 것이다. 그도 뭔가 좋은 일을 해보려고 고향에 온 걸까?

　열아홉 살의 나는 긴 머리를 틀어 올리고 거울을 보며 미래의 내 모습을 상상하곤 했다. 어떤 남자가 내 남편이 될까? 홍영표? 아이는 몇이나 낳을까? 그런 상상으로 얼굴이 달아올랐다. 나는 지금 머리를 틀어 올려 집게 핀을 집다 말고 열아홉 살의 나를 바라보았다. 자퇴를 하고 미칠 것 같았던 그 시절의 불안한 눈빛과 마주했다.

　거의 매일이다시피 짙은 화장을 하고 노랑머리 가발을 쓰고 고고장으로 향했다. 새벽녘까지 미친 듯이 광란의 춤을 추고, 태극기를 매단 오토바이에 올라탔다. 홍영표의 허리를 꼭 끌어안고 그의 넓은 등에 머리를 기대면 정말 세상이 만만해 보였다. 머리카락이 미친 듯이 얼굴을 때리고, 바람에 부푼 바지가 팔락 팔락 종아리를 때렸다. 영표가 소리쳤다.

"나는 죽을 때까지 일편단심 너만 사랑할 거야."

갑자기 검은 하늘 속으로 몸이 쑥 빨려 들어갔다. 내 영혼은 블랙홀을 지나 우주로 떠났다. 그 젊고 자유롭다 못해 방종했던 내가 지금의 나를 바라보고 있다.

남편이 대만으로 출장 가기 전날이었다. 남편이 뒤척거리더니 기어이 일어나 담배를 들고 테라스로 나갔다.

"담배 좀 그만 피워요. 이제 건강을 생각해야지."

"당신도 담배 배워. 잔소리 그만하고."

남편이 던진 한마디에 심장이 멎는 것 같았다. 여고시절 배운 담배를 끊지 못해, 임신하기 전까지 몰래 피웠다. 담배를 끊은 지 이십 년이 넘었지만, 담배 냄새가 코끝을 스치면 담배가 피우고 싶어 목구멍이 근질거렸다.

고3 가을이었다. 강당에서 담임이었던 윤리 선생이 강의를 하는 중이었다. 우리 일곱 명은 강당 중간쯤에 앉았다. 광자가 짜증 난다며 일어섰고, 경아, 미애, 박진경이 따라 일어서더니 강의 중에 강당 문밖으로 나갔다. 나랑 병선 혜성이 엉거주춤 일어서다가 담임의 눈과 마주쳤다. 담임은 교단에서 우리 세 명을 부르더니 다짜고짜 따귀를 때렸다.

우리는 졸업을 몇 달 앞두고 정학을 맞은 억울함에 아예 자퇴를 했다. 꼭 학교를 졸업해야 할 필요가 있냐며 학교 문을 나서면서 침을 뱉었다. 그리고 나는 몇 달 동안 홍영표와 어울리며 미친 듯이 타락의 길로 내달렸다. 오토바이 사고로 질주가 멈출 때까지….

오토바이 꽁무니에 매달려 영표의 허리를 꼭 안고 괴성을 질러대던 그 새벽이 떠올랐다. 우린 둘 다 자퇴생이었고, 미칠 것 같은 현실을 받아들이지 못해 절망하고 있었다.

"나는 너만 사랑할 거야. 나는 영원히 일편단심이다."

영표의 고백을 듣는 순간 검은 하늘 속으로 몸이 쑥 빨려드는 느낌이 들었다. 그때 오토바이는 하늘을 날았다. 앰뷸런스의 다급한 소리가 들렸지만 꼼짝할 수 없었다. 등이 아스팔트에 척 늘어졌다. 등뼈가 부러진 것 같았다. 응급실에서 양쪽 부모의 고성이 오갔다.

"남의 오토바이를 훔쳐 질주를 하는 애가 제정신입니까?"

아버지의 식식거리는 목소리가 들렸다.

"얼마나 막 굴러먹었으면 계집애가 새벽에 남자애 오토바이를 탔겠어요?"

영표 어머니의 목소리가 쇠를 긁는 듯 소름이 끼쳤다. 결국 홍영표는 다른 병원에 입원했다. 등뼈가 무너졌고, 여러 달 동안 병원에서 재활치료를 받았다. 영표의 소식을 알려주는 사람이 아무도 없었다. 퇴원 후에 알아보니 영표네는 서울로 이사했고, 그의 흔적은 어디에도 없었다. 그랬던 영표는 어떻게 회사 대표가 되고, 경영학 박사까지 된 걸까?

결혼 후 나는 도마뱀 꼬리를 자르듯 과거를 탁 끊어내고 살았다. 그래도 가끔은 그때가 그리웠다. 십 년 전, 우리 집에 도배를 하러 왔던 광자를 만났다. 그래서 칠공주파가 다시 뭉치게 되었다. 박진경과 혜성의 행방만 알 수 없었다. 지금도 친구들은 학교 앞 분식

집에서 물병에 소주를 부어서 컵에 따라 마셨던 이야기를 하며 웃었다. 우리 친구들은 그 시절 이후 자라지 않은 것 같다. 정신연령이 열아홉 살에 머물러 있어서 무엇을 해도 흥미로웠다. 얼마 전에는 남한강에서 수상스키를 탔다. 남편에게 사진을 보여주자 친구들이 왜 그 모양이냐며 눈살을 찌푸렸다. 나는 그런 말괄량이 시절이 있었기에 힘든 시집살이를 깡다구로 버티고 살았던 것 같다. 모범학생이었던 남편은 이해하지 못할 것이다. 침대에서 떨어진 후 혼자 누워 있다 보니 생각이 많아졌다. 추락이 나쁜 것만은 아닌가 보다. 나는 내 인생의 바닥을 치고 일어서기로 결심했다. 내 인생을 다 제로로 만들어 새롭게 리셋하기로 마음먹었다.

* * *

'매월 마지막 주 목요일에 요양원에 가지 말 것'이라는 메모를 했지만, 나는 요양원에 갔다. 홍영표를 만나서 다시는 요양원에 오지 말라고 경고하려고 갔다. 홍영표는 앰프를 설치하고 있었다. 복지사와 공익근무요원들이 어르신들을 모시고 나오느라 강당 안이 분주했다. 쪼그리고 앉아서 전선을 연결하고 있는 영표의 어깨를 툭 쳤다. 홍영표가 고개를 돌려 나를 보고는 얼굴이 환해졌다. 엄마가 이쪽을 바라보며 인상을 찌푸렸다.

"나 김진경인데 알아보겠어?"

"첫눈에 알아봤지. 어머니도 알아봤고. 내가 너를 어떻게 잊겠어? 결혼해서 행복하게 잘 살고 있지?"

나는 가면을 쓰고 살긴 했지만 착실하게 잘 살아왔다.

"그럼, 아주 행복하지. 너는?"

그의 미간에 주름이 깊게 파였다.

"싱글이야. 오토바이 사고 이후로 여태까지 부모님이 하라는 대로 하고 살았어. 부모님이 돌아가실 때까지 공부하고 일만 하며 살았지. 결혼 안 하겠다고 버텨서 부모님 속깨나 썩였어. 이제 이 나이가 되어서야 자유를 얻은 거지. 이제는 내 의지대로 살아 봐야지. 나는 언제나 일편단심인 거 알지?"

홍영표가 싱긋이 웃으며 내게 윙크했다. 가면을 뚫고 들어온 그의 말에 속살이 떨렸다. 나는 주먹을 꽉 쥐었다가 놓았다. 손바닥에 하얗게 손톱자국이 났다가 금방 핏기가 돌았다. 나는 가면을 쓰고 살면서 뭘 얻은 걸까? 가면에 균열이 가기 시작했다.

Ⅲ. 궤도 수정

궤도 수정

2010년 4월 10일

박진경은 창밖으로 야산을 내려다보았다. 두릅나무가 보였다. 손가락만 한 새순이 나왔다. 다른 사람이 따기 전에 빨리 따야지 하며 장화를 신고 나갔다. 두릅나무를 볼 때마다 자신을 보는 것처럼 마음이 아렸다. 이맘 때면 사람들은 새순을 똑똑 땄다. 때를 놓치면 줄기며 잎사귀에 가시가 돋아났다. 봄이 되어 겨우 하나의 생명을 밀어 올렸는데, 피어보지도 못하고 똑 잘려나간 두릅의 심정은 어떨까? 열아홉 살에 꺾이고 말았던 여린 꿈이 두릅을 닮았다. 오랜 기간 억센 가시나무로만 서서 더는 꿈을 꿀 수 없었던 삶을 뒤돌아보았다.

10억 만들기에 도전하기 위해 안 해 본 일이 없다. 신문 배달, 우유배달, 파출부. 고등학교 졸업장이 없기 때문에 허드렛일만 쫓아다녔다.

2010년 6월 7일

어제 임대료를 받으러 분식집에 들렀더니 새로 설거지하는 아줌마를 구했다며 인사를 시켰다. 박진경은 깜짝 놀랐다. 그 아줌마가 김진경이었다. 고생을 많이 했는지 눈가에 주름이 자글자글하게 잡혔다. 어제는 놀라서 뒤도 돌아보지 않고 헤어졌다. 오늘 다시 가게로 찾아가자 김진경이 박진경의 손을 꼭 잡았다.

"일단 여기 일 좀 끝내고 나서 광자네로 가자. 여기서 가까워. 경아는 부르면 당장 달려올 거야."

박진경은 맥주와 과일을 사 들고 광자네로 향했다. 경아가 골프웨어 광고모델처럼 멋지게 꾸미고 들어섰다. 단발머리인 경아는 하나도 변하지 않았다. 고등학생 때 모습 그대로라 바로 알아보았다.

"광자는 결혼도 안 하고 도배하러 다녀. 차 한 대에 여자 도배사 세 명을 싣고 세트로 움직여. 승합차에 도배 기구를 전부 싣고 다니더라. 공구들이 꽂힌 허리벨트를 보니 멋지더라. 네 명이 일사불란하게 움직이는데 손발이 척척 맞아. 부동산 소개로 우리 집 도배를 맡겼는데 알고 보니 광자가 사장인 거야."

광자에 대해서는 김진경이 소상하게 설명해 주었다.

"거참, 신기하지. 조물주가 이 세상을 내려다보고 지금쯤엔 애들을 우연히 만나게 해 줄 타이밍이야. 그러는 거 같지 않냐? 흐흐."

광자는 퉁퉁한 몸집은 그대로인데 목소리가 걸걸해졌다.

"경아는 시집을 잘 갔는지 골프만 치더라."

김진경이 경아 쪽으로 시선을 돌린다.

"아이들 다 키우고 무료해서 골프를 배웠다니깐. 그건 그렇고 팍진경은 어디 꼭꼭 숨어 있던 거야? 네 엄마 때문에 우리가 얼마나 시달렸는지 알아?"

경아는 고등학생 때 일을 어제 일어난 일처럼 흥분하며 채근했다.

"그래, 맞아. 너 그날 〈에쿠우스〉 보고 나서 연기처럼 사라졌잖아. 도대체 여태 뭐 하고 살았니? 결혼은 한 거야?"

그동안 살아낸 세월을 어떻게 단 몇 마디로 정리할 수 있을까? 지나온 세월을 더듬다 보니 갑자기 울컥했다. 술집 작부여서 늘 박진경을 주눅 들게 했던 엄마도 세상을 떠났다. 그런데 학력이 그녀의 인생에 딴죽을 걸었다.

"엄마 지갑에서 돈을 꺼냈어. 무작정 기차를 타고 아무 역에나 내렸어. 숙식이 해결되는 음식점에 취직을 했지. 나는 돈을 많이 벌 거야. 자본주의 사회에서 돈이 최고지. 그까짓 학벌이 뭐 중요할까? 그런 마음으로 술집, 카페 가리지 않고 일을 했어. 새벽에는 일찍 일어나서 신문을 돌렸지. 그때는 적금 통장이 내 종교였지. 엄마와 연락을 끊었고, 아예 고향 근처에는 가지 않았어."

밤에 지친 몸으로 숙소에 돌아와서는 책을 읽고 글을 썼다. 그때는 매일매일의 삶이 글감이었다. 초등학교만 졸업하고도 유명해진 소설가를 모델로 삼았다. 5년쯤 지나자, 통장에 돈이 든든하게 불었다. 그때 마침 그녀에게도 멋진 왕자님이 나타났다. 새벽에 신문 배달을 했던 집 남자였다. 남자는 박진경을 일부러 기다린 듯, 매일 박카스 한 병을 건넸다. 한 달쯤 지났을 때 남자가 조심스레 데이트 신청을 했다. 남자는 대기업에 다니는 직원인데, 전원생활을 동경하여 양평에 자리를 잡았다고 했다. 출근 시간이 한 시간 반이나 걸리지만 집에 오면 행복하단다. 남자의 전원주택으로 숙소를 옮기기까지 몇 달 걸리지 않았다. 재미나게 살다가 임신을 하는 바람에 부랴부랴 시댁에도 알리고 결혼식을 하게 되었다.

마흔 살에 전원주택을 정리하고 아파트 입주를 하면서 모아놓은 돈으로 상가도 분양받았다.

"역시 학교 다닐 때도 극성맞더니, 험한 세상에서 잘 살아남았구나."

광자가 등을 두드렸다.

"그동안 정말 씩씩하게 살았지. 주민들이 아파트 부녀회장 뽑는데 나를 추천했어. 먼저 부녀회장 보니까 출신 학교에 조회해서 뒷조사까지 하더라. 부녀회장이 내 적성에 딱 맞긴 하는데, 갑자기 유리벽이 내 앞길을 턱 가로막더라. 고등학교 자퇴하고 가출한 과거가 들통날까 봐 겸손한 척하면서 극구 사양했지."

고등학교 3학년 2학기, 웬만한 잘못은 눈감아줄 수 있다는 말년이었다. 괜히 껌을 과장되게 짝짝 씹기도 하고, 혜성과 병선처럼 키가 큰 친구들은 다리를 건방지게 떨며 건들거렸다. 미애는 머리를 박박 밀고는 노랑물을 들였다. 학생주임은 단발머리 가발을 쓰라고 명령했고, 미애는 교문을 나서기 무섭게 가발을 벗어 가방에 쑤셔 넣었다. 흘금흘금 눈치 보며 지나가는 아이들에게 괜히 인상을 쓰며 겁을 주기도 했다. 그중에서도 박진경이 제일 반항아였다. 엄마는 술집을 했고, 새벽녘에야 들어왔다. 외동딸인 그녀는 늘 외로웠다. 소설책을 쌓아놓고 읽는 것이 가장 큰 위안이었다. 지금 생각하니 유치했지만, 그때는 정말 화가 났다.

"그때 내가 조금만 참고 선생들에게 싹싹 빌었어도 자퇴하지 않고 졸업은 하지 않았을까? 성질을 죽이지 못한 게 후회가 된다. 그때는 왜 그렇게 피가 뜨거웠을까? 나는 지금도 그때 꿈을 꿔. 선생님 잘못했습니다 하고 싹싹 빌려는 순간 잠이 깨버리는 거야."

"그 악순이 선생도 이제는 노인네가 되었겠다. 우리가 오십 대 초반이니."

"결혼은 했을까? 네가 한 저주가 풀렸을까?"

네 명 모두 그때 일을 떠올리느라 미간을 찡그렸다.

"선생님은 결혼도 못 하고 혼자서 쓸쓸하게 늙어갈 겁니다."

박진경은 노처녀인 이옥순 학생주임 선생에게 저주를 퍼부었다. 교무실 안은 갑자기 정적이 감돌았다. 왜 그런 엄청난 말을 했을까?

"사립학교니까, 어쩌면 학교에 남아 계실지도 몰라. 나도 가끔 이옥순 선생 꿈을 꿔. 야, 인마, 네놈들 앞날은 유리창이야. 알아? 멀리까지 잘 보이는 것 같아도 코앞에서 딱 가로막혔거든. 그 말이 비수가 되어 가슴에 꽂혔어. 앞길이 구만리 같은 아이들에게 너무 잔인한 언어폭력 아니니? 아쿠아리움을 감상하다가도 맑은 유리벽이 무섭더라. 수족관에 갇혀 입을 떡떡 벌리는 물고기를 보고 있으면 숨이 막혔어. 몽둥이로 엉덩이나 종아리를 맞았다면 다 잊혔을 텐데 그 언어의 칼은 여태 빠지질 않고 있네. 너희들은 어떠니?"

경아의 말에 광자가 한숨을 푹 내쉬었다.

"나도 그렇지 뭐. 하던 일이 막힐 때마다 그 말이 기막히게 떠오르지. 내가 뛰어봤자 뭘 하겠어? 앞날이 유리창인 주제에 하면서 주저앉게 되더라구. 칭찬은 고래도 춤을 추게 한다는데, 이 말은 말이야. 춤추던 고래도 곤두박질치게 하고 말 거야."

"사실 서로 치고받은 셈이지. 내가 날린 것도 이옥순 선생에게는 평생 비수로 꽂혔을 거야. 상처 준 것은 잊고 내가 받은 상처만 크게 느꼈던 거지. 나이가 드니 이제야 후회가 되네."

"김진경은 어떻게 지내니? 설거지하러 다니는 걸 보니 생활이 어려운 거냐?"

"아니야. 남편도 성실하고 아들도 공부 잘해서 미국에 유학 갔어. 딸도 대학 졸업반이야. 이제 아이들이 다 크고 나니까 너무 무료해서 일하러 다니는 거야. 고등학교 졸업장이라도 있어야 좋은 곳에 취직하지. 사실 나는 그 아파트 칠 동에 살아."

"뭐야? 그럼 나랑 한 동에 산단 말이야? 아파트에 입주한 지 십 년이 넘었는데, 왜 이제야 만났지?"

"아파트 문화라는 게 폐쇄적이라 그렇지 뭐. 내가 워낙 집 밖에 나다니지 않고. 나는 얌전한 색시 가면을 쓰고 삼십여 년을 살았어. 큰 소리로 웃어보지도 못했고, 큰 소리로 싸워보지도 못했어. 그때는 교복만 벗으면 뭐든 다 할 수 있을 줄 알았지. 자식이라고는 나 하나뿐인데, 엄마는 늘 가난에 허덕였어."

김진경 엄마는 돈이 손가락 사이로 다 새는 팔자라며 팔자타령을 했다. 돈만 많으면 거들먹거리며 살 것 같았는데 마음속에 텅 빈 공기주머니는 커져만 갔다. 황혼을 향해 휘적휘적 걸어가는 미래의 모습이 보였다. 아무런 꿈도 없이 태엽을 감아놓은 병정 인형처럼 장애물이 있는지, 낭떠러지인지도 모르고 무식하게 앞으로만 전진하는 자신의 모습이 보였다. 시동생들은 대학을 나온 직장여성들과 결혼했다. 동서들은 말도 조리 있게 잘하고 당당해 보였다.

"형님도 이제는 형님 자신을 위해 사세요. 요즘은 본인만 부지런

하면 무료강좌도 얼마든지 있어요. 아주버님은 잘 나가는데, 형님만 도태되는 것 같지 않으세요? 대화도 없다면서요."

"이십여 년이나 살았는데, 뭐 특별히 할 말이 있나?"

"그렇게 대화가 없다면 베트남 여자랑 사는 거나 다를 바 없네요."

동서의 뼈 있는 말이 떠오르면 가슴이 턱 막혔다. 막내 동서가 소리 내어 웃으니 더욱 당황스러웠다.

"우리는 자그마한 일도 서로 상의해요. 어떤 때는 밤을 꼬박 새워 얘기할 때도 있는걸요. 나이 들으니 부부가 제일 좋은 친구예요."

남편은 깊은 고민에 빠져 있을 때도 그녀와 대화 따위는 하지 않았다.

"당신이 말하면 아나? 내가 다 알아서 할 테니 당신은 신경 쓸 필요 없어."

식구들이 모여 진지하게 대화를 나눌 때에도 김진경은 끼어들기 어려웠다. 말이 잘 만들어지지 않았다. 대화의 흐름도 무시한 채 말을 꺼내서 분위기가 썰렁해질 때도 있었다.

"형님, 그 말 지금 안 하면 잊어버릴까 봐 그냥 하신 거죠?"

동서의 말에 열기가 팍 올랐지만, 바보처럼 웃었다. 김진경의 성깔이 다 어디로 숨은 걸까? 이제 가면을 벗을 때가 된 거 아닌가? 칠 공주파의 기질이 튀어나오려고 했다. 시아버지 칠순에 형제들이 모두 동남아로 여행을 갔을 때였다. 공항에서 서류 작성을 할 때부터 주눅이 들었다. 영어로 된 서류에 다른 식구들은 척척 써 나가는데 볼펜만 만지작거렸다. 시부모님과 그녀만 가이드의 도움을 받앉다. 주눅이 들자 몸은 더 굼떴다.

경아가 흘러내린 앞머리를 쓸어 올렸다.

"어머, 그럼 박진경, 김진경 둘 다 오십 평대 아니니? 다들 나보다는 낫다 얘. 내 남편은 대형트럭 기사야. 무료해서 골프를 배웠더니 남자들이 꼬이네. 골프채 사주겠다는 사람에, 라운딩 갈 때 차에 태워주는 사람에, 옷 사주는 사람, 밥 사겠다는 사람이 널렸다. 우리 남편? 아주 성실하지. 마음도 착하고, 한눈도 절대로 팔지 않아. 그런데 말이야. 말이 없어서 답답해. 전번에 내가 홀인원을 했거든. 우리 그이가 그날 게임비 냈지, 밥값 냈지. 멤버들에게 티셔츠까지 다 사줬어. 아마 백만 원 이상 썼을 거야. 그러다가 두 남자의 질투 때문에 내가 죽을 뻔한 사건이 있었어."

광자가 경아의 등짝을 후려쳤다.

"우리 그이? 아이고 미친 것, 세상이 어찌 될라고 저러냐? 학교 다닐 때 미친 듯이 놀아보고도 모자라던? 얼굴이 반반해서 나이트클럽에만 가면 붙들려서 애를 먹이더니만 여전하구먼. 나는 이제 남자들 다 우습게 보이더라. 난 그냥 이렇게 살다 죽을래."

광자의 하마 같은 몸집에 혀를 내두르며 친구들은 여고생들처럼 웃음을 터트렸다.

"아직도 Y 다방에 가면 민영기 선생님이 나와 계실까? 삼십삼 년이나 흘렀으니, 선생님도 잊었을 거야. 다음 달 칠월 칠일에 속는 셈 치고 한 번 가 볼래?"

2010년 7월 7일

"박진경 정신 차려!"

그녀는 손바닥으로 자기 뺨을 소리 나게 두드렸다. 이제 겨우 두 시인데도 조바심이 났다. 미용실에 가서 머리 손질을 하고 왔다.

장롱문을 열어보니 입고 나설 만한 옷이 없다. 지갑을 들고 상가로 향했다. 칠부 길이의 파란 모시 재킷을 하나 사 들고 들어왔다. 남편의 와이셔츠를 다리기 시작했다. 열 개였다. 남편은 내일 돌아온다. 하룻밤 자고, 여행 가방을 챙겨서 지방에 있는 현장으로 떠날 것이다. 다른 때 같으면 줄을 세워 정성껏 다렸을 텐데, 오늘은 마음이 싱숭생숭해서 대충 다리고 있다. 장마가 시작되어서 빗줄기가 거세지고 있다. 눅눅한 습기, 무교동 낙지골목, 우산 아래 민 선생님의 젖은 어깨, 그중 한 가지라도 떠오르면 일손이 잡히지 않았다. 무의식의 바다에 둥둥 떠다니던 이야기보따리가 한꺼번에 펼쳐져서 걷잡을 수 없이 과거로 침잠해 들어갔다. 한 번 들어가면 그 미로에서 헤어나지 못했다. 민 선생님은 어디서 어떤 모습으로 살고 있을까? 그녀보다 열 살 위니까 육십 대가 되었겠다. 독신으로 살겠다고 했는데, 결혼은 했을까? 주룩주룩 내리는 빗속을 걸었던 피맛골도 떠오르고, 박진경 쪽으로 우산을 기울이느라 젖었던 민 선생의 어깨도 떠올랐다. 선생님 큰길로 갈 걸 그랬어요. 왜 하필이면 좁은 골목길이에요? 그녀는 어색해서 큰 소리로 떠들었고, 뒤따라오는 친구들이 시샘의 눈총을 쏘아댔다. 줄기차게 내리는 빗속으로 마음은 줄달음쳤다. 올해 달력에도 어김없이 7일에 동그라미가 그려져 있고 별표까지 되어 있다. 오늘은 꼭 가려고 빨간 별을 세 개나 그려놓았다.

창밖의 비가 더 거세어졌다. 열어놓은 베란다 창문을 두드리며 우박이 튀었다. 딸이 베란다로 달려가 창문을 닫았다. 거실문까지 닫고 나니 창밖은 아우성일 망정, 집안은 고요했다. 딸은 다림질해 놓은 반팔 와이셔츠를 옷걸이에 걸면서 자꾸만 그녀의 옆얼굴을 흘끔거렸다.

"엄마, 이 장대비를 뚫고 가야 할 만큼 동창회가 중요해요? 엄마네 동창회는 왜 십이 월이 아니고 칠월 칠일 장마통에 해요?"

대학 졸업반인 막내딸은 남자 친구를 사귀더니, 부쩍 다른 사람의 연애담에 관심을 보였다.

"첫사랑 남자 만나러 가는 여자처럼 마구 들떠 보여요. 아빠한테 이를 거예요?"

"그런 거 아니야. 여고 동창회라니까 그러네."

강하게 부정하는데, 갑자기 얼굴이 화끈 달아올랐다. 마음이 들뜨는 건 사실이었다. 첫날밤에 왕의 침실을 빠져나와 트리스탄의 품으로 달려갔던 이졸데의 심정이 이랬을까? 민 선생은 그 유치한 약속을 잊었을지 모르겠다. 자그마치 33년이나 되었으니 기억하는 게 이상한 거 아닐까?

종로 2가 Y 다방에서 만나자.

친구들과 지난달에 약속했다. 선생님이 안 오시면 차 한 잔 마시고 돌아오면 되지 하며 쿨한 척해보지만, 심장이 요란하게 뛰었다.

종로는 여전했다. 지하철역에서 계단을 올라오자 하늘이고 땅이고 온통 물 천지다. 샌들 속의 발가락이 먼저 젖었다. 여전히 옛날처럼 비가 내렸고, 샌들을 다 적셨다. 민 선생의 약속을 열쇠 삼아 박제된 시간을 따고 과거로 들어온 것 같았다. 민 선생님 목소리가 들리는 것 같다.

"길은 다 통하게 되어 있어. 막다른 길인 것 같아도 골목을 끝까지 걸어 나가면 큰길로 연결되어 있지. 골목길 같은 미로를 헤매고 다녔으니 오늘의 내가 있는 거야. 지금도 별로 성공한 인생은 아니지만…. 어려서부터 부잣집에 태어나 잘 먹고 잘살았더라는 식으로 끝나면 인생이 너무 밋밋하지 않을까? 그래서 이번에 대학원에 도전해 보는 거야. 더 높은 곳을 향해 가는 거지."

여러 날 억수 같은 비가 내릴 때면, 문득문득 민영기 선생님과의 약속이 그리워서 그녀의 영혼은 훨훨 날아 Y 다방을 기웃거리곤 했다.

"연락이 끊어지더라도 칠월 칠일 일곱 시를 기억해라. 내가 살아 있는 동안에는 언제나 그 자리에 있을 거니까."

Y 다방은 커피숍이라는 이름으로 바뀌었을 뿐 그대로 있었다. 민 선생님은 어떻게 변했을까? 33년이 지났는데, 아직도 그 약속을 잊지 않고 나오는 친구들이 있을까? 커피숍 안을 두리번거렸다. 광자가 손수건으로 목덜미의 물기를 닦고 있다. 경아가 여성지에서 금방 튀어나온 모델처럼 골프웨어 차림으로 들어왔다. 단발머리를 찰랑거리는 모습이 학생 때 모습 그대로였다.

수염과 구레나룻을 길게 기른 노신사가 커피숍으로 들어섰다. 광자가 떠미는 바람에 박진경은 남자 앞으로 가까이 다가갔다. 눈이 마주쳤지만 낯선 타인의 눈빛이었다.

"혹시 성함이 민영기 선생님 아니신지요?"

노신사의 눈에 반짝 빛이 일었을 때, 민 선생님과 박진경은 서로 알아보았다. 사랑의 묘약을 마신 트리스탄과 이졸데처럼.

"어? 어어?"

민 선생의 얼굴이 벌겋게 달아올랐다. 그녀도 그 자리에 붙박인 채 흥분으로 말이 나오지 않았다. 온몸에 소름이 쭉 돋았다. 분위기를 눈치챈 친구들이 우르르 달려왔다. 민 선생은 일일이 악수를 하며 반가워했다.

"기억난다. 기억나. 무교동 낙지집에서 매운맛을 봤던 그 친구들. 자네들 소식은 들었지. 나는 한 해도 거르지 않고 칠월 칠일 일곱 시에는 여기 와 있었네. 그 후로 한 번도 나타나지 않다니, 섭섭하더군. 항상 여러분들 안부가 궁금했었는데 왜 이제야 왔나?"

의자에 앉아 가방의 물기를 닦으며 커피숍 안을 휘둘러보았다. 이 커피숍은 밖에서 바라만 보았을 뿐, 한 번도 들어와 본 적이 없었다. 상상 속에서만 수도 없이 들락거리곤 했다.

"선생님, 너무 보고 싶었어요. 그동안 어떻게 지내셨어요?"

"내가 물어볼 말이구먼. 나는 잘 지내고 있어."

경아가 촐랑거리며 물었다.

"선생님은 아직도 독신주의세요?"

민 선생은 은빛 구레나룻을 잡아 뜯으며 빙그레 웃었다. 세월이 흘렀건만, 쑥스러울 때 하는 버릇은 여전했다.

"작년에 병선과 혜성이, 미애가 왔었지. 병선인 유명한 모델이 되었는데, 모르고 있었나? 혜성이 거미처럼 긴 다리로 겅중거리며 걷는 게 예전이랑 똑같아서 금방 알아봤지. 요즘 유명 연예인들 학력 위조 문제를 뉴스에서 떠들어댄다며? 언론이야 양은냄비처럼 끓다 금방 식을 테니 방송을 잠깐 쉬라고 충고했어."

박진경은 민 선생이 병선에 대해 소상히 알고 있는 게 속상했다. 민 선생을 가운데 놓고 질투했던 기억이 났다. 게다가 유명 모델이라니?

"유명 모델이라면 왜 우리가 몰랐을까?"

"고소혜가 고병선이야."

고소혜는 눈도 크고 턱선도 갸름하니 전혀 닮은 구석이 없다.

"얼굴을 다 손봤겠지. 쌍꺼풀에 코도 높였을 것이고 턱도 치지 않았을까?"

광자가 너덜거리며 비꼬는 순간, 늘씬한 여자 세 명이 들어섰다. 페로몬으로 동족을 알아내는 개미들처럼, 다 뜯어고치거나 세파에 시달려 모습이 많이 변했을지라도 기억해 냈다. 삼십여 년 세월을 뛰어넘어 서로 얼싸안았다. 병선은 여전히 큰 키였지만, 너무 말라서 갈비뼈가 닿았다. 혜성은 겅중거리는 걸음걸이로 쉽게 알아보았다. 찰랑거리는 긴 머리의 미애를 보니, 학교 다닐 때 박박 밀었던 머리 생각이 났다.

"봐라 봐라. 역시 자네들이 끝까지 남는구나."

민 선생의 얼굴에 웃음이 번졌다.

"늙어서 소주 한잔할 수 있는 제자는 학교 다닐 때 말썽꾸러기들뿐이라니까."

민 선생의 말에 큰 소리로 웃다가 사람들의 눈총을 받고 자리에서 모두 일어섰다.

우산을 받고 일렬로 서서 피맛골을 지나갔다. 병선이 스스럼없이 민 선생과 우산을 함께 받고 앞서 걸었다. 골목길로 접어들자 음식 냄새가 코를 자극한다. 청국장, 부대찌개, 부침개를 부치는 고소한 기름 냄새.

"피맛골도 재개발 이야기가 있던데, 이런 곳은 보존하는 게 좋을 것 같아. 조선시대에 종로 큰길을 가다가 높은 사람이 가마나 말을 타고 행차하는 것이 보이면 이 골목으로 피하여 왕래했다지. 나중에 관광객들이 찾는 명소가 될 수도 있지. 옛날에 갔던 무교동 낙지골목 기억나는가? 팔십 년대 초에 재개발했잖아. 지하철 공사로 사라져서 너무 아쉽더군. 교보문고 뒤편에서 종로구청으로 연결되는 길에 여덟 곳의 낙지집들이 그대로 옮겨갔지. 동네는 청진동인데 이름은 무교동 낙지집이지. 그리 갈까?"

그 추억의 낙지 골목이, 그 삐거덕거리던 나무계단의 느낌이 추억 속에만 남게 되었다. 낙지를 꼭꼭 씹었다. 얼얼한 혓바닥을 식히기 위해 조개탕 국물을 입에 물고 있던 고3 때가 떠올랐다. 산전수전 겪다 보니 혀에도 굳은살이 박였나 보다. 그녀의 혀는 매콤한 맛을 음미하는 경지에 올라 있다.

"자네가 박진경이라구? 뭐 하고 지냈나? 친구들은 자네랑 연락이 아주 끊겼다며 안타까워하던데."

"시집살이 삼십 년에 친구들은 다 끊기고, 오롯이 혼자 살았어요. 지난달에야 이 친구들과 만났거든요. 애들은 계속 연락하고 지냈대요. 지난달에 만나 이야기 끝에 민 선생님 얘기가 나왔고 동시에 칠월 칠일 일곱 시를 기억해 냈어요. 선생님은 어떻게 지내셨어요?"

"남자 중학교에 한 삼 년 있다가, 그만두고 대학원에 진학했지. 박사학위 받고, 지금은 대학에 교수로 있어."

"선생님, 너무 잘 되셨네요. 높은 곳을 향해 도전하신다는 말씀이 항상 마음속에 뱅뱅 돌았어요. 저희는 삼 학년 이 학기 때 자퇴했잖아요. 그 사실이 평생을 따라다니며 제 인생에 걸림돌이 되고 있어요."

"나도 들었어. 지금 같으면 있을 수 없는 일이지. 인터넷에 도배를 했을 거야. 선생이 너무 심하게 체벌했다고 고소를 했을 거야. 그러나 그때는 그랬지. 앞뒤 상황이야 어떻든, 선생님에게 대든다는 것이 용서가 안 되던 시기였지."

매운 낙지를 먹으며 불타는 혓바닥을 조개탕으로 식히고 있을 때 민 선생님이 그녀들을 둘러보았다.

"지금 와서 이런 말하기는 뭐 하지만, 자네들 학교에 재입학하는 건 어떨까?

"고등학교예요?"

"이 나이에 다시 교복을 입으라고요? 에이 농담이시죠?"

"그렇게 정색을 할 게 아니라, 깊이 생각해 봐. 얼마 전에 들은 정보에 의하면 자퇴하거나 퇴학당한 학생들의 구제방안이 나왔다는군. 한 학년에 정원 외에 이 퍼센트는 재입학생을 받을 수 있다고 하네. 복교희망자 심의위원회 심의를 통과하면 학교장의 허가를 받을 수 있지. 학교에 방문할 때 껄끄러우면 내가 동행해 줄 수도 있어."

병선의 눈이 빛났다.

"좋은 기회인 것 같아요. 마음속에 찜찜하게 얹혀있던 과거를 청산할 수 있을지도 몰라요. 사실 학력 얘기가 나올 때마다 떳떳하지 못했는데, 당분간 활동을 접고 있으니 혜성과 저는 시간이 많아요."

광자는 고개를 숙이고 물수건으로 식탁만 문지르고 있다.

"에이, 난 안 하고 싶어. 대학도 아니고 창피하게."

경아가 투덜거렸다.

"고등학교를 졸업하고 공부를 더 하고 싶으면 대학에 갈 수도 있어. 평생교육시대에 나이가 무슨 문제야. 미국에서는 구십칠 세 된 할머니가 칠십팔 년 만에 고등학교를 졸업했어. 가정형편이 어려워 학업을 중단했었다더군. 졸업장을 받으면서 눈물을 흘리는데, 가슴이 뭉클했어. 자네들도 인생의 궤도수정을 할 기회라고 생각해 봐."

박진경은 민 선생님의 말에 정신이 번쩍 들었다. 영혼이 잎사귀 무성한 두릅나무가 되는 걸 느꼈다. 여름에는 누르스름한 꽃을 피우고, 가을에는 검게 익은 열매를 풍성하게 주렁주렁 매달았다. 어린 순일 때 따 먹힌 줄도 모르고, 억센 가시만 온몸에 두르고 한 줄기로 서 있던 두릅나무. 그녀는 자신을 못난이 나무라고 스스로 비하하고 있었다. 어린 순이 팔을 쭉쭉 뻗으며 자라나기 시작했다. 박진경은 불쑥 손을 들었다.

"혼자는 어색해도 우리 일곱이면 해볼 만하지 않겠냐? 한번 해보자."

박진경의 말에 광자가 물수건을 탁 집어던졌다.

"나도 한 표 던진다."

미애도 하겠다고 한다.

"검정고시를 해도 되겠지만, 학교를 마치는 게 좋을 것 같아요."

미애마저 하겠다고 나서자 경아가 눈을 하얗게 흘겼다.

"왜 다들 마음이 바뀐 거야. 갑자기 그분이 오신 거야?"

경아는 의리상 동참하겠다고는 하나 떨떠름한 표정이었다. 김진경도 남은 인생을 의미 있게 살고 싶다며 동참하기로 했다. 잔을 부딪치며 요란하게 건배를 외쳤다.

"우리 인생의 궤도수정을 위하여!"

모임이 끝나고 밖으로 나오자 혜성이 차를 대기시켜 놓았다.

"선생님하고 같은 방향이니까, 우리가 모셔다 드릴게."

민 선생과 병선이 자동차 뒷좌석에 나란히 앉았다. 자동차 꽁무니가 사라지자마자 경아가 이기죽거렸다.

"민 선생님과 병선 둘 다 독신주의자라니까, 안심해도 되겠지?"

세 사람이 동시에 박진경을 보았다.

"처녀총각이 일내면 좋은 일이지. 남편 있는 사람들이 웬 질투셔? 미스인 나라면 몰라도."

광자의 너스레에 모두 무장해제되었다. 늘 얌전한 색시 가면을 덮어쓰고 살아온 김진경도 오랜만에 뱃가죽이 아프도록 웃었다고 했다. 친구들은 우산을 받고 종각역으로 향하며 살아온 이야기를 쏟아냈다. 그녀들 중에 파란만장하지 않은 인생은 없었다.

2010년 7월 17일

그녀들은 열흘 만에 다시 뭉쳤다. 삼십여 년만에 일곱 명이 학교로 향했다. 비탈길이어서 거의 등산하는 수준이다. 십 분 가까이 걸었을 뿐인데, 모두 숨을 몰아쉬었다. 고등학생 때는 이 년 반이나 매일 걸어 올라가던 길이다. 여기는 별로 변하지 않았다. 워낙 고급주택지라, 다른 곳처럼 재개발할 생각이 없나 보다.

"바뀌지 않아 좋은 점도 있네. 그 오래된 추억이 어제 일처럼 다시 살아나네."

언제 커서 이런 집에 살아보나 꿈도 꾸었는데, 자퇴를 하고 축 처져서 비참한 심정으로 걸어 내려올 때는 이 집들의 담장이 너무 높아 보였다. 다시는 이쪽을 향해 고개 돌릴 일도 없을 줄 알았는데 여기를 다시 오다니. 버드나무가 아직도 고불고불하게 병든 줄기를 휘날리며 서있다. 잘리지 않고 꿋꿋하게 서있는 저 나무는 그녀들의 과거를 알고 있을 것 같았다.

"저 나무만 보면 라면 생각이 나서 분식집 티파니로 달려갔었지."

"그래도 나름 재미있는 학창 시절이었어."

병선은 사람들이 알아볼까 봐 선글라스를 끼고 모자를 푹 눌러 썼다. 그래도 알아보는 사람들이 있는지 돌아다보며 수군거렸다.

"유명세를 지불한다고 생각해라."

광자가 병선의 등을 툭툭 두드렸다.

우거진 숲 사이로 학교 건물이 언뜻언뜻 보이자, 코끝이 시큰해졌다. 왕자바위 위에서 꿈을 꾸며 행복했던 점심시간도 떠오르고, 가수 송창식이나 홍민이 와서 공연을 하던 시간들도 떠올랐다.

땡볕에 운동장에서 교련을 하던 시간들, 우로 봐! 대대장 고병선의 구령에 맞춰 구령대를 향해 고개를 돌리던 때를 생각하니 몸이 경직되기도 했다. 빠르게 거꾸로 돌리는 영사기처럼 장면들이 눈앞으로 휙휙 지나갔다.

"어디로 가야 하지?"

그녀들은 교무실 앞에 서서 망설였다. 삼십 년이 지났어도 건물이 그대로다. 교무실 위치도 그대로다. 삼십 년 전으로 돌아간 것 같았다. 복도를 오가는 학생들이 그녀들 쪽을 흘끔거리며 지나갔다. 발꿈치를 들고 사뿐사뿐 걷는 여학생들을 보자, 발소리 내지 말고 걸으라며 훈계하던 이옥순 선생이 떠올랐다.

"퇴직했을까?"

머리 뒤로 쪽을 찌고 감청색 투피스를 입은 여선생이 다가왔다.

"무슨 일이십니까? 오늘은 학부모 회의가 없는 줄 아는데요."

그녀들은 화들짝 놀라서 여선생을 바라보았다. 그 악명 높았던 이옥순 선생이었다.

"저희는 여기 졸업생입니다."

광자가 목소리를 깔았다.

"몇 회 졸업생이지요?"

그녀의 질문에 말문이 막혔다.

"몇 년도에 졸업했나요?"

"저기, 친구들이 천구백칠십육 년에 졸업했어요."

경아의 말에 이옥순 선생은 고개를 갸웃거렸다.

"그때 내가 학생주임을 했는데 나 몰라요? 이옥순?"

그녀는 눈 밑으로 안경을 내리고 그녀들의 얼굴을 한 사람씩 뜯어보았다. 그녀의 카리스마는 여전했다.

"압니다. 선생님도 저희가 기억나실 겁니다. 천구백칠십오 년 시월 삼 학년에 학교를 모두 사퇴했던 칠공주파입니다."

이옥순의 눈빛이 흔들렸다. 그녀는 그녀들을 알아보지 못했다. 삼십 년 세월에 그녀들의 모습이 형편없이 변했으니까. 하기야 학창 시절에도 화장만 짙게 하고, 노랑머리 가발을 쓰고 지나가면 알아보지 못할 정도로 시력이 나빴다.

"무슨 일로?"

"이제라도 정신 차리고 공부 좀 하려고요. 고등학교 졸업장이 없으니 가는 곳마다 유리 벽이 턱턱 가로막더라구요."

그녀의 얼굴에 긴장감이 돌았다. 표정도 변했다.

"그럼 자네가 팍진경? 아, 여기서 이럴 게 아니라 교장실로 들어오시게."

교장실 소파로 안내되었다. 젊은 여선생이 종이컵에 녹차 티백을 하나씩 넣어 내놓았다. 이옥순선생은 우선 종이컵을 들어 목부터 축였다.

"무슨 말을 어떻게 시작해야 할지 모르겠네. 해가 거듭될수록 그때 일이 나를 옭아매더군요. 나도 그때는 젊었고, 젊은 혈기에 빗나가는 학생들을 보면 참을 수가 없었지요. 체벌도 많을 때였지만, 윤리선생님이 학생들이 보는 앞에서 따귀를 때린 것은 기를 죽이기 위해서였답니다. 여러분들이 워낙 드셌으니까요. 나는 가끔 자다가 가위에 눌리곤 했어요. 파란 광선이 내 몸에 꽂히는 걸 보면, 여러분들이 어지간히 복수의 칼날을 갈았나 봅니다. 여러분들의 인생을 구부러지게 한 책임은 전부 나에게 있어요. 정말 미안합니다. 사과합니다."

박진경은 명치를 묵직하게 누르고 있던 체증이 쑥 내려갔다. 평생 용서를 못하고 이를 갈며 살았는데, 미안하다는 말 한마디에 마음의 빗장이 쉽게 열렸다.

"저도 선생님께 저주를 퍼부은 것 때문에 많이 후회했습니다."

박진경이 고개를 숙였다.

"팍진경 저주가 내 주위를 맴돌긴 했지. 환갑이 훨씬 넘도록 결혼도 못 하고 있으니. 아직은 학생들이 내 곁에 있지만, 내년에 퇴직을 하고 나면 쓸쓸한 노년을 보낼 게 뻔하지. 후후."

진작 찾아오지 못한 게 후회스러웠다. 민영기 선생님 덕분에 가슴에 쌓여 있던 오래된 원망이 녹아내렸다. 민 선생이 물꼬를 터주지 않았다면 그녀들은 내내 가슴에 원한을 쌓고 고약하게 늙어갔을 것이다.

"복교희망자 심의위원회의 심의를 거쳐 재입학할 수 있으니 걱정 말아요. 내가 할 수 있는 한 최선을 다해 여러분들이 졸업할 수 있도록 돕겠어요. 원래는 이 학년부터 다시 다녀야 하지만 교장 재량으로 한 학기만 다닐 수 있도록 조치하겠어요."

학교로 향하며 주름졌던 얼굴들이 비탈진 길을 내려오면서 활짝 피어났다.

2010년 9월 1일

그녀들은 구 월부터 학교에 다니기 시작했다. 가게 뒷방에서 교복으로 갈아입고 학교에 갔다. 감색 치마에 하얀 셔츠, 카라 사이 목 부분에 감색 리본은 똑딱이 단추로 고정시켰다. 광자는 동글동글하게 말린 파마머리에 핀을 여러 개 꽂았다. 퉁퉁한 몸매에 포대자루처럼 큰 치마를 입었다. 맞는 교복이 없어서 특별제작을 해야만 했다. 광자는 열여덟 살 때나 지금이나 엄마처럼 푸근해서 친구들보다 열 살은 많아 보였다.

"어때? 폼 나나?"

광자의 말에 친구들이 까르르 웃었다. 김진경은 짧은 커트 머리라 손 볼 곳이 별로 없다. 경아는 찰랑거리는 단발머리라 교복과 아주 잘 어울렸다. 날씬한 몸매에 생머리 단발이라 뒤에서 보면 남자고등학생이 따라올지도 모르겠다. 박진경은 틀어 올렸던 머리를 내려서 포니테일 스타일로 묶었다.

"박진경은 그렇게 하니까 이십 년은 젊어 보인다."

미애는 긴 머리에 공주 같은 머리띠를 했다.

공부가 쉽사리 머릿속에 들어오지 않았지만, 교실에 앉아 있는 시간이 정말 행복했다. 민 선생님 덕분에 그녀들은 오십 대에 궤도 수정을 했고 새로운 세상을 살 수 있었다. 교과서를 반복해서 읽고 또 읽었다. 쉽게 외워지지 않았지만, 세상을 오래 살아온 경험치 덕분인지, 선생님 말씀이 쏙쏙 들어왔다. 밤새워 공부하는 맛을 뒤늦게나마 알게 되었다. 어린 동급생들과 함께 교실에 앉아 있는 것만으로도 행복했다. 예전에는 무거운 책가방을 들고 다니느라 한쪽 어깨가 기울어졌는데, 지금은 배낭에 짊어지니 훨씬 편했다. 수업이 끝나자마자 도서관으로 향했다.

김진경은 남편이 일 년의 절반 이상을 현장에서 근무하고, 아이들도 이제 각자도생 하고 있으니 들키지 않고도 충분히 학교를 마무리할 수 있을 것 같았다. 주말마다 다녀가는 남편이 어느 날, 그녀의 얼굴을 빤히 바라보며 말했다.

"당신 요즘 살이 왜 이렇게 많이 빠졌어. 다이어트하는 거야?"

"여보, 우리 동창들이 함께 사이버대학에 가려고 공부하고 있어요. 졸업한 지 오래되어서 도서관에 다니면서 미리 교양서적이랑, 전문서적을 읽고 있어. 도시락을 먹어가며 공부하니까, 진짜 학생이 된 기분이라니까."

김진경은 천연덕스럽게 거짓말을 쏟아냈다.

"당신이 우울하지 않고 밝아서 나는 좋구먼. 일단 공부 시작하면 세월은 가는 거고, 대학 졸업도 하게 될 거야. 내가 밀어줄 테니 열심히 해봐."

"엄마가 공부하느라고 저한테 잔소리하지 않아서 좋아요."

딸이 옆에서 거들었다. 김진경은 또 하나의 거짓말로 가면을 썼다. 언젠가는 덮어쓴 가면들을 하나둘 벗게 될 날이 오겠지.

나이를 먹어도 역시 시험은 두려웠다. 시험만 안 보면 공부할 만했다. 미애는 예전처럼 연필심을 뾰족하게 깎아서 필통을 채웠다. 광자는 연필심만 보면 진저리를 치더니 또 진저리를 쳤다. 과거의 날들로 되돌아간 것 같았다. 그녀들을 똑 닮은 아이들이 건들거리며 다가왔다. 반항심이 얼굴에 가득 찼다.

"줌마들이 우리 내신 등급 올려 주려고 몰려온 건가? 그동안 우리가 애들 밑바닥을 받쳐주고 있었거든요."

광자가 주먹으로 아이의 어깨를 툭툭 쳤다.

"어이, 줌마가 뭐야. 동급생끼리. 이름 불러. 시험도 끝났는데 니들은 어디 물 좋은데 안 가냐? 옛날에 우리는 청계천 팽고팽고에서 좀 놀았는데."

건들거리던 아이들이 놀라서 눈을 동그랗게 떴다.

"우리 꼴 나지 말고 착실히 공부해라. 알았지?"

병선이 벌떡 일어섰다. 병선을 올려다보던 아이들이 꽁무니를 뺐다.

2011년 2월 14일

졸업식이다. 가게 뒷방에 모인 그녀들은 옷을 갈아입느라 수선스럽다. 다락방으로 올라가는 문을 열고 계단 위에 올려놓은 쇼핑백을 꺼냈다.

"아이고, 이 늙은 고등학생들이 드디어 졸업을 하는구먼."

할머니가 방문을 드르륵 열고 소리쳤다.

"정말 옛날 생각난다. 언제 이렇게 세월이 흘렀을까? 원더우먼이 뱅글뱅글 회오리 속을 돌면 비키니 의상으로 변신하듯, 이렇게 교복을 입고 뱅뱅 돌아서 여고 시절로 돌아갔으면 좋겠다."

경아가 거울 앞에서 뱅글뱅글 돌며 원더우먼 흉내를 냈다. 광자가 모양이 빠지긴 해도 다들 멋지다.

"졸업식에 늦겠다. 민 선생님은 도착하셨을까? 팍진경! 장학증서는 네가 맡아서 챙겨라."

그녀들은 형편 되는대로 돈을 거둬서 장학금을 마련했다. 광자가 사장님답게 지시를 내렸다.

"꽃다발은 병선과 혜성이 맡아라."

뒷방에서 가게 쪽으로 한 명씩 나가자, 할머니 눈이 휘둥그레졌다.

"여하튼 변신들은 잘해요. 옷을 바꿔 입으니 금방 여고생이 되는구먼. 학교 다닐 때는 어떻게든 어른이 되어보겠다고 안달이드만, 이제는 어려지려고 안간힘을 쓰는구먼. 어떻든 보기 조오타. 오늘 같은 날 나도 가게문 닫고 따라나섰으면 좋겠다."

그녀들은 여고 시절, 이 가게 뒷방을 아지트로 삼아 어지간히 드나들었다. 다락방에다 사복을 감춰두고, 학교가 파하기 무섭게 가게 뒷방으로 달려왔다. 교복을 벗어 다락방 계단에 집어던지고, 쇼핑백에서 짧은 미니스커트와 킬 힐, 노랑머리 가발을 꺼냈다. 짙은 화장을 하고 가게 뒷문으로 한 명씩 빠져나갔다. 아무도 알아보지 못했다. 악명 높았던 이옥순 선생도 그녀들이 몸에 뿌린 싸구려 향수 냄새에 코를 싸쥐고 인상을 찌푸릴 뿐, 전혀 눈치채지 못했다. 고고장으로 영화관으로 쏘다니면, 남자들이 줄줄 따라왔다. 개중에는 용돈을 듬뿍 얹어주며 하룻밤 즐기자는 중년의 배불뚝이 남자들도 있었다. 그때만 해도 전화가 흔치 않았다. 핸드폰커녕 삐삐도 없던 시절이라 적당히 전화번호 뒷자리를 다르게 가르쳐주면 그걸로 끝이었다. 낮에는 화장을 싹 지운 맨얼굴로 여고생으로 변신하니 그녀들을 찾을 길은 없었다. 그때의 아주머니가 이제 할머니가 되었다.

"빨리 어른이 되고 싶어서 쥐 잡아먹은 것처럼 새빨갛게 입술을 칠하고, 노랑 가발을 뒤집어쓰고 요사를 떨더니만, 늦게라도 철이 들기는 드는구먼."

할머니는 그때도 쯧쯧 혀를 차며 잔소리를 모질게 해댔는데, 그때는 왜 그 말을 귓등으로 흘려들었나 모르겠다. 광자가 할머니의 어깨를 툭툭 쳤다.

"다녀올게요. 이따 졸업식 끝나고 와서 목구멍에 기름 치게, 한상 준비해 주세요."

경아가 눈을 흘겼다.

"얘는 여기가 노가다 판이니? 직업은 못 속인다니까."

병선과 혜성이 꽃다발을 안고 우아하게 비탈을 올라갔다. 교복을 입은 여학생들과 꽃다발을 든 학부모들이 길을 가득 메우며 학교를 향해 올라가고 있다. 오 개월 동안 오르내리며 뿌듯했던 시간이 삼십여 년 전의 아픈 기억을 밀어내었다. 되돌아보며 기억해내려고 해도 통증이 희미하게 멀어지고 있다.

작년 7월 7일에 민 영기 선생을 만나지 못했더라면, 오늘의 그녀들은 이 시간 무엇을 하고 있을까? 사우나에서 자장면을 시켜 먹고, 냉커피를 마시며 세월을 헛되이 보내고 있을 것이다. 대낮부터 벌거벗은 여자들 틈에 끼어 앉아 고스톱을 치고 있을 것이다. 사춘기 때의 궤도 이탈. 그렇게 원했던 일탈이었는데, 돌아가는 길이 너무 멀었다. 한없이 벌어져서 궤도에 오르는 길을 찾을 생각도 못 했다. 오십 대에 궤도수정을 할 수 있다는 민 선생의 꿈같은 말을 붙잡았기에 오늘 그녀들의 얼굴은 자신감으로 빛날 수 있었다.

작년 이맘때까지만 해도, 이 나이에 고등학교를 졸업하리라고는 꿈도 꾸지 못했다. 유리감옥에 갇혀 살아온 수십 년 세월이 저 비탈 아래 연 꼬리처럼 흐느적거렸다. 용케도 가느다란 연줄을 타고 날아오를 준비가 되었다. 졸업이 그걸 가능하게 해 줄 것이다. 운동장 언저리로 눈이 쌓여 있다. 학생들은 정렬해 놓은 접이식 의자에 앉아 재잘거리고, 햇살이 구름을 찢고 새어 나와 스포트라이트처럼 아이들을 비추었다. 학부형들은 꽃다발을 들고 배경처럼 서 있다. 가족들에게 졸업을 축하받을 수 없어 안타까웠다.

"지금부터 졸업식을 거행하도록 하겠습니다."

스피커를 통해 흘러나오는 소리에 가득 메운 인파가 모두 입을 다물었다.

"먼저 교장선생님의 말씀이 있겠습니다."

이옥순 교장이 마이크를 잡았다.

"졸업을 축하합니다. 졸업식이라는 단어, 커멘스먼트는 시작이라는 의미도 있습니다. 저는 오늘 여러분이 졸업식을 계기로 새롭게 시작했으면 좋겠습니다. 특히 오늘 늦깎이 졸업생들이 있어 마음이 흐뭇합니다. 삼십 년의 세월이 지난 지금에서야 졸업장을 받게 되었으니, 그들에게는 정말 의미 있는 졸업식입니다. 다시 시작하는 마음으로 새로운 꿈을 꾸시기 바랍니다."

그녀들이 단상 앞으로 올라가 한 명씩 졸업장을 받자 운동장을 가득 메운 학생들과 학부모들이 웅성거림을 딱 멈췄다. 병선과 혜성이 이옥순 교장선생님과 민영기 선생님에게 꽃다발을 드렸다. 그리고 박진경이 교장선생님께 장학증서를 증정했다.

"저희가 정성껏 모은 장학금입니다. 우리 후배들을 위해 써 주시기 바랍니다."

박수와 탄성에 귀가 먹먹했다. 앞을 가로막고 있던 유리벽이 자동문처럼 스르르 열렸다. 이제 앞길을 가로막는 것 따위는 없다. 가슴 밑바닥에 엎드려 있던 단어들이 울컥울컥 토해졌다. 유리창, 열등감, 분노, 복수….

졸업식 순서가 모두 끝난 후, 졸업생들은 뿔뿔이 흩어져 가족들과 사진을 찍었다. 그녀들은 민 선생과 이옥순 교장과 함께 꽃다발을 안고 사진을 찍었다. 어린 동창들과 서로 어깨동무를 하고 사진을 찍으면서 졸업을 실감했다. 졸업장과 졸업앨범을 받아 들자, 마음은 줄에서 놓여난 연처럼 하늘을 향해 훨훨 날았다. 은퇴한 이옥순 선생도 노후를 함께할 남자 친구가 생겨 쓸쓸함에서 벗어났으면 좋겠다. 그녀들은 새로운 꿈을 꾸기 시작했다. 병선과 혜성은 모델학교를 세우겠다는 포부를 말했다. 경아와 김진경은 복지사를 꿈꾸었다. 광자는 더 큰 사업체를 꿈꾸고, 미애는 일본어 선생이 되고 싶다고 했다. 박진경은 소설가가 되고 싶었다.

* * *

할머니가 간소하게 차려낸 술상 앞에 앉았다.

"선생님 덕분에 저희도 공부하며 밤을 새우는 맛을 알았어요. 이제 책가방을 짊어져야 마음이 놓여요."

"죽을 때까지 졸업은 없는 거지. 비석에 ×× 년 졸 이렇게 쓰지 않는가? 죽어야 인생을 졸업하는 거지. 나는 지금 자서전을 준비하고 있어. 자네들 이야기도 집어넣을 참이야. 인생 역전에 성공한 나의 제자들, 칠공주파의 반전. 어떤가?"

"좋아요. 선생님은 우리의 영원한 멘토예요. 딸랑딸랑."

경아가 선생님 앞에서 손목을 돌리며 개그맨처럼 재롱을 떨었다. 선생님 앞에 서면 오십 대의 제자들은 어린아이가 되었다.

"인생에서 열정을 빼면 끝나는 거야. 늙는다는 건 열정이 식는다는 뜻이지. 반대로 열정이 펄펄 살아 있으면 나이에 상관없이 젊은 것이지."

트리스탄 민영기 선생님 덕분에, 그녀들은 갇혀 있던 유리벽에서 벗어나게 되었다. 늦은 나이에 다시 미래를 계획하고 꿈을 꿀 수 있게 되었다. 그녀들은 교복을 벗어 다락으로 올라가는 계단마다 한 벌씩 올려놓았다. 미닫이 문을 열었다. 오늘로써 이 뒷방 출입도 끝

이다. 뒷방을 나서다 말고 다락방을 돌아보았다. 젊은 날의 한 조각
이 짙은 어둠 속으로 가라앉고 있었다.

"자, 오랜만에 매운맛 좀 보러 가세."

우리는 교보빌딩 뒷골목을 향해 걸었다.

"이 피맛골을 2009년에 재개발할 예정이었으나 반대가 많아서
그냥 보존하기로 했다는군."

피맛골의 골목은 구사일생으로 살아남았다. 1975년판 칠공주파
도 구사일생으로 살아남았다.

Ⅳ. 박진경의 삶

스마트한 세상

2020년

오늘 친구가 다녀갔다. 미국에서 다니러 온 매형과 함께 왔다.

"처남 친구 만나는데 뭐 하러 가냐고 하던 매형이, 친구 아내가 소설가라고 하니까, 무조건 오케이란다. 박진경 작가는 잘 있지?"

아내는 내 전화를 엿듣고는 아침부터 부산을 떨었다. 안 하던 화장을 하고 향수까지 뿌렸다. 마당에 바비큐그릴을 설치하고 참숯을 넣고 삼겹살을 구웠다. 밭에 나가 상추를 따고 오이와 고추를 땄다. 과일도 사다가 씻어놓았다.

그 사건이 있고 난 후, 우리 사이는 가까워지지 않았다. 대화도 사라지고 다정한 눈빛도 사라졌다. 내 손님이라 귀찮아할 줄 알았는데, 의외로 아주 반갑게 맞았다. 미국에서 삼십 년 만에 방한한 친구의 매형이 아내와 사진을 찍고 싶다고 했다.

"제가 일흔이 넘었어요. 요즘은 소설에 빠져 삽니다. 그런데 소설가는 내 생전 처음 봤거든요. 이 늙은이 가슴이 다 두근거립니다. 사진 한 장 찍어도 될까요? 미국 가면 친구들에게 자랑하고 싶습니다."

아내는 친구 매형의 팔짱을 스스럼없이 끼고는 활짝 웃었다. 나에게 한 번도 보여주지 않던 환한 미소였다. 매형 옆에 서니까, 아내는 젊고 섹시해 보이기까지 했다.

"야 인마, 늙은 얼굴에 박박 밀은 머리 혐오스럽다. 역사적인 순간에 너는 좀 빠져라."

친구가 얼쩡거리는 나를 밀쳤다.

"어이, 박 작가 멋있어!"

친구는 아내를 추켜세웠다. 아내가 근래에 나온 장편소설에 사인을 해서 주자 매형은 감격하며 머리를 조아렸다. 그런 아내가 다시 보이기는 했다.

아내는 2층 탁자에 과일과 맥주를 준비해 주었다.

"제가 설거지하는 동안 즐거운 시간 보내세요."

나는 음악실로 가서 색소폰을 꺼냈다. 그들은 한 곡이 끝날 때마다 환호성을 지르며 박수를 쳐 주었다. 그들은 흡족한 얼굴로 대문을 나섰다. 웃으며 손을 흔들고 돌아서는 아내의 얼굴이 나와 마주치자 차갑게 굳어졌다. 안방으로 들어가더니 문을 닫았다.

아내는 지금 안방 문을 굳게 닫고 낮잠을 자고 있다. 식탁 위에 여지없이 쟁반이 놓여 있다. 내 저녁밥을 미리 차려놓은 것이다. 먹고 나면 쟁반을 그대로 냉장고에 넣어두면 되었다. 아내는 그렇게 대화도 없이 개밥 주듯이 쟁반을 내놓고는 그것으로 그만이었다.

쟁반 옆에 아내의 스마트폰과 노트북이 놓여 있다. 내가 곁에 있 건 없건 아내는 스마트폰만 들여다보고 있었다. 애지중지하던 스마 트폰도 팽개친 걸 보면 손님 접대하기가 힘들었던 모양이다.

소설을 쓰던 중이었는지 노트북의 모니터에 글이 떠 있다.

*여자는 친구의 지인의 지인의 카카오스토리에 남자의 사진이 올라 있는 걸 보고 깜짝 놀랐다. 남자는 젊은 아가씨의 어깨에 팔 을 걸치고 한껏 뽐내며 웃고 있었다. 환하게 웃는 얼굴이 낯설었다. 요즘은 손바닥만 한 스마트폰 안에 세상이 다 들어가 있다.

남자는 회갑 나이가 가까워지자 부쩍 세상사는 낙이 없다고 투 덜거렸다. 여자는 남편에게 들뜬 기분, 가슴 두근거림을 잠깐 맛보 게 하는 것도 좋을 성싶어 눈 감아보려고 했다. 베이비붐 세대들이 은퇴 후에 맛보는 허탈감을 이해해 보려고 했었다. 그날 남자는 여 자가 불쑥 나타나자 당황했다. 스마트폰을 바지 주머니에 밀어 넣으 며, 야동을 봤을 뿐이라고 둘러댔다. 야동도 문자를 주고받으며 보 냐고 하려던 여자는 꾹 눌러 참았다. 여자는 남자의 마음을 온통 빼앗고 있는 스마트폰을 용서할 수 없었다. 오셀로의 처절함이 여 자의 마음을 후벼 팠다.

[난 차라리 한 마리 두꺼비로 변해서 어둡고 깊은 동굴 이슬 먹 고 살지언정 내가 사랑하는 물건의 한구석만 차지하고 남들이 나머 지를 쓰게 하진 않으리라.]

여자는 자신도 오셀로처럼 응징하고 말 것이라고 이를 부드득 갈았다.*

아내의 소설은 거기서 멈췄다. 그 소설에 나오는 남자가 나를 가리키는 것 같아서 머리카락이 쭈뼛하게 섰다. 아내의 소설을 읽어보면 나와 비슷한 성격의 인물이 어디 한 귀퉁이에라도 꼭 나왔다. 요즘은 통 글을 안 쓰는지 얼마 전의 내용에서 별 진전이 없다. 매일 자전거를 타고 밖으로만 나돌았다. 내가 집에 있는 날도 식탁 위에 밥상을 차려놓고는 나갔다. 동호인들과 함께 자전거를 타고 일박이일 여행을 떠나기도 했다. 나도 아내의 소설처럼 방치되기는 마찬가지였다.

'카톡'

나는 아내의 스마트폰을 열어 카카오톡을 눌러보았다.

[자기]라는 닉네임에 빨간 숫자가 켜져 있다. 갑자기 얼굴이 화끈 달아올랐다.

[자전거 타고 나와 나 지금 이포보에 와 있어]

어떻게 해야 할지 난감했다. 어투로 보아서는 남자인지 여자인지 알 수 없다. 나는 아내인 척 글을 올려보았다.

[지금 남편이 있어서 못 나가요 기다리지 말아요]

내가 쓴 글이 노란 창에 떴다.

[무슨 소리야 다른 때처럼 적당히 따돌리고 나와]

다른 때처럼? 화가 난 듯한 문장이 하얀 창에 떴다. 무례하기가 짝이 없다.

매일 황혼 무렵이면 누가 부르는 것처럼 부리나케 자전거를 타고 나갔던 게 이 사람과의 일탈이었단 말인가? 상상을 하면 할수록 가슴에 불길이 타올랐다. 화면을 손가락으로 터치해 보았다. 둘 사이의 대화가 한 달 전부터 매일매일 이어졌다. 그럼 정말 나에게 복수하려고 아무에게나 말을 걸었단 말인가?

"당신이 다른 여자에게 달콤한 말을 속삭이고 있을 때, 나도 다른 남자의 황홀한 속삭임을 듣고 있다는 걸 기억해."

아내는 짐승처럼 울부짖었다.

"내 앞에서 다시는 스마트폰 만지작거리지 말라구! 불결해!"

아내의 눈에 광기가 어렸다.

"메시지끼리 섹스라도 하나? 아무 일도 없었으니까 너무 오버하지 마."

그렇게 한 마디로 아내의 마음을 돌려놓았다고 생각했는데, 아내가 주고받은 메시지를 보니 온몸이 딱 굳어버렸다. 아내의 심정도 이랬을까?

[우리는 서로 만날 수 없는 존재예요

꽃과 잎이 엇갈려서 평생 만나지 못하는 상사화처럼…]

아내의 글에 대한 답장이 아래에 있다.

[그래도 한 번쯤은 만나고 싶어

당신은 어떻게 생겼을까? 글을 봐서는 코스모스 같은 타입?]

대화 내용으로 봐서 상대방의 얼굴도 모르는 것 같은데, '자기'라는 닉네임은 뭐지? 둘의 대화는 급속도로 가까워졌다. 글일 뿐인데도 닭살이 돋았다.

얼마 전의 내용에 신경이 곤두섰다.

[오늘 남편이 밤샘 근무해요.

문 열어 놓고 기다릴게요

열두 시 안에 올 수 있지요?]

나는 얼마 전부터 아파트 경비원으로 일하고 있다. 다른 남자에게 마음을 빼앗기고 있으니 내게 그렇게 시큰둥했나 보다. 주먹이 부들부들 떨렸다.

[아내가 잠들면 눈썹이 휘날리게 달려갈게. 조금만 기다려]

이게 무슨 말이지? 그날 내 침대에서 무슨 일이 일어난 걸까?

[잘 가고 있지요? 헤어진 지 채 1분도 안 됐는데, 벌써 보고 싶다]

[우리가 가끔 고독 속에 잠길 수는 있어도, 고독 속에 빠져서는 안 된다고 생각해요]

[맞는 소리야 오늘 당신 향수가 아직도 내 코끝에서 맴돌아]

갑자기 머릿속이 폭발한 듯 굉음이 들리더니 귀가 먹먹해졌다. 입술을 어찌나 꽉 깨물었는지 아랫입술에서 핏물이 뚝뚝 떨어졌다.

아내가 나 몰래 부정을 저지르고 있었다니? 아내가 언제부턴가 여자로 보이지 않았다. 그 남자와 함께 내 침대를 풍랑 속의 작은 배로 만들었을 상상을 하니, 머리카락이 다 곤두섰다.

나는 연못에 홀로 떠있는 종이배처럼 막막하다. 물에 젖어 서서히 가라앉는 종이배 같은 처지가 되었다. 대화상대가 없어서 외로운 노년, 일본에서는 매년 이만 명 이상이 고독사한다는 통계가 있다. 나하고는 전혀 상관없는 다른 나라 얘기인 줄로만 알았다. 공허함이 뭔지 이제야 몸이 깨닫는 중이다. 석 달간의 아슬아슬한 일탈이 내 은퇴 이후를 이렇게 비참하게 몰고 갈 줄 몰랐다. 친구들이 왜 이제 와서 자살골을 넣느냐고 핀잔을 주었지만 내 귀에는 아무 소리도 들리지 않았다.

은퇴하고 나서 한 달이 지나자 어디엔가 소속되어 있지 않다는 생각에 불안해지기 시작했다. 임금피크제로 연봉의 절반만 받고 남아 있는 김 부장을 흉보았는데, 지금은 부러웠다. 결국 아파트 경비로 취직을 했다. 내가 왜 이런 꼴밖에 되지 않았을까 생각하면 부아가 치밀었다. 여기까지 오려고 앞만 보고 달려왔을까?

나는 서재로 들어가 서랍에서 다이아몬드 반지를 꺼냈다. 누구 거라고 적혀 있는 것도 아니니까 아내는 의심하지 않을 것이다. 무슨 수를 써서라도 아내를 돌아오게 만들어야 한다.

앞만 보며 곁눈질 한 번 하지 않고 달려왔다. 그런데 어느 날, 갑자기 내 인생이 너무 황량하고 억울해서 몸부림쳤다. 취미생활도 못 해 봤고, 개나 소나 다 한다는 골프도 한 번 못 해 봤다. 평생 돈 벌어다 주고 회사와 집 밖에 모르고 살았다. 그저 그런 한 사람으로 오십 대가 저물고 있었다.

여러 차례 바람을 피워 아내의 속깨나 썩이던 친구 녀석은, 마누라의 품이 좋다며 이제는 돌아와 자상한 가장 노릇을 하고 있다. 녀석은 여자가 다 거기서 거기라며 아내를 애인처럼 사랑하는 게 정답이라고 했다. 우리는 부부로 수십 년을 함께 살았다. 아내를 보고 있으면 거울을 보고 있는 것 같았다. 아내의 늙은 얼굴을 보고 있으면, 내가 더 늙고 추레하게 느껴졌다.

그날의 기억이 아련히 떠올랐다. 세상 살며 가슴 두근거릴 일이 별로 없었는데, 그때는 가슴이 두근두근 설레었다. 그때 일들이 떠오르자 눈물이 나려고 했다. 그런 애틋한 추억이라도 만들었으니 만족해야겠지. 꿈같은 3개월을 내게 주고 떠난 김샘을 원망할 일도 아니었다. 아내는 몸을 부들부들 떨었다. 평소에 교양 있는 말투로 조용조용 자기의 의견을 조리 있게 말하던 아내는 말을 더듬으며 추상적인 단어들만 툭툭 던질 뿐, 문장을 제대로 만들지 못했다.

"젊게 살려면 다른 방법도 있었을 텐데, 왜 굳이 추잡하게 불륜이어야 하냐고?"

종합해 보니 이런 말이었던 것 같다. 아내가 돌아버릴까 봐 두 손 싹싹 빌고 가정으로 돌아왔다. 그런데 한 번 깨진 신뢰를 다시 회복하기 힘들었다.

아내는 이백만 원짜리 새 양복을 가리가리 찢으며 입에 거품을 물었다. 내 눈앞에서 김샘이 갈가리 찢기는 것만 같아 참담해서 눈물이 났다.

"나도 자유롭고 싶었어. 이건 너무 가혹한 거 아냐?"

"미친 세상에서 함께 날뛰어 보자고요. 널린 게 남잔데 뭐. 당장 내 통장에 돈 천만 원 부쳐요. 나도 팍팍 쓸 거야. 내가 왜 떨어진 당신 속옷 입어가며 모은 돈을 엉뚱한 년 밑으로 밀어 넣느냐고? 부모님 장례도 함께 치르고, 어려운 고비도 함께 넘겼더니 내게 돌아온 게 이거야? 내가 당신과 왜 사니, 왜 살아?"

아내는 나만 보면 녹음기를 틀듯 같은 말을 반복했다.

아내의 악다구니를 들으며 교양은 어디다 내다 버렸을까 생각했는데, 아내에게 남자가 생겼다는 상상만 해도 더 심한 말들이 구토처럼 밀고 나오려고 했다.

카카오스토리의 공유로 온 세상이 미쳐 날뛰었다. 내가 쓸 때는 스마트한 세상이었는데, 아내가 사용하니 불륜의 무기였다.

[당신이 옷 위로 살짝 내 팔을 쓸어내리는데도 온몸에 전기가 올라서 한숨도 못 잤어요]

[나도 마찬가지야 당신의 손길이 내 몸에 닿기만 해도 나는 온종일 일이 손에 안 잡혀]

[이 가정을 포기하고 당장 당신에게 달려가고 싶어요. 당신 아내와의 이혼이 빨리 결정되었으면 좋겠어요]

[조금만 기다려줘. 거의 다 마무리되어가고 있어]

피가 마른다는 말이 무슨 뜻인지 알겠다. 질투로, 상상으로 내 온 마음이 타들어갔다. 아내를, 그리고 얼굴도 모르는 남자를 죽이고 싶을 정도로 온몸에 날이 섰다.

[자전거 타고 나와 나 지금 이포보에 와 있어]

안방 문을 살그머니 열고 들어갔다. 아내는 낮잠을 자며 가늘게 코까지 골고 있다. 아내의 목을 누르려다가 가슴에 손을 얹었다. 아내는 잠결에도 내 손을 뿌리치고는 돌아누웠다. 나는 거절당해 서글픈 내 다섯 손가락을 물끄러미 보았다.

아내는 천만 원으로 자전거 두 대를 사더니 더는 괴롭히지 않았다. 매일 자전거를 타고 나갔다. 자전거 한 대는 포장도 뜯지 않은 채 베란다에 세워져 있다. 나에게 타라는 것인지, 자기가 번갈아 타겠다는 의도인지, 가타부타 말이 없었다.

아내는 한 달 전부터는 갑자기 생기발랄해졌다. 아내의 카카오톡에는 푸른 숲에 깃들여 조잘대는 새들처럼 많은 친구들이 들어와 수다를 떨고 있다.

여자들의 재잘재잘거리는 대화를 보면 십 대 소녀들 같았다. 나는 잠잠한 내 스마트폰을 들여다보다가 김샘을 떠올렸다.

새벽까지 토닥토닥 두들겨대던 시간들이 그리웠다. 가슴이 두근두근 뛰었던 그 시간으로 돌아가고 싶었다. 그녀는 내가 사준 가구들이 그대로 신혼살림이 되었다며 고맙다고 했다.

친구 녀석이 이혼을 하자마자 삼 개월 만에 재혼을 했다. 처녀장가를 가기 때문에 굳이 결혼식을 해야만 한다기에 갔었다. 자녀 결혼식에 쫓아다니던 친구들은 자기가 장가가는 것처럼 들떠서 카메라를 들고 우왕좌왕했다.

젊게 보이려고 머리에 무스를 발라, 없는 숱을 세우느라 거울 앞에서 한참 실랑이를 했다. 신랑 친구라는 말이 너무 신선하고 뿌듯했다. 한 친구가 색소폰으로 축하 연주를 했다.

마트에 들러서 집들이에 들고 갈 선물과 맥주와 안줏거리들을 카트에 담고 밀면서 우리는 왁자지껄하게 떠들었다. 이게 얼마 만에 느껴보는 신선한 충격인가?

그 신선한 충격에 한 방 맞은 나는 색소폰을 불던 친구에게 자극을 받아 바로 색소폰 학원에 등록을 했다.

김샘은 스물여섯 살 아가씨였다. 날씬한 몸매와 화장기 없는 매끄러운 피부를 갖고 있었다. 큰소리 내어 웃을 때면 상큼한 치약 냄새가 났다. 갈색으로 물들인 머리카락은 허리까지 내려와 찰랑거리고, 돌아설 때마다 향긋한 샴푸 냄새가 났다.

"허허. 김샘. 나를 아빠처럼 생각하고 상의할 일 있음 언제든 오십시오."

나는 좁은 연습실에서 그녀를 바라보며 내 시커먼 속내를 들킬까 봐 조마조마했다.

첫날은 색소폰에서 바람 빠지는 소리만 날 뿐이어서, 괜히 시작했나 싶었다. 다음 날 우연히 기침을 하다가 뽕 하는 맑은 소리가 났다.

"어어? 소리가 납니다."

"호호, 그 감을 잊지 마세요."

그녀는 운지법, 악보 보는 법, 복식 호흡 하는 법을 자상하게 가르쳐주었고, 나는 스펀지처럼 쏙쏙 빨아들였다. 텅잉은 혀끝을 색소폰 리드에 댔다가 떼면서 '투투' 소리를 내는 것인데, 그녀의 붉은 혀가 섹시하게 날름거렸다.

"이사님, 그렇게 뱀처럼 날름거리지 마시고요."

그녀는 작고 통통한 입술을 한껏 오므렸다. 그녀의 혀와 입술을 자세히 보며 따라 했지만, 내 두껍고 큰 입술은 잘 조여지지 않았다.

"자, 제 입술을 눌러보세요. 아랫입술은 쿠션 역할을 하는 거예요."

그녀의 입술을 눌러보려니 좀 민망하고, 가슴이 떨렸다. 그녀가 학원 근처에 원룸을 구한다고 했다. 내가 기거하는 원룸 건물에 방이 하나 났다고 하자, 바로 이사했다. 내가 201호, 그녀는 203호였다. 우리는 집에 가지 않는 주말에 등산도 하고, 영화도 보고, 식사도 함께 했다.

우리 회사 임원들은 대부분 집이 서울이라 고속철을 타고 금요일 밤에 집에 갔다가 일요일 밤에 대구로 내려왔다. 일주일 만에 집에 가도 아내는 무덤덤했다. 처음에는 반가워서 신혼 때처럼 가슴이 들떴다. 밖에 나가서 외식도 하고 영화도 보았다. 그런데 그것도 점차 심드렁해졌다. 아내는 갱년기라며 잠자리를 피하기 시작했다. 게다가 내가 코를 심하게 골아 잠을 못 자겠다며 각방을 쓰자고 했다. 나는 아내의 말에 상처를 입었다. 그럼 굳이 힘들여서 집에 갈 필요가 없지 않은가? 한 달에 한 번 가겠다고 하니, 아내가 좋아했다.

나는 김샘과 급속도로 정이 들었다. 잠시도 스마트폰을 손에서 놓지 못했다. 그녀가 카톡에 뜨지 않으면 안절부절못했다.

어느 날, 몇 시간 동안 연락이 끊기자 참다못해 203호를 두드렸다. 문은 열리지 않았다. 손잡이를 돌려보니 잠겨 있다. 급한 일이 생겼나? 돌아서는데 문이 스르르 열렸다.

그녀의 긴 머리는 땀에 젖어 얼굴에 들러붙었고, 눈의 초점이 또렷하지 않았다. 나와 눈이 마주치는 순간 그녀의 무릎이 꺾였다. 그녀를 들쳐업고 계단을 내려가 차에 태우고는 병원 응급실로 향했다. 맹장염이 거의 터질 지경이었다며 곧바로 수술실로 들어갔다. 내가 어떻게 그녀를 업고 계단을 뛰어 내려갔는지 모르겠다. 조금 무거운 것만 들어도 근육통 약을 먹을 정도로 허약했는데….

삼박사일 동안 매일 병원으로 퇴근했다.

"아빠가 꼬박꼬박 오시는 걸 보니, 따님을 무척 사랑하시네요."

간호사의 말에 나는 멋쩍게 웃었다. 멋모르는 사람들이 그렇게 말할 때마다 단어 하나하나가 내 양심을 바늘로 쿡쿡 찔러댔다. 한편으로는 '아니요. 내 여자요.' 하고 당당하게 말하고 싶었다.

"김샘, 집에 연락했어요?"

"부모님은 돌아가시고, 오빠 집에 얹혀살고 있어요. 올케도 직장

에 다녀요. 큰 병도 아닌데 번거롭게 할 필요 없어서 연락 안 했어
요."

그녀는 머리를 긁적이더니 나를 빤히 쳐다보았다.

"이사님, 저 머리 좀 감겨 주실래요? 땀을 많이 흘렸는데, 머리
를 못 감아서 냄새가 나는 것 같아요."

그녀의 정수리에 코를 갖다 대었다. 젊은 여자의 알싸한 살 내음
에 머리가 어지러웠다.

"난 감겨본 적이 없어서. 정 답답하면 병원 아래 미용실까지 데
려다 줄게요."

좋은 기회를 놓친 것 같아 안타까웠다. 언제 다시 기회가 되면
감겨보고 싶어서 미용사의 손길을 눈여겨봐 뒀다.

퇴원수속을 마치고 차에 태워 203호에 데려다주었다. 바닥에 얇
은 요를 깔고 눕는 그녀를 보니 마음이 짠했다.

밖으로 나와서 가구점으로 향했다. 더블 침대와 서랍장을 샀다.
텔레비전과 침대 위에 깔 전기장판도 하나 샀다. 무엇이든 다 사주
고 싶었다. 살포시 잠들어 있던 그녀의 눈이 휘둥그레졌다. 가구를
들여놓고 보니 신혼 방 같았다.

사실 내 방도 횅댕그렁하긴 마찬가지였지만, 그녀에게 식탁과 컴
퓨터 책상도 사주고 싶었다.

카드값이 왕창 빠져나간 걸 보면 아내가 이상하게 여길 텐데 뭐
라고 둘러대지? 필요한 가구를 샀다고 하지 뭐. 원룸에 한 번도 내
려오지 않으니 알 게 뭐람.

"이사님, 저는 드릴 게 없는데. 너무 고맙습니다."

"왜 없어요? 난 김샘과 있으면 다시 청년이 된 것 같은데, 그거면

충분하지."

난 호기를 부리며 팔뚝을 접어서 그녀의 코앞에 들이대었다. 그녀가 손가락으로 알통을 꾹 눌렀다.

"정말 청년 같네요."

갑자기 그녀가 내 뺨에 뜨거운 입술을 꾹 찍었다. 다리에 힘이 풀리며 침대에 털썩 주저앉았다.

싱글 침대를 사지 않고 더블 침대를 살 때는 의도한 바가 없었는데, 아무래도 내 안의 응큼한 젊은 녀석이 나를 꼬드긴 게 아닌가 싶었다.

그녀는 나에게 스마트폰을 선물하고 카카오톡 하는 법을 가르쳐 주었다. 그게 나름 쏠쏠하게 재미가 있었다. 잠이 들 때까지 독수리 타법으로 토닥토닥 이야기를 주고받았다. 말 한마디 하지 않고도 글자들이 두 사람의 감정을 날랐다. 홀로 멀리 떨어져 있다는 외로움도 줄어들었고, 황량하던 마음의 벌판에 따뜻한 사랑이 보랏빛 자운영처럼 깔리기 시작했다. 무엇이든 아름답게 보였고, 평범하던 일상도 무척 재미있게 느껴졌다. 이십 대 청년이 된 기분이었다. 집에 자주 올라가지 않으니 시간이 남아돌았다. 그녀도 주말에 구미에 가지 않을 때가 많았다.

[이사님, 침대에서 푹 자고 일어났어요 주무세요?

열두 시가 다 되었네요 지금부터 잠이 안 올 것 같아요]

[아직 안 자고 있어요]

[빨리 학원에 가서 색소폰을 가르치고 싶어요]

[김샘 큰일이군요 ㅋㅋ]

나도 모르게 ㅋㅋ 같은 걸 썼다.

[지금 나오실래요? 내일은 토요일이니까 늦잠 자도 되잖아요]

[그럴까요? 옷 든든히 입고 나와요 십 분 후에 나갈 게]

나는 휘파람을 불며 머리를 감고, 이를 닦았다.

"이사님한테서는 향긋한 향기가 나요. 향수 쓰시나요?"

그녀가 내 풀어진 셔츠 단추를 잠가주며 웃었다. 아내가 그럴 때마다 아내의 손가락을 뿌리치며 짜증을 냈었는데, 그녀의 손가락이 닿은 가슴이 간지럽기도 하면서 화끈거렸다. 같은 여자의 손길인데, 이렇게 느낌이 다를 수 있을까?

나는 멈춰 서서 담배를 꺼내 피웠다.

"이사님, 담배만 끊으면 만점인데. 함께 나와서 저를 이렇게 혼자 두는 건 무책임한 거예요. 색소폰을 불려면 폐활량이 좋아야 하는데, 숨차지 않으세요?"

"세상이 담배를 못 끊게 하네요. 김샘이 끊으라면 적극적으로 끊어보지."

"아이 참!"

그녀는 눈을 하얗게 흘기며 내 어깨를 주먹으로 두드렸다. 옷을 입었는데도 그녀의 손길에 내 몸이 전율했다. 그 순간 바로 담뱃갑을 쓰레기통에 던져버렸다. 참 이상했다. 그녀의 말 한마디에 담배 맛이 딱 떨어졌다.

열흘 후, 연습실에서 색소폰을 불었다. 가슴에서 목구멍과 색소폰의 울림통이 뻥 뚫린 듯 시원하게 소리를 내었다.

"어? 이사님. 색소폰 소리가 달라졌는데요? 아주 맑아졌어요."

"김샘 덕분에 담배를 끊었더니 그러네요."

이것이 연애의 힘일까? 감성이 돌아오는 것 같다. 깔끔하게 하고 싶고, 그녀에게 멋지게 보이고 싶었다. 신경질도 덜 내고, 별 것 아닌 일에도 큰소리로 웃게 되었다. 사람들이 내 얼굴이 젊어졌다며 뭘 먹었냐고 물었다.

아내에게서 전화가 왔다.

"여보, 아침에는 뭐 먹었어요? 빵에 땅콩버터 발라 먹어요. 그게 건강에 좋대요."

애정도 없으면서 걱정해 주는 척하는 목소리에 갑자기 짜증이 일었다. 아내는 내가 여기 내려온 지 일 년이 넘었지만, 한 번도 내려와 보지 않았다.

"내가 뭐를 먹든지 말든지 신경 쓸 것 없어."

"왜 짜증을 내요?"

아내의 목소리에 죄지은 사람처럼 가슴이 덜컥 내려앉았다. 그래서인지 퉁명스러운 말투가 되었다. 카사노바는 그럴수록 아내에게 더 부드럽게 대한다고 하던데.

요즘은 김샘의 방에서 저녁밥을 해 먹었다. 솜씨는 없지만, 아주 열심히 레시피를 들여다보며 일품요리를 만들어주었다. 이 방에 오면 후궁에게 극진히 대접을 받는 왕이 부럽지 않았다. 어느 날, 영화를 다운로드해서 함께 보다가, 섹스 장면이 나오는 바람에 벌떡 일어나서 나와 버렸다. 나도 모르게 일을 저지를 것만 같았다.

카톡.

[이사님, 유에스비 전해 드릴게요

영화는 저 혼자 다 봤어요. 정말 감동적인 영화예요]

잠시 후 노크 소리에 문을 여니 유에스비를 든 그녀의 하얀 팔이 문 안으로 들어왔다. 나는 그 하얀 팔을 잡아끌었고, 그녀는 내 품에 안겼다. 기다려왔던 걸까? 저항하지 않고 나를 끌어안았다. 길고 긴 키스가 이어졌다. 심장이 갈비뼈를 부수고 튀어나올 것처럼 쿵쾅거렸다. 그녀는 문을 열고 후다닥 뛰어나갔다. 203호 침대까지 달려갈까? 내 안의 이성과 짐승이 멈칫거리며 계속 씨름을 했다.

주말에는 아내가 잠들 때를 기다렸다가 몰래 빠져나와 카톡을 열었다.

[잠이 안 오넹.]

바로 그녀의 답장이 왔다. 천천히, 거기 심장이 있는지도 몰랐던 왼쪽 가슴이 두근두근 뛰기 시작했다.

[새벽 두 신데, 이사님이 사모님과 함께 있다고 생각하니 저도 잠이 안 와요.]

[사랑해. 날이 밝는 대로 달려갈게.]

아내가 일어나는 기척이 느껴졌다. 서둘러 카톡을 닫고 인터넷 버튼을 눌러 놓았다.

"지금 몇 신데 안 자고, 토닥토닥 소리가 나는 거야?"

"으응, 담배를 끊었더니 잠이 안 와서 인터넷 뒤져보고 있어."

기지개를 켜는 아내의 들린 잠옷 밑으로 늘어진 뱃가죽이 눈에 들어왔다. 숱도 없는 흰 머리카락이 눌려 있다. 저 여자가 그녀였을까? 내가 삼 년이나 따라다니며 결혼 안 해주면 죽어버리겠다고 했던 그녀였을까? 손끝만 스쳐도 오천 볼트의 전기가 온몸을 찌릿찌릿 훑었는데, 이제는 아무리 꽉 끌어안아도 내 몸인지 아내 몸인지 무감각했다.

그녀에게 비치는 내 모습은 어떨까? 내가 아내에게서 느끼는 것처럼 구저분하고 추레하게 비칠까? 카톡을 터치했다.

[김샘 꿈꾸려면 얼른 자야지.]

아내에게 들킬까 봐 조마조마했다. 침대 속으로 미끄러져 들어가니까, 아내가 등 뒤에서 끌어안는다.

"왜 또?"

"담배냄새가 안 나니까 좋아서 그렇지."

나는 뜨끔한 심장을 쓸어내렸다. 가슴이 더 콩닥거리며 뛰었다.

"이이가 지은 죄가 있나 왜 이렇게 떨어?"

할 수 없이 아내를 향해 돌아 누웠다.

"어머, 이이가 담배 끊더니 진짜 회춘했네. 거 봐요."

다시 이어지려는 잔소리를 입으로 틀어막았다.

그날 이후 김샘과 나는 틈만 나면 키스를 하고, 커피를 마셨다. 몸이 불뚝 일어섰지만, 자제했다. 이러면 안 되지 하면서도 나도 내 이 미친 마음을 다스릴 길이 없었다. 남자로서의 마지막 불길을 태워야 하나? 한 발짝 더 내디디면 추락이란 걸 알았지만, 나는 추락하고 싶었다. 거기 또 다른 행복이 기다리고 있을 것만 같았다.

봄이 되면 나무들처럼 물이 오르고 새잎이 돋고 꽃을 피울 수 있었으면 좋겠다. 여름의 무성한 잎처럼 싱싱해질 수 있었으면 좋겠다. 다시 젊은 사내로 돌아가 김샘의 남자가 되고 싶었다.

"여보, 나 차 좀 바꿔야 할까 봐. 당신 내 차 탈래?"

"정말? 나도 이제 날개를 다는 건가? 좋지요."

아무것도 모르는 아내에게 미안했지만, 마구 내닫기만 하는 내 마음의 고삐를 잡을 수가 없었다. 그때는….

나는 그때 무리해서 외제차를 뽑았다. 김샘과 그냥 원룸에서 첫날밤을 보내고 싶지는 않았다. 젊은 애들처럼 프러포즈를 하기 위해 명품 다이아몬드반지도 준비했다. 그리고 바다가 보이는 호텔을 예약하고, 거사(?) 날짜까지 받아놓고 기다리는 중이었다.

김샘이 카카오스토리에 올려놓은 사진이 그녀의 친구들에게 공개됐고, 그 친구의 지인의 지인을 통해 아내까지 보게 된 것이었다. 그것으로 거사를 치르려던 계획은 미수에 그쳤고, 3개월 간의 연애는 막을 내렸다.

아내에게 들키고 나서 나는 아내의 눈을 똑바로 보지도 못하고 주눅 들어 살고 있다. 그런데 이제 아내에게도 애지중지하는 스마트폰이 생긴 것이다. 나한테 절대로 카카오톡 하지 말라고 거품을 물던 아내는 매일 그것만 들여다보았다. 밥만 후딱 차려주고는 또 소파에 앉아 스마트폰을 주무르고 있다. 나는 내가 한 짓이 있기 때문에 뭐라고 잔소리할 처지도 못 되었다.

그때는 정말 뭐에 씐 듯이 눈만 뜨면 스마트폰을 집어 들었다. 거기에는 거기 나름대로의 스마트한 세상이 있었다. 매일 들여다보지 않으면 궁금해서 견딜 수가 없었다.

그 일이 있기 전까지만 해도 아내는 나를 귀찮게 하곤 했었다. 지방에서 올라오자마자 심야 영화 보러 가자, 저녁 산책을 가자고 졸랐다.

"어차피 인생은 혼자 가는 거야. 혼자 사는 것에 익숙해져 봐. 언제까지 나한테 기대서 살 거야?"

나는 옷도 벗지 않은 채 소파에 드러눕곤 했다.

"죽으면 영원히 쉴 텐데 쉬지 못해 그래요?"

아내가 잔소리하거나 말거나 나는 눈을 꼭 감고 자는 척했다.

이렇게 입장이 뒤바뀔 줄 몰랐다. 아내는 하루 걸러 근무하는 내 시계에 맞춰서 살 수 없다고 선언했다. 내가 비번인 날에도 아침부터 자전거를 타고 나가버렸다. 나는 나만 사랑하고 내 얼굴만 해바라기 하는 아내 때문에 싫증 나고, 몸서리를 쳤었다. 나를 향해 도는 감시카메라 같았던 아내가 완전히 변심을 했다.

이제 아내는 혼자서 온종일 잘도 보냈다. 그동안 혼자 노는 방법을 터득한 모양이었다. 새벽이면 일어나 잔디밭의 풀을 뽑고, 내가 하루 세 번 먹을 식사 준비를 해 놓았다. 매일 자전거를 타고 나가, 도서관에 가서 책 보고, 서재에서 글 쓰고, 일주일에 한 번은 주부들에게 강의를 했다. 게다가 이제는 혼자서 심야 영화도 보고 들어왔다. 그런데 정작 나는 혼자서 어떻게 살지 막막했다.

"개소주를 먹여놨더니 엉뚱한 곳에 기운을 쓰고 다녀?"

악다구니를 쓰던 아내였다. 요즘은 나의 일거수일투족에 매달려서 눈초리를 세우던 모습이 사라졌다. 아내의 표정이 편안해 보였다. 굳었던 표정이 풀어지더니, 요즘은 꽃처럼 피어나기 시작했다. 내 몸에 봄이 찾아왔던 때와 비슷했다. 아내의 불륜으로 내 마음은 온통 쑥대밭이 되어서 머리라도 밀지 않으면 견딜 수가 없었다. 나와 김샘의 관계를 알게 된 아내가 머리카락을 싹둑 자르고, 초록색으로 염색을 했었다.

"머리를 박박 밀어버리고 싶었는데, 미용사가 무모한 짓을 하지 말라더군."

아내는 그렇게 말하며 눈물이 그렁그렁했다. 그때 아내는 내가 얼마나 미웠을까?

　　　　　　　* 　* 　*

　마지막 3개월의 실수 때문에 이 꼴이 된 것이다. 김샘은 힘없고, 돈 없고, 외로운 나를 버리고 총각과 결혼했다. 젊은 사람들은 그들 말마따나 참 쿨했다. 이제 아내마저 다른 남자에게로 달려가려 하고 있다. 그것만은 막아야 한다.

　나는 노크 따위는 접어두고 문을 벌컥 열었다. 아내는 언제 일어났는지, 자전거를 탈 복장으로 갈아입고 있었다. 아내가 황급히 스마트폰을 주머니에 집어넣었다. 지금까지 내가 갖고 있었는데? 언제 가져갔지?

　아내는 문밖으로 뛰어나가더니 날렵하게 자전거에 올라탔다. 슬리퍼를 신고 뒤따라 달려가다 계단에서 엎어졌다. 자전거를 타고 달리는 아내가 노을 속으로 사라졌다. 질투의 불로 너울거리는 가슴을 주먹으로 때렸다. 무릎이 까져서 피가 흘렀다. 심장에서 더 붉은 피가 철철 쏟아지는 것만 같았다. 서로의 가슴을 후벼 팠으니 피장파장인 셈이지 않은가? 더 이상 소모전은 하지 말자. 내 안의 나를 다독이며 집안으로 들어갔다.

　어? 아내가 주머니에 스마트폰을 황급히 집어넣고 문밖으로 나간 걸 두 눈으로 똑똑히 봤는데, 식탁 위에 스마트폰이 얌전히 누워 있다. 멍하니 들여다보고 있는데, '카톡' 소리가 났다.

　[하늘에 보름달이 떴군. 달 속에 내 얼굴 보이지?]

거실 창을 통해 둥근달이 보였다. 이포보에서 그 남자를 만났다면 이런 글이 뜰 리가 없는데? 나는 그제야 모든 상황을 깨달았다.

안방과 식탁을 오가며 아내는 두 개의 스마트폰으로 홀로 소설을 쓰고 있었나 보다. 내가 카카오톡 보기만을 은근히 바라며, 내 질투심에 불을 질렀나 보다.

베란다에 홀로 서 있는 새 자전거를 한참 바라보았다.

[우리가 가끔 고독 속에 잠기기는 하지만, 고독 속에 빠져서는 안 된다고 생각해요.]

아내가 적어놓은 글귀가 떠올랐다. 아내는 고독에 빠지지 않으려고 맹렬히 허우적거렸는데, 내가 눈치채지 못하고 있었다. 혼자서 안간힘을 썼을 아내를 생각하니 울컥했다.

"당신은 욕심이 너무 많아. 좀 나눠 가지면 안 돼?"

카카오스토리에 올라온 사진을 들키고도 아내에게 큰소리를 쳤었다. 아내에게 도대체 무슨 짓을 한 걸까?

"나눠 가질 게 따로 있지. 사랑을 나눠 가질 수 있다고 생각해요?"

베란다의 자전거 포장을 뜯어내는 내 손가락들이 조바심을 쳤다. 김쌤에게 주려고 샀던 다이아몬드 반지를 바지 주머니에 집어넣었다. 자전거를 타고 남한강을 향해 달려 나갔다. 자전거를 타는 많은 사람들 틈에서 아내의 모습이 눈에 들어왔다. 페달을 힘껏 밟아, 아내 옆으로 휙 지나갔다. 잠시 후 아내가 속도를 내며 나를 추월했다. 나는 다이아몬드 반지를 흔들며 아내를 앞질러 나갔다.

내 마음속 웅덩이

2020년

박진경은 작년에 이어 올해도 문학레지던스에 선정되었다. 4월부터 이천에 있는 문학관에서 4개월간 숙식을 해결하게 되었다. 당분간 남편과 떨어져 지내는 것도 좋겠다는 철학관 남자의 말이 떠올랐다. 공방살이 끼었다나. 남편 사랑을 못받고 독수공방 한다는 뜻이란다.

박진경은 오늘도 노트북을 열었다. 회갑이 지난 그녀는 돋보기를 쓰고 글을 쓴다.
  – 프롤로그 / 1장 봄날의 풍경 / 2장 여름날의 길 / 3장 살인자의 등장…
거기까지 쓰고 더는 쓸 수가 없다. 목차만 다 써도 장편소설의 절반은 쓰는 것인데, 그녀는 목차의 절반도 쓰지 못했다. 마음속 웅덩이에 더는 샘물이 고이지 않았다.

노트북을 덮고 문학관 밖으로 나왔다. 배낭을 메고 장우산을 들고 농로를 걸었다. 십 분쯤 걸어야 도로가 나온다. 횡단보도 건너편에 큰 개 한 마리가 서 있고 개 주인이 보이지 않았다. 아무도 없다. 개는 누런 송곳니를 내보이며 하품을 한다. 개의 흰털은 누르스름하게 얼룩이 졌고 등뼈가 보일 정도로 비쩍 말랐다. 목둘레에 목걸이가 보이지 않자 그녀의 온몸에 털이 쭈뼛하게 일어선다. 그녀는 장우산을 움켜쥐고 심호흡을 한다. 지난달에 저 개와 덩치가 조금 작은 개 두 마리가 함께 돌아다녀서 면사무소에 유기견 신고를 했었다.

"개 세 마리가 몰려다녀서 무서워 죽겠어요. 조치 좀 해 주세요."

"아, 저희도 그것들 때문에 골치가 아픕니다. 하루에도 유기견이 몇 마리씩 잡히거든요. 어디에 자주 출몰합니까?"

"문학관 근처 밭쪽에서 여러 번 봤어요."

"그럼 밭주인과 상의해서 그곳에 포획 틀을 갖다 놓겠습니다. 전번에는 중학교 앞 풀숲에 설치했는데, 학생들이 불쌍하다고 열어 주는 바람에 놓치고 말았습니다. 아마도 그놈들 같습니다."

밭둑 아래 포획 틀이 은밀하게 숨겨져 있다. 빨리 잡혀야 할 텐데…. 한의원에 가려고 문학관을 나설 때마다 온통 신경이 쓰였다. 오늘도 무기 삼아 장우산을 들고 나섰다. 횡단보도 신호가 초록 등으로 바뀌었다. 그녀는 한 발을 내려놓으며 우산을 단단히 잡았다. 여차하면 휘두를 작정이다. 개는 오른쪽을 향해 고개를 홱 돌리더니 목적지가 있는 것 마냥 횡단보도를 뛰어 건넌다. 그녀 따위는 안중에도 없다는 태도여서 안심이 되면서도, 그녀 혼자 떨었던 것이

멋쩍었다. 그녀는 횡단보도를 건너 헬스장이 있는 둑을 향해 마음 놓고 걸었다. 한의원에 가기 전에 헬스장을 둘러볼 참이다. 오늘 새벽, 이장은 스피커를 통해 광고를 했다.

"체육공원에 헬스장이 문을 열었습니다. 회비 이만 원인데, 이용하는 사람이 없어 무료로 운영한다고 하니 많은 이용 바랍니다."

이십 분을 좋이 걸어서 헬스장 건물까지 왔다. 그녀는 건물로 들어서기 전에 하늘을 올려다본다. 시커면 구름이 겹겹이 쌓인 틈으로 작은 희망처럼 파란색이 조금 보인다. 비가 세차게 쏟아지기를 바라며 그녀는 가슴을 문지른다. 마음 한가운데 움푹 파인 웅덩이가 있는 것만 같다. 거기 많은 기억들이 가라앉아 있어서 그런지 늘 무지근하다.

2층으로 올라가는 계단을 올려다보니 까마득하게 높아 보인다. 마스크를 한 채 계단을 걸어 올라간다. 숨을 헐떡거린다. 헬스장 유리문이 열려 있다. 유리문에 붙은 글씨를 읽으려니 눈살이 찌푸려진다. 점점 시력이 떨어지고 있다.

〈헬스장을 이용하실 분은 면사무소로 연락 주세요.〉

전화번호가 적혀 있다. 그녀는 휴대폰을 만지작거린다. 헬스장 안을 슬쩍 들여다보았다. 헬스장에서 만나기로 한 소설가 신 선생이 보이지 않았다. 이장의 말처럼 아무도 없다. 면사무소에 전화 걸기 전에 헬스장 안으로 한 발을 들여놓았다.

"카메라를 향해 바로 서주세요."

그녀는 여자 목소리에 깜짝 놀라 앞에 서 있는 기계를 바라보았다. 발바닥이 그려진 곳에 샌들 신은 발을 맞추었다. 카메라 렌즈가 그녀의 얼굴을 네모 칸에 가둔다. 반바지에 샌들을 신고 장 우산을 들고 서 있는 그녀의 모습이 화면에 비쳤다. 늘 입던 옷인데, 카메라 앞에 선 모습은 영 어색하다. 그동안 남을 의식하지 않고 살아왔는데, 이제 와서 의식이 된다는 건 열등감일까? 그녀는 카메라가 마음속 웅덩이까지 다 들여다보는 것 같아 찜찜했다.

"통과하세요."

기계의 허락을 받고 그녀는 큰 시험을 통과하기라도 한 것처럼 가슴을 쓸어내렸다. 넓은 헬스장이 텅 비었다. 티브이가 달린 러닝 머신 열 대가 매장의 가전제품처럼 반짝거렸다. 헬스장 안을 샅샅이 살펴보았다. 자전거가 다섯 대, 그리고 근육 운동을 할 수 있는 기구들이 즐비하게 놓여 있다. 그녀는 배낭의 지퍼를 열어 운동화와 머리띠를 꺼냈다. 운동화로 갈아 신고, 머리띠를 둘렀다. 화장실을 찾아 들어가니 대중목욕탕이나 되는 듯이 큰 샤워장이 있다. 꼭지를 돌리자, 샤워기에서 뜨거운 물이 쏟아졌다. 이런 헬스장이 공짜라니, 시골에서만 누리는 혜택이다.

갑자기 꽈당하는 소리에 지진이 난 것처럼 발바닥에 진동이 와서 깜짝 놀랐다. 그녀는 샤워장에서 뛰어나와 헬스장 끝을 바라보았다. 저 남자는 언제 들어온 걸까? 남자가 상체에 러닝셔츠만 걸치고 있다. 그의 앞에 역기가 떨어져 있다. 검은 마스크를 쓰고 있어서 나이는 가늠할 수 없다. 남자는 그녀를 멀뚱히 쳐다볼 뿐 말이 없다.

"안녕하세요?"

그녀는 목소리를 한껏 높여 인사를 했다. 마이크를 설치한 것처럼 자신의 목소리가 우렁우렁 울려 퍼져서 흠칫 놀라 어깨를 움츠렸다. 검은 마스크를 쓴 남자가 뒤늦게 고개만 끄덕여서, 그녀의 말꼬리는 마스크 안에서 우물쭈물 사라졌다. 눈빛이 잘 보이지 않을 정도로 멀어서 민망한 표정이 보이지 않은 것이 다행이었다. 그녀는 멀거니 서 있기도 뭣해서 주춤주춤 남자 쪽으로 다가갔다. 남자의 눈썹은 시커멓고 숱이 많았다. 커다란 눈에 흰자위가 더 많고, 눈물주머니가 늘어진 걸로 봐서 육십 대 정도로 추정되었다. 검은 마스크 위로 눈만 보이니 무서웠다. 그녀는 두려움을 참고 말을 했다.

"선생님은 여기 자주 오시나요?"

남자의 눈이 희번덕거리며 그녀를 노려보아서 갑자기 오금이 저렸다. 그는 이번에도 고개만 끄덕였다. 그리고는 다시 역기를 들어올렸다. 갑자기 역기를 떨어뜨렸는지 탕 소리가 요란하게 났다. 코로나19 때문에 저 남자는 말을 아끼는 걸까. 사람을 만나면 한마디라도 하고 싶었던 그녀는 민망해서 마스크만 만지작거렸다.

코로나 19를 겪으면서 그녀는 보카치오의 『데카메론』을 다시 읽고 있다. 중세시대 흑사병이 유행하던 때 피렌체를 벗어나 교외의 별장에 열 명의 귀족 남녀들이 모였다. 전염병이 창궐하는 세상으로부터 고통을 이겨내기 위해 돌아가며 이야기를 하는 형식이다. 젊을 때는 남녀상열지사에 관한 이야기가 많아 식상했다. 그런데 지금은 전염병 상황이 비슷해서인지 공감이 갔다. 그녀는 소설책을 읽으며, 또한 자신의 소설을 쓰며 고립된 시간을 보내는 중이다.

"스님도 아니면서 너는 그 시골에서 묵언수행을 하는 거야?"

"장편소설 하나 쓰면 떠날 거야."

그녀는 자기도 한다면 한다는 걸 보여주겠다고 문학관에 입주했다. 4개월 레지던스 신청이 받아들여져서 작정을 하고 들어왔는데,

벌써 떠날 시간이 다 되었다. 자료준비가 절반도 안 되었다. 코로나 19 때문에 쉽지 않았다. 도서관은 확진자가 늘면 폐쇄했다가 상황이 조금 좋아지면 열었다. 완전 개방도 아니었다. 인터넷으로 책을 신청하고, 오라는 메시지를 보고 도서관에 가면 직원이 책을 들고 현관으로 나왔다. 접선하듯이 책을 받아 들었다. 원하는 책을 빌리지 못할 때는 서점에 주문해야만 했다. 민영기 선생님은 다른 작가들도 똑같은 상황이니 환경에 지배당하지 말라며 다독였다. 그래도 가슴속 웅덩이에서 이야기들이 줄줄 나와 주지 않았다.

'검은 마스크'는 무릎을 구부리고 역기를 들어 올렸다. 어깨와 팔뚝의 근육이 꿈틀거린다. 버티고 선 허벅지에도 근육이 울퉁불퉁하게 나온다. 그녀는 문득, 남자의 육체를 유심히 관찰하고 있는 자신에게 놀라서 돌아섰다. 이것도 직업병이라며 자신의 머리를 쥐어박았다. 자전거에 올라타 페달을 돌리기 시작했다. 헬스장이 넓긴 하지만 남자랑 단둘이서 한 공간에 있다는 게 영 불편했다. 그녀가 탄 자전거 바퀴가 쉭쉭 소리를 내며 빠르게 돌아갔다. 그녀가 잠깐 페달을 돌리지 않을 때는 검은 마스크가 내는 거친 숨소리가 귓가에 입김을 불어넣는 것처럼 가깝게 들렸다. 역기를 내려놓을 때마다 텅텅 쇳소리가 바닥을 울려서 깜짝깜짝 놀랐다. 이대로 헬스장을 나가면 될 텐데, 검은 마스크가 어떻게 생각할지 몰라서 이러지도 저러지도 못하는 중이었다.

'사람이 칼처럼 딱 자르는 맛이 있어야지. 나는 당신처럼 우유부단한 성격이 싫어.'

남편의 날카로운 혀는 그녀의 마음을 베었다. 그녀도 학교 다닐 때는 남편처럼 똑똑하다는 소리도 많이 들었고 칼 같은 성격이라는 소리도 들었는데, 점점 소심해지고 자존감도 떨어졌다.

검은 마스크는 운동기구를 하나씩 거치면서 점점 자전거 쪽으로 가까이 오고 있다. 그녀는 부리나케 일어나 문 가까이에 있는 러닝머신에 올라탔다. 이어폰을 귀에 꽂고 티브이를 틀었다. 뉴스를 보면서도 남자의 행동에 신경이 곤두섰다.

그녀는 자막을 읽다가 소스라치게 놀랐다.

〈수락산에 등산 갔던 중년여자를 살해한 범인의 이름과 얼굴이 공개되었다.〉

그저 자기를 쳐다보는 눈빛이 기분 나빠서 죽였다고 한다. 눈빛? 그녀는 눈빛에 대해 생각하다가 검은 마스크의 눈빛을 떠올렸다. 큰 눈동자를 위아래로 굴리며 쏘아보는 것이 마치 굶주린 짐승의 눈빛 같았다. 자신의 눈빛은 검은 마스크에게 어떤 느낌을 주었을까. 개를 만날 때마다 안절부절못하는 겁먹은 눈빛인가? 그녀를 물었던 개처럼 자신을 얕볼까 봐 겁이 났다. 그녀는 가장 좋았던 때의 기억을 뒤적여 이 공포분위기에서 빠져나가고 싶었다.

박진경은 작년에도 4개월 동안 문학관에 묵었다. 4월 초에 산수유축제를 했다. 도로가에 줄지어 늘어선 산수유나무에 노란 꽃이 피면서 동네가 술렁거리기 시작했다. 저녁마다 이장이 방송을 했다.

"장기자랑을 연습하니 식사를 하신 후에 마을회관으로 모이세요."

친절하게 문학관에도 전화를 했다.

"선생님들도 처박혀서 글만 쓰지 말고 나오쇼. 이럴 때 마을 단합대회도 하는 거지."

남자들이 여성복을 입고 하이힐을 신었다. 엉덩이를 씰룩거리며 걷다가 삐딱거리며 넘어졌다. 할머니들이 남자 양복을 입고 배를 흔들어가며 웃었다. 빛누리 마을을 조성한 건축업자 최성국 사장이 이번 가장행렬을 연출했다. 연습하면서 마을 사람들과 문학관 작가들 사이에 높은 벽이 조금씩 허물어졌다. 최성국 사장은 이장에게, 한복치마를 허리에 두르고 꼭 끼는 저고리 사이에 배를 다 내어놓으라고 주문했다.

"박진경 선생은 남자아이 옷을 입고 코 밑에 콧물방울을 붙일 겁니다."

난감했다.

"일단 망가지면 얼마나 자유로운지 모르시죠?"

최성국 사장은 한쪽 팔을 덜렁거리며 절뚝거렸다.

"저는 맨 앞에서 이매탈춤의 이매처럼 절뚝거리며 나갈 겁니다. 자 다들 따라오십시오."

일행은 최성국 사장의 뒤를 따라 걸으며 동네를 한 바퀴 휘저었다.

빛누리 마을은 백 채 가까운 전원주택 단지다. 단지 이름도 그가 지었다고 한다. 그녀는 빛이 온 누리에 찼다는 뜻의 '빛누리'처럼 자신에게도 빛이 가득 들어찼으면 하는 기대를 갖는다.

축제에서 처음 시도했다는 가장행렬은 인기 만점이었다. 박진경은 이장의 손자처럼, 한복치마를 두른 이장의 손을 잡고 까불거리며 뛰었다. 관광객들은 그녀의 콧물방울을 손가락질해 가며 웃었다. 망가지면 자유롭다는 말이 실감 났다. 가장행렬은 사람들을 배꼽 빠지게 웃겼고 마을 사람들을 단합시켰다. 혼자가 아니라 그들 속에 함께 있다는 게 참 든든하고 행복했다. 올해는 전국의 축제가

다 중단되었다. 그녀는 코로나19 때문에 축제가 영영 사라질까 봐 두렵다.

올해도 산수유 노란 꽃은 활짝 피었다. 벌써 꽃이 다 떨어지고 두 달이나 지났다. 마을회관 문은 잠긴 지 오래되었다. 축제가 열려 발 디딜 틈 없었던 체육공원은 노란 테이프만 흉물스럽게 둘러쓰고 있다. 언제 축제 같은 날들이 올까? 팔월에는 가능할까? 늘었다 줄었다 하는 확진자 수에 일희일비하면서 시간을 보내고 있다. 모두들 코로나 19 이전의 세상으로 돌아갈 수 없을 것 같다고 걱정한다. 이제 코로나 이전의 세상과 이후의 세상으로 세계가 완전히 나뉠 것이라고 한다. 이전에 대학에서 배운 지식은 이제 쓸모가 없으니 빨리 새 세상에 맞는 교육을 받아야만 살 수 있을 거라고 한다. 이제 그 세상으로는 정말 돌아갈 수 없는 걸까? 그녀의 마음은 언제나 느리게 반응했다. 그녀는 단체 카카오톡에서 멤버들이 다 빠져나가고 홀로 남아 있는 것 같은 기분이 들었다. 헬스장에서 외롭고 두려움에 떨고 있는 지금처럼….

그녀는 러닝머신에서 뛰다 말고 속도를 줄였다. 티브이 속의 얼굴이 낯익었다. 자막에 쓰인 이름도 눈에 익었다. 김도봉? 쌍꺼풀 진 눈이 선해 보였다. 전혀 흉악범 같지 않았다. 그러다 갑자기 초등학교 육 학년 때 짝꿍의 얼굴이 그 범인의 일굴에 오버랩되었다. 도봉이라는 이름 하나가 가슴속 웅덩이에 가라앉아서, 있는 줄도 몰랐던 기억을 건져 올렸다.

장면 하나에 엮어서 줄줄이 꿰어져 올라오는 기억들이 있다. 마음속 웅덩이에서 기억들은 지느러미를 흔들며 유유히 헤엄치고 있다. 물고기 밥처럼 단어 하나가 던져지면 그걸 물고 떠오른다. 장편소설 목차 〈살인자의 등장〉 부분에 쓸 재료가 될 것 같아 뉴스에 관심을 집중하였다.

육 학년 때 짝꿍이었던 도봉은 다른 아이들보다 두 살이 많았다. 박진경은 다른 아이들보다 한 살이 어렸기 때문에 열다섯 살이었던 도봉은 그녀를 꼬맹이라고 불렀다. 도봉을 생각하다가 문득 살인자의 나이와 이름이 일치한다는 생각에 소름이 끼쳤다.

도봉은 볼펜 한 자루를 아무도 모르게 그녀의 손에 쥐어주었다.

"나는 얼굴 예쁜 여자보다 꼬맹이처럼 똑똑한 여자랑 결혼할 거야."

도봉은 그의 부모가 네 명의 딸을 낳은 후에 다섯 번째로 낳은 아들이었다. 그래서 엄마가 옆에 끼고 있느라 학교도 늦게 보냈다고 했다. 그녀는 얼굴이 화끈 달아올라서 손바닥을 펴 볼 수가 없었다. 집에 와서야 땀으로 축축하게 젖은 볼펜을 볼 수 있었다. 볼펜을 세우면 중심부에 그려진 예쁜 여자가 원피스를 벗었다. 원피스가 스르륵 내려가면 수영복 차림이 되었다. 그녀는 여러 번 여자의 원피스를 벗겼다가 입히곤 했다.

여전히 티브이에서는 도봉의 얼굴을 클로즈업했다가, 다시 수갑을 찬 모습으로, 자동차에서 내려 인터뷰하는 장면을 반복해서 보여주고 있다.

어렸을 때, 첫 번째 고백을 받아줬더라면 그의 인생이 달라졌을까? 십 년 전에 우이동에서 그를 진심으로 대했다면 그가 달라졌을까? 기억은 아련히 멀어져 간 거기, 마음속 웅덩이에서 맴돌았다.

그녀가 살던 동네는 서울 변두리에 있었다. 동네가 개천 둑 밑에 조개껍데기들처럼 납작 엎드려 있었다. 중학교에 다닐 무렵이다. 동네 앞으로 멋진 이층 집들이 들어섰다. 큰 도로에서 보면 이층 집들 때문에 그녀가 살던 동네는 철저하게 가려져서 보이지 않았다. 드러내면 부끄러운 치부 같은 동네였다.

빨갛게 단풍이 들던 가을날이었다. 도봉은 세 명의 아이들과 함께 이층 집에 들어가서 텔레비전을 훔쳐내다가 잡혔다. 소년원에 들어갔다는 소식을 들었다. 고등학교에 입학하면서, 엄마가 미아리 쪽에 술집을 냈다. 미아리로 이사한 후, 도봉이 어떻게 살았는지 모르겠다.

오랜만에 고향 동네를 찾았을 때였다. 어린 시절을 배경으로 소설을 쓰기 위해서였다. 동네는 재개발 중이었다. 주민들이 대부분 이주를 해 주택은 텅텅 비어 있었다. 개천 둑길은 여전한데, 자신이 살던 집은 어디쯤이었는지 가늠이 되지 않았다. 가끔 꿈에 나타난 집과 골목은 여전히 생생한데 막상 와보니 자신의 집을 찾을 수가 없다. 전국 백일장에서 상장을 받아오면 네 귀퉁이에 풀을 발라 벽에 붙이며 좋아라 했던 젊은 엄마, 엄마는 상장을 타 올 때마다 얼굴이 활짝 피었다. 엄마의 예쁜 모습이 홀로그램처럼 둥둥 떠다녔다. 눈을 가느스름하게 뜨고 그때를 회상하고 있을 때, 끼익 소리를 내며 택시가 섰다. 차창을 연 기사가 그녀를 향해 소리쳤다.

"꼬맹아!"

택시에서 내린 운전기사는 그녀의 손목을 잡아채더니 다짜고짜 택시에 밀어 넣었다. 룸 밀러에 비친 기사의 입술이 웃을락 말락 달싹거렸다. 소처럼 쌍꺼풀진 순한 눈을 보자 도봉이라는 이름이 떠올랐다. 그녀는 미소가 지어지지 않았다.

"그동안 나 안 보고 싶었어? 돈 많이 벌어서 이 택시회사를 사버릴 거야."

그녀는 아무 말도 할 수 없었다. 도봉은 우이동의 숲길을 향해 차를 몰았다.

"너 오늘 나한테 납치당한 거야. 집에 보내지 않을 거다."

마음이 불안해서 요동을 쳤다. 우쭐거리는 그의 웃음소리에 소름이 끼쳤다. 태연을 가장하기 위해 미소를 띠려 했지만 잘 되지 않았다. 입술꼬리에 경련이 일었다. 손가락을 떨지 않으려고 그가 내민 손을 잡으며 속으로 침착하자고 마음을 다독였다.

"정말 대단해. 어떻게 그 꼬맹이가 이렇게 멋진 중년여성이 되었을까?"

길가에 택시를 세우더니 그녀의 손을 잡아끌고 숲 속으로 들어갔다. 양지바른 무덤가에 앉았다. 그가 손을 놓더니 어깨를 와락 끌어안았다. 몸을 빼려 했지만 꼼짝도 할 수 없었다. 정신을 바짝 차리면 이 상황을 벗어날 수 있을 거라고 머리를 굴렸지만 뾰족한 방법이 없었다. 반항하면 그를 자극해서 더 사태가 나빠질 수 있을 것 같아 심호흡을 하며, 공포에 떠는 기색을 감추려고 했다.

"이러고 있으니 정말 좋다. 난 네 생각 많이 했어. 잘 살고 있으니 됐다."

도봉이 포옹을 풀었다.

"바래다줄게."

도봉은 속도를 내어 원래의 자리에 택시를 세웠다. 택시에서 내리며 다리가 휘청했다. 박진경은 미소의 가면을 쓴 채, 〈빈 택시〉라는 초록 등이 시야에서 사라질 때까지 손을 흔들었다.

화면에 속보로 계속 등장하고 있는 김도봉. 그녀는 목차의 '살인자의 등장'에 이 이야기를 써볼까 잠시 고민했다.

검은 마스크가 자전거에 올라탔다. 그녀를 한 번 쓱 쳐다보고는 창밖을 향해 시선을 두고 자전거 바퀴를 빠르게 돌리기 시작했다. 음악이라도 틀면 숨소리는 들리지 않을 텐데 싶어 헬스장을 휘둘러보니 앰프가 보였다. 러닝머신에서 내려와 앰프를 만지작거렸지만, 조작방법을 잘 모르겠다. 검은 마스크가 자전거에서 내리더니 다가왔다. 그녀가 한쪽으로 비켜서자 검은 마스크가 쉽사리 음악을 틀었다. 경쾌한 팝송이다.

"감사합니다."

그녀는 고개를 푹 숙이고 한껏 예의를 표했다. 그가 손바닥으로 그녀의 어깨를 툭 쳤다. 검은 마스크 위로 남자의 눈빛이 깜빡였다. 그것이 윙크였는지 모르겠다. 자기를 가볍게 보고 다가오는 남자들이 두렵다.

남편이 젊은 여자와 바람을 피웠다. 그녀는 소설을 쓴다는 핑계로 문학관에 몇 개월씩 처박혀 있는 중이다. 그녀에게 남은 건 자식 같은 소설책 몇 권이 전부다. 배고플 때 씹어 먹을 수도 없는 그것들. 그녀는 세상이 깜짝 놀랄 소설을 쓰기 위해 애면글면했지만, 이제 세상은 그녀의 이름 따위는 기억하지 않는다.

러닝머신에 올라타 스위치를 누르며 보니, 검은 마스크가 샤워장으로 들어갔다. 그녀는 얼른 러닝머신의 스위치를 다시 눌러 끄고 동료 소설가에게 전화를 걸었다.

"신 선생님, 헬스장에 오신다더니 왜 안 오셔요?"

"응, 그게 말이야. 내가 나이 육십이 넘었지만, 그래도 여자잖아. 헬스장에 중년 남자 혼자 운동하는데, 샤워하려니 좀 이상하더라구. 면사무소에 연락했더니, 샤워장 문 위에 열쇠가 있으니 잠그고 하라더라구. 나도 주책이지 그냥 문학관에 오면 될 걸, 마음을 졸이면서 샤워를 했지 뭐야. 아무리 시설이 좋고 공짜면 뭐 하냐고. 아무도 없으면 썰렁하고, 남자가 하나 있으면 더 무서워. 샤워실에 뜨거운 물이 콸콸 나오면 뭐 하냐고. 다시는 안 갈 거야. 박 선생도 빨리 나와!"

신 선생과 통화를 끝내고 나니 샤워장에서 물 쏟아지는 소리가 들렸다. 안심이 되어 꺼꾸리 운동기구로 갔다. 기대서서 스위치를 누르니 몸이 붕 떠서 눕혀졌다. 다시 누르니 몸이 물구나무를 섰다. 밖을 보니 둑 위의 가로수가 거꾸로 보였다. 그 위에 시커멓게 걸린 구름장들이 빠르게 동쪽으로 이동했다. 멀리 빛누리 마을이 보였다. 단지에 입주한 사람들은 대부분 은퇴한 부부들이다. 시골에서 텃밭을 가꾸고, 젊었을 때 바빠서 못 읽었던 로맨스 소설을 읽으며 한가롭게 여생을 보내기 위해 왔다고 한다. 그들이 읽는 한가로운 책 읽기가 그녀에게는 죽기 살기로 매달려야 하는 작업이다. 그녀는 책상에 너무 오래 앉아 있어서 허리 디스크가 생기고 거북목이 되었다. 도시에서 벗어나 장편소설 한 편 쓰겠다고 이천에 있는 문학관에 들어왔지만, 오래 앉아서 책을 읽을 수도 없어서 서서 읽을 때가 많다. 하루에 한 시간 정도 걷지 않으면 허리에 통증이 심하다. 남한강을 끼고도는 자전거 도로를 따라 무조건 걸었다. 6월에 접어들면서 자외선이 강해지자, 햇빛알레르기가 기승을 부렸다. 여기는 서울과 달리 햇빛이 더 강렬하다. 날씨가 더워지면 코로나도 종식될 거라고 하더니 지금은 언제 끝날지 모른다고 한다.

샤워장에서 물소리가 나지 않았다. 검은 마스크에게 박쥐처럼 거꾸로 매달린 꼴을 보일까 봐 갑자기 마음이 분주했다. 서둘러 스위치를 눌러 껐다. 거꾸리가 수평으로 누웠다. 아니나 다를까 샤워를 마친 남자가 그녀를 쳐다보고 있다. 기계는 그녀의 마음처럼 빠르게 작동하지 않아 공중에 누운 자세일 때 남자의 눈과 마주쳤다. 조마조마한 마음과는 달리 기구는 천천히 내려갔다. 어색해 보일까 봐 미소를 지었지만, 입가에 경련이 일었다. 그러다가 마스크를 썼다는 것에 생각이 미쳤다. 남자의 머리카락이 젖어 있다. 갑자기 불안이 난타를 치듯 그녀의 마음을 두드렸다. 더는 운동할 마음이 싸악 가셨다. 신 선생의 말이 떠올랐다. '박 선생도 빨리 나와.'

신발을 갈아 신는데, 샌들에 발이 잘 꿰어지지 않았다. 손이 덜덜 떨려서 실내화를 가방에 넣는데, 헛손질을 했다. 핸드폰, 이어폰까지 신발주머니에 마구 쑤셔 넣었다. 배낭을 들고 계단을 뛰어 내려왔다. 건물을 자꾸 뒤돌아보며 둑으로 향한 비탈길을 뛰었다. 먹구름은 언제 다 날려갔는지 햇빛이 내리쏟아졌다. 가져온 장우산을 양산 대용으로 쓰고 셔츠 깃을 세웠다.

오후 세 시였다. 뒤를 돌아봐도 앞을 봐도 하얗게 빛나는 길밖에 보이지 않았다. 혹시 검은 마스크가 뒤따라올까 봐 자꾸 뒤돌아보았다. 도시에서는 온통 사람들 숲인데, 여기는 아무도 없다. 면사무소까지 이십 분은 좋이 걸어야 한다. 그 남자가 오토바이를 타고 따라올 것만 같아서 뛰다시피 걸었다. 종아리가 뻣뻣할 지경으로 빨리 걷는데도 뙤약볕이 내리쬐는 하얀 길은 끝날 것 같지 않았다.

반바지를 입은 종아리가 한증막에 들어간 것처럼 후끈거렸다.

동네로 접어들었다. 면사무소 주변에는 작은 건물들이 이어져 있다. 미용실도 다섯 곳이 있고, 마트도 있고 음식점도 있다. 이 작은 면에 다방이 일곱 곳이나 있다. 만남의 장소가 많은 건 외롭다는 건가? 한의원 건물로 들어서서 숨을 깊게 쉬며 가슴을 쓸어내렸다.

"이 땡볕에 뛰어오셨어요? 왜 그러세요. 누구한테 쫓기는 사람처럼."

간호사가 이마에 온도계를 갖다 대며 물었다. 아는 사람을 만나 이야기를 할 수 있는 것만 해도 다행이었다. 그녀는 장황하게 상황을 설명했다.

"아, 말씀을 듣고 보니 최성국 사장님 같네요. 뇌경색으로 쓰러졌다가 회복되고 나서는 헬스장에서 산다고 해요. 역기를 들 수는 있는데, 손에 힘이 없어서 자꾸 놓친다며 침을 맞으러 오시거든요."

최성국 사장이라면 가장행렬 때 맨 앞에서 이매의 걸음걸이를 선보여 좌중을 웃겼던 사람이다. 그럼 그는 박진경이 가장행렬 때 '콧물방울'이란 걸 알고 어깨를 두드려주었나 보다. 마스크를 써서 얼굴이 안 보이니 영 낯선 사람 같았다. 간호사의 말을 듣고 나자, 남자의 노려 보는 듯한 한쪽 눈에 대해서 이해가 되었다. 눈을 깜빡거린 건 윙크가 맞았나 보다.

"아는 척을 했으면 제대로 인사를 했을 텐데, 미안해서 어쩌죠?"

"모른 척하는 게 좋아요. 최사장님은 본인의 병이 알려질까 봐 전전긍긍하거든요."

그녀는 운동 대신 침을 맞았다. 한의사는 거북목이 된 목과 어깨 주변으로 수십 개의 침을 꽂고, 허리에도 수십 개의 침을 꽂았다. 글을 쓰거나 책을 읽을 때는 몰랐는데, 세월이 흐르면서 몸의 균형이 깨졌다.

한의원에서 나오자마자 갑자기 소나기가 쏟아졌다. 비를 피하기 위해 비닐하우스로 들어갔다. 비닐 지붕을 때리는 투두둑 투두둑 빗소리 때문에 모든 소리가 숨을 죽였다. 빗소리를 타고 어린 시절의 기억 하나가 마음의 웅덩이에서 낚여 올라왔다.

장마철이면 방에 엎드려서 양철지붕을 때리는 빗소리를 들었다. 빗물받이에서 빠져나온 빗물이 만들어내던 물방울. 골목을 빠져나가는 물방울들의 행진을 방에 엎드려서 물끄러미 바라보며 저 물방울들은 어디까지 갈 수 있을까? 금방 터져버리는 물방울도 있고, 골목 밖까지 미끄러져 흘러가는 물방울도 있었다. 존재에 대해서 생각이 많았던 시절이었다. 물방울 같은 하찮은 존재가 아니라 뭔가 이 세상에 대단한 것을 남기고 가야 하는데, 멍청하게 시간을 보낼 수는 없다며 마음을 다지던 학창 시절이었다. 그 물방울을 보며 꿈을 꾸었다. 장마철 흘러가는 물방울을 바라보며 꿈을 꾸던 멍한 시간이 그리울 때가 많다. 그때는 그어진 한계 없이 꿈을 꿀 수 있었으니까.

꿈을 이루기 위해 죽어라 책 읽기에 매달렸다. 고등학교를 자퇴했기 때문에 그것이 핸디캡이어서 자존감이 떨어졌다. 십 년 전 민영기 선생님을 만나 고등학교 졸업장을 손에 쥘 수 있었다. 대학에서 문예창작을 공부하며 어렵사리 신춘문예에 단편소설이 당선되어 문단에 등단을 했다. 그동안 책도 여러 권 냈다.

세차게 쏟아지던 비는 언제 그랬냐는 듯이 간 곳 없고 다시 햇빛이 비쳤다. 그녀는 문학관을 향해 길을 나섰다. 자꾸만 중심에서 밀려났다. 참신한 문장이 떠오르지 않았다. 신인들의 소설을 읽고 나면 자신의 문장이 많이 늙은 것 같았다. 그녀는 도서관 열람실에 있는 자신의 책을 다시 펼쳐 읽어보았다. 자신을 닮은 인물들의 생각과 행동이 다시 봐도 가슴 저릿했다

"고급인력이 썩고 있다고 한탄을 해 봐야 누가 알아주겠나?"

서울 강남에 사는 혜숙이 조언이랍시고 한 말이 가슴을 후벼 팠다.

"직장 다니는 애기엄마들을 위해서 아침에 아기를 유아원 차에 태워주고 저녁에 아기를 받아 집에 데려다줘도 사십만 원은 받아. 잘 사는 동네에 가야 먹을 게 있는 거야."

자기는 바른말만 한다는데, 마음은 상할 대로 상했다.

"몇 년간 쓴 장편소설은 인세 얼마나 받아? 우리 아파트 가격은 십 년 만에 세 배가 뛰었단 말이야."

혜숙은 모든 걸 돈으로 환산했다. 돈이 없는 사람은 업신여겨도 좋다고 생각하는 것 같다. 자존심이 상해 연락을 끊은 지 2년이 넘었다.

아까 보았던 큰 개보다 조금 작은 개 두 마리가 다가왔다. 그녀는 개들이 달려들면 우산으로 쫓아버리려고 장우산을 단단히 잡았다. 개는 너한테 관심 없어. 무심한 듯 걸어 봐. 사람들은 개를 무서워하는 그녀가 이해가 안 된다고 했다. 유기견을 잡아가라고 신고한 걸 저 개들이 눈치챘으면 어쩌지? 포획 틀 철문을 열어 준 아이들이 야속했다.

신호가 바뀌자, 개들이 갈 곳이라도 있는 듯이 달려 나갔다. 그녀가 가야 할 방향과 같은 쪽이라 긴장은 풀리지 않았다. 풀숲의 한가운데에서 개들이 펄쩍 뛰어오르는 것이 보여 멈춰 섰다. 세 마리의 개가 서로 얼굴을 핥고 있다. 한 마리는 아까 보았던 비쩍 마른 개다. 그녀가 신고했던 세 마리의 유기견이 맞는 것 같다. 어쩌면 저들이 한 가족일지도 모르겠다. 어미와 새끼들일까? 그들도 그들의 삶이 있는 거겠지. 갑자기 개들의 눈으로 세상이 보였다. 곳곳에 놓인 포획 틀을 피해 다녔겠지. 애가 타게 서로를 찾아 헤매다가 극적으로 만난 거야. 잡혀서 안락사당하지 않고 만났으니 감정을 절제할 수 없는 거야. 이해가 되었다. 인간이 점령한 세상 속에서 개들이 목숨을 부지하고 살기 위해 몸부림치는 것 같아 미안한 마음까지 들었다.

조금만 더 가면 밭이 나온다. 거기 포획 틀이 있다. 개들이 그곳을 향해 가고 있다. 더는 밀릴 데가 없는 그녀 자신처럼 보인다. 개들에게 감정이입을 하고 있는 자신이 처량하다.

개는 사람이 뿜어내는 불안감을 읽는다고 한다. 두려워서 온몸의 솜털이 일어나는 걸 알아채면 얕본단다. 김도봉이 자신을 거부하는 눈빛 때문에 산에서 만난 여자를 다짜고짜 죽인 것처럼….

사실 박진경은 얼마 전에 개한테 물렸다. 조막만 한 강아지가 다짜고짜 뒤에서 달려와 종아리를 물었다. 그녀를 문 강아지는 신고하자마자 119 구조대에 잡혀갔다. 사람을 물었기 때문에 2주일 후 안락사 시킬 거라는 말에 마음이 무거웠다. 그 강아지와 수갑을 찬 김도봉의 얼굴이 겹쳐졌다.

살인자 김도봉, 쌍꺼풀 진 눈을 보는 순간, 가슴이 덜컥 내려앉

앉다. 그녀는 흉악범의 얼굴을 방송에 공개하는 것이 옳다고 생각했었다. 그런데 막상 아는 사람이라고 생각하니 마음이 불편하다. 우이동에 납치되어 갔을 때 그녀가 반항하고 거부하는 눈빛을 보였다면 살해되었을 수도 있겠다는 생각이 들자 소름이 끼쳤다. 그녀는 아직도 종아리에 남아 있는 이빨자국을 돌아다보았다.

저 개들도 이제 조금만 더 가면 잡힐 것 같다. 정처 없이 떠도는 생을 끝낼 수 있는 기회가 되는 거니, 자신이 개들에게 좋은 일을 하는 거라고 마음을 다독였다. 살인자 김도봉도 이제 그의 인생이 끝난 거겠지.

가난의 고치에서 풀려나 훨훨 날고 있을 줄 알았는데, 교도소에 갇혀 있는 그를 상상하는 것만으로도 마음이 아팠다. 둑 아래 조개껍데기 같던 고향 동네는 다 사라지고 고층아파트가 들어섰다. 이제 그곳은 마음속 웅덩이에만 남아 있다. 그녀는 자신의 웅덩이 속에서 기억들이 물탕을 튀길 때마다 진저리만 치고 있다. 그녀는 차라리 그 웅덩이 속으로 뛰어들려고 마음먹는다. 웅덩이 속에 있는 기억들을 꺼내어 세상 밖으로 퍼내는 수밖에 방법이 없다. 자신의 과거를 팔아서 먹고살기는 싫었는데, 이젠 어쩔 수 없다.

"자신의 이야기에서부터 시작하는 거야. 소설가는 사돈의 팔촌 무덤까지도 파헤친다더라."

민영기 선생님은 그녀가 소설 쓰기를 멈출까 봐, 그녀가 꿈을 포기할까 봐 전전긍긍했다. 장편소설 "웅덩이"가 어떤 모양으로 세상에 나갈지 모르지만 이제는 장편소설 속에 자신의 기억들을 쏟아붓는 수밖에 도리가 없다.

"딜컹!"

개들의 비명이 공중으로 흩어졌다. 드디어 포획 틀에 개들이 걸려든 모양이다. 포획 틀 속에 갇혔으니 아무리 으르렁거려도 무섭지 않다. 그런데 한 마리가 바깥에 있다. 포획틀 바깥을 빙글빙글 돌며 울부짖었다. 개가 그녀에게로 달려왔다. 뒷걸음질을 쳐야 하는데 발이 떨어지지 않았다. 개는 비쩍 마른 몸뚱이를 그녀의 허벅지에 비비대며 올려다보았다. 개의 눈을 들여다보았다. 그녀가 문을 열어 줄 거라고 기대하는지 눈곱이 낀 눈으로 올려다보며 끄응 끙 앓는 소리를 낸다. 최성국 사장을 오해해서 두려움에 떨었듯이, 이 개도 겉모습만 무서울 뿐이야. 그녀는 개의 심정이 되어 보려고 한다. 감정이입이 되자 머리털이 곤두서지 않았다. 그 개의 진심이 고스란히 마음에 들어와 박히며, 자신의 모습처럼 느껴졌다. 마음을 다잡고 우산대로 문고리를 젖혀 올렸다. 큰 개가 포획 틀 안으로 들어갔다. 새끼들을 데리고 나오려나보다.

"덜컹!"

쇳소리를 내며 덧문이 내려왔다. 비명을 지르며 으르렁거릴 줄 알았는데 개들은 의외로 태연하다. 큰 개가 새끼들의 얼굴을 핥고 새끼들도 어미의 얼굴을 붉은 혓바닥으로 핥는 데만 집중하는 것 같았다. 세 마리가 그녀를 향해 꼬리를 흔들더니 자기네 집이나 되는 듯이 바닥에 털썩 주저앉았다. 더는 탈출하려는 눈빛이 아니었다. 그들의 외출은 여기서 끝났다. 원했던 대로 유기견이 잡혔지만 이상하게 눈물이 흘렀다.

V. 우리들의 멘토

우리들의 멘토

2020년 5월

카톡 카톡

홍모연은 스마트폰의 앱 버튼을 눌러 카카오톡을 터치했다.

'모연 언니, 잘 지내지?'

김진경의 이름이 떴다. 나는 반가운 마음에 서둘러 글을 썼다.

'조은 가정에 소개해 줘 고맙다.'

노안이 와서 몇 글자 쓰지 않는 데도 맞춤법이 엉망이다. 젊은
애들은 일부러 이렇게 쓰기도 한다는데….

'나는 이제 요양원에서 팀장이 되었어.'

'동생, 정말 장하다.'

대화가 더 이어질 것만 같아 화면을 물끄러미 바라보았다. 더는
반응이 없어 아쉬웠지만 스마트폰을 내려놓았다. 카톡을 하고 나면
입으로 말 한마디 하지 않아도 손가락 끝으로 대화를 한 것 같아서

조금은 위안이 되었다.

한국에 온 지 벌써 이십 년이 되었다. 요양원에서 청소부로 일을 할 때 김진경을 만났다. 저녁을 먹고 나면 침대에 쓰러져 자기 바빴다. 그렇지 않으면 긴긴밤에 요양보호사들끼리 맥주를 한 잔 하면서 이야기를 했다. 김진경이 술에 취해 자신의 속내를 다 털어놓았다. 한 사람을 만난다는 건 그의 과거와 현재와 미래가 함께 오는 어마어마한 일이라는 글을 읽은 적이 있다. 한국에 와서 진경과 진정한 친구가 되었다.

이제 한국으로 귀화했으니 나는 떳떳한 대한민국 국민이다. 얼마 전에는 국회의원을 뽑는 총선 때, 남편과 나란히 대한민국 국민의 한 사람으로서 권리를 행사했다. 아직은 부부가 헤어져서 주말에만 만나고 있지만, 언젠가는 함께 살 날이 올 것으로 기대한다. 한국에 온 지 십 년 만에 25평짜리 아파트를 샀다. 아직 입주할 형편이 안 되어 전세를 주었다. 차곡차곡 돈을 모아서 전세를 빼 주면 중국에 있는 아들도 데려올 생각이다. 네 살 된 아들을 어머니에게 맡기고 왔다. 아홉 살 때 한 번 보고는 못 갔다. 아들은 내년에 대학교를 졸업한다. 우리 세 식구는 이십 년째 뿔뿔이 흩어져 살고 있다. 함께 모여서 살 날을 손꼽아 기다리며, 혹독한 외로움을 참고 또 참지만, 요즘은 이렇게 사는 게 무슨 의미가 있을까 하는 생각을 자주 하게 된다.

김진경이 민영기 교수님 댁에 소개해 주었다. 몸과 마음이 너무 편안했다. 저녁 설거지가 끝나고 나면 내 방에 들어와 침대에 눕는다. 한국 텔레비전 드라마는 사람을 홀린다. 한국인들과 회화를 잘

하기 위해 보기 시작했는데, 이제는 드라마에 빠져 시름을 달래고 있다.

밤 열한 시, 내일 일찍 일어나려면 잠자리에 들어야 한다. 떠돌이 별이 되어 사방을 떠돌다 이제야 나의 별에 착륙한 것만 같다. 하루의 일과를 재생시켜 떠올리다 보면 스르르 잠이 들곤 했다.

집안일을 끝내고 나면 민영기 교수님과 차를 한잔하면서 이야기를 나누는 게 일상이 되었다. 민영기 교수님은 대학에서 은퇴했다. 다른 한국 남자들과는 겁이 나서 말을 못 했는데, 민 교수님은 여자 친구처럼 친근하게 느껴졌다. 안정된 생활이 지속되자 교수님 서재에서 책도 한두 권씩 빌려다 볼 수 있게 되었다. 중국 작가가 쓴 책이 번역본으로 나와 있다.

하진의 『기다림』이라는 소설을 펼쳤다. 육군 병원에서 군의관으로 일하는 쿵린과 현대 여성 우만나 간호사 사이의 사랑을 다룬 소설이다. 부모님이 정해준 아내 류수위와 결혼하여 딸도 있었지만 그는 아내에게 애정이 없었다. 게다가 멀리 떨어져서 여름휴가 때나 되어야 아내를 만나곤 했다. 매년 여름이 되면 쿵린은 아내에게 이혼해 달라고 어춘에 있는 집으로 돌아갔다. 아내는 이혼을 해 줄 듯 해 줄 듯하면서 시간을 끌었다. 그렇게 18년이라는 인생의 황금기를 흘려버렸다. 그 긴 세월을 기다려 온 아내 류수위와 애인 우만나, 두 여인이 불쌍해서 읽는 내내 안타까웠다. 그러나 소설이 끝나가도록 쿵린은 어떤 결론을 내리지도 못한다. 류수위는 늙고 병들고, 우만나는 쌍둥이를 낳았다. 그는 두 여자를 다 사랑한 거였을까?

책을 읽다 보면 내 인생을 돌아보게 된다. 나는 내 인생에 무엇을 심고, 무슨 열매를 얻고자 한 걸까? 젊어서는 공산주의 이념이 전부인 것처럼 공부하고 파고들었다. 꿈꾸었던 이상향은 한갓 헛된 꿈이란 걸 깨닫고 보니 이번에는 돈을 좇아 날고 있다. 날아다니는 바람을 땅에 심어보겠다며 평생을 헛짓거리로 소진한 게 아닌가 하는 생각이 들었다.

책을 읽다 보니, 민 교수님과의 대화도 길어졌다. 소설에서의 느낀 점을 나누면서 그 소설의 주제와 인물에 대한 진지한 이야기가 계속되었다.

"교수님, 한국 사람들에게는 주인공 쿵린이 너무 유약하고 우유부단하게 보일 겁네. 한국 남자들은 이런 상황이라면 삼 년도 못 기다리고 이혼했을 겁네."

한국에 일하러 와서 보니, 경제적으로는 잘 사는데 마음이 허허로운 사람들이 많았다. 김진경도 그중 한 사람이었다. 진경의 남편은 대기업 차장이어서, 밤낮없이 일에 빠져 있었다. 엄마가 있는 요양원에 가끔 들렀다가 거기서 첫사랑 홍영표를 만났단다. 스무 살때 서로 사랑한다고 믿었던 남자였다. 고3 때 자퇴한 후 홍영표와 김진경은 오토바이를 타고 질주하다가 사고를 당했다. 양쪽 부모들이 싸운 뒤, 헤어져 영영 못 보고 살았다. 그런데 그는 어떻게 박사가 되었으며, 기업체 사장이 되었을까? 뒤통수를 맞은 것 같았다고 했다. 진경은 그 후 민영기 선생님을 만났고, 고등학교에 다시 복교해서 졸업을 했다. 졸업 후 대학에 들어가서 복지사 공부를 했고, 요양원에서 일하고 있었다. 오십이 넘은 나이에도 자신의 꿈을 찾는 대한민국이라는 나라가 참 대단해 보였다. 민 교수는 내 이야기에 깜짝 놀라며 고개를 흔들었다.

"홍 여사님, 꿈은 이루어지는 겁니다. 홍 여사님도 일만 하시지 말고 꿈을 키워보세요."

입주 가정부가 되고 보니 몸과 마음이 다 편했다. 그러자 중국에서의 일들이 떠올랐다. 그리고 한국 와서 고생했던 이십 년 세월이 파노라마처럼 머릿속을 스쳐 지나갔다. 내가 글을 쓸 줄 안다면 장편소설 몇 권을 썼을 것이다.

중국 흑룡강에 있는 우리 집은 지금쯤 폐허가 되었을 것이다. 강을 바라보는 언덕 위에 지어진 작은 집은 아담했다. 우리 집 위쪽으로 교장선생님 댁이었는데, 두 아들도 교사였다. 교장 부인은 바이올린 연주자인 나를 고운 눈으로 보는 적이 없었다.

"홍 선생, 여기 말뚝 꽂힌 데까지는 우리 땅이니까, 그리 알아요."

어차피 그쪽으로는 뭘 심기도 뭐해서 그냥 묵히고 있는 땅이었다. 교장부인은 말뚝 일 센티미터까지 채소를 심었다. 야채들은 매일 가꿔서 반들반들하게 윤기가 났다.

"저는 손가락이 거칠어지면 안 되니까 흙을 만지지 못해요. 사모님."

내 말이 고까웠는지, 호미로 밭고랑을 툭툭 치고는 뒤도 안 돌아보고 쌩하니 들어갔다. 교장선생님은 부인과 달리 인자한 분이었다. 가끔 우리 집에 내려와 술을 한잔하면서 세상 돌아가는 이야기를 하곤 했다.

"우리 집사람은 누가 오는 것도 싫어하고, 남의 집에 마을 가는 것도 싫어해요. 맛있는 음식을 해도 나눠먹을 줄도 모르고, 누가 먹을 걸 갖고 오는 것도 싫어해요. 그저 자기 것만 챙기지. 한국에서는 그런 사람을 가리켜서 되놈이라고 부른답디다. 그게 우리 중국 사람의 국민성은 아닌데 말이요. 지금도 대청소를 한다며 나를 밖으로 내쫓아서 내려왔습니다. 허허."

교장선생님의 웃음이 참 씁쓸하게 느껴졌다.

"다들 한국으로 돈 벌러 가던데, 강 부장님과 홍선생님은 그런 생각 안 해 봤습니까? 저는 자본주의가 꼭 좋은 것만은 아니라고 봅니다만."

대화가 끝나면 자연스럽게 나는 바이올린을 연주했다. 교장선생님은 그날도 브라바, 브라바를 외쳤다. 그때였다. 교장선생님의 작은 아들이 문을 두드렸다.

"아버지! 형이 안테나를 고친다고 지붕에 올라갔는데, 한 번 와 보세요."

우리 내외도 무슨 일인가 궁금해서 교장선생님을 따라 윗집으로 슬슬 걸어 올라갔다. 교장부인과 큰아들은 벌써 지붕에 올라가 있다. 작은 아들과 교장선생님이 사다리를 타고 지붕으로 올라갔다. 남편과 나는 지붕을 올려다보고 있었다. 별안간 전봇대에 걸려있던 고압선이 풀려서 그네를 타듯 지붕 위를 쓱 훑고 지나갔다. 지붕 위에 있던 네 사람이 동시에 땅바닥으로 떨어져 내렸다.

"어, 어!"

우리는 말문이 막혀서 새파랗게 질린 얼굴을 마주 보았다. 사람이 순식간에 새까맣게 타버렸다. 짐승을 가스불로 그을려 놓은 것 같았다.

슬리퍼가 벗겨졌지만, 신을 겨를도 없이 맨발로 뛰어 내려왔다.

남편은 덜덜 떨리는 손으로 경찰서에 전화를 걸었다. 잠시 후에 경찰차와 앰뷸런스가 요란한 소리를 내며 달려왔다. 언덕 위에는 우리 두 집뿐이었다.

사람이 이렇게 나약한 존재였던가? 사는 게 너무 무서웠다. 아는 사람이기에, 그리고 내가 미워했던 사람이기에, 내 입술의 저주가 나쁜 기운을 불러온 것만 같아 두려웠다.

"세 명은 그 자리에서 숨지고 교장선생님은 큰 상처 없이 살아나셨습니다. 정말 희한한 일도 다 있습니다."

교감선생님의 말에 교직원들은 한숨을 내쉬었다.

"그나마 하늘이 도운 거지요. 평소에 얼마나 인품이 좋으셨습니까?"

"어떻게 함께 이야기하던 사람들이 한순간에 참새구이처럼 타버릴 수 있는 거죠? 아직도 믿어지지 않습니다."

모두들 새파란 하늘을 올려다보며 한숨을 내쉬었다.

교사들이 교장선생님 집안으로 들어가 필요한 가재도구만 챙겨서 학교 숙직실로 옮겼다. 사모님이 안달을 떨며 가꾸던 땅뙈기는 풀숲이 되어, 배추도 파도 보이지 않았다. 매일 쓸고 닦기 위해 교장선생님을 우리 집으로 쫓아냈던 그 집은 폐가가 되었다. 나는 무서워서 잠을 이룰 수가 없었다. 집을 헐값에 팔아넘기고, 사람들이 버글거리는 도시로 이사를 했다.

그 무렵 언니와 형부는 한국에 가서 돈을 잘 벌었다. 착실하게 돈을 벌어서 흑룡강에 집과 땅을 차곡차곡 사들였고, 갓난 아들을 엄마에게 맡기고 나가 돈을 벌더니 엄마에게도 번듯한 집을 사주었다.

1978년 등소평은 자본주의를 받아들이고, 개방화 정책을 펼치기 시작했다. 1984년 3월 중국에 거주하는 한국인들의 모국방문을 허용했고, 한국인들의 중국친지 방문도 허용했다. 1988년 10월 한국인들의 중국관광금지가 해제되었다.

개방이 좋기도 했지만, 모두들 돈을 최고의 가치로 여기다 보니, 돈을 벌 수 있는 곳이라면 불나방처럼 날아갔다. 그때, 제일 가까운 한국으로 날아든 사람들이 많았다. 언니는 수속을 밟아 한국으로 오라고 했다. 갈까 말까 망설이던 차에 교장선생님의 불행한 사건이 등을 떠밀었다.

새벽 두 시에 몸이 축축해서 잠이 깼다. 벌써 이십 년이 지난 사건인데도 번번이 꿈속에서 그때 일들이 재생되었고, 그 꿈을 꿀 때마다 불안했다. 잠이 깨면 도통 잠을 이룰 수가 없다. 뜨거운 덩어리가 목구멍으로 올라오며 얼굴이 홧홧하게 열이 났다. 게다가 온몸이 쑤시고 뼈 마디마다 다 아팠다. 몸뚱이 하나로 벌어먹고 있는데, 병이 나면 큰일이다 싶어 병원에 갔더니 갱년기 증상이라고 한다. 남편과 알콩달콩 살을 섞으며 제대로 살아보지도 못했는데, 몸은 벌써 갱년기에 접어들었다. 아침에 일어나면 여성 호르몬제를 한 알 삼켰다. 작은 알약이 덩치 큰 나를 하루하루 돌리는 것 같다.

장롱 위에 올려둔 바이올린을 내렸다. 중국에서 나올 때 바이올린을 두 개 들고 왔다. 하나는 정말 비싸고 좋은 바이올린이었다. 남편이 중국에서 바이올린 만드는 기술자라서 아주 정성을 들여서 만들어 준 것이었다. 한국에 와서 연주를 할 수는 없었지만, 끌어안고 애지중지했었다. 이건 값싼 연습용 바이올린이다. 손가락으로 튕겨보았다. 예민하고 섬세한 줄은 내 거칠고 터진 손가락 끝에서 아프다고 비명을 질렀다. 끼기긱. 내 몸뚱이도 누군가 만지면 이런 소리가 날 것이다. 한국에 와서 몸이 부서져라 일을 했지만, 돈을 모으기가 쉽지 않았다. 기어코 값비싼 바이올린을 팔고 말았다.

새벽녘 잠이 오지 않으니 어제 민 교수와 데이트를 했던 걸 드라마처럼 재생해서 떠올린다. 이게 무슨 일인지 민 교수를 생각하면 가슴이 콩닥콩닥 뛰었다.

"홍 여사님, 오늘은 함께 산책도 나가고, 점심으로 외식을 해 봅시다."

"제가 어떻게 그럽네까."

"저도 틀어박혀 책만 들여다보니 답답해서 그럽니다."

나는 일하는 아줌마로 보이지 않으려고 꽃단장을 했다. 거울 속 여자는 정말 많이 변했다. 남자 여럿 빠져 죽었겠다고 놀림을 받던 맑고 커다란 눈은 탁하기만 하다. 퀭하게 들어간 눈 주위로 파문이 일듯 쌍꺼풀이 여러 겹이다. 입가에는 마리오네트 주름이 깊게 자리 잡았다. 긴 머리카락을 뒤로 가지런히 묶고 벽돌색 외투에 연두색 스카프를 두르고 나섰다. 보도블록 사이에 연두색 풀들이 소복이 올라왔다. 민 교수가 내 모습과 보도블록을 번갈아 보더니 웃음을 터뜨렸다.

"홍 여사님과 너무 닮았네요."

민 교수는 단순히 내 의상의 색깔을 보고 웃었겠지만, 보도블록 사이의 흙에 뿌리를 박고 살아보겠다고 비집고 나온 풀이 안쓰러워 웃음이 나오지 않았다. 쑥스러워 고개를 숙이고 들여다본 손가락에 또 한 번 실망했다. 햇살 아래 내놓기에는 너무 부끄러웠다. 마디가 언제 이렇게 굵어졌을까?

"손가락이 길고 섬세해서 사람들은 내 손가락을 만져보고 싶어 했지요. 중국 흑룡강에서 제가 살던 단독주택은 정말 아름다웠습네다. 민 교수님 댁처럼 좋았습네다."

"그런데 홍 여사님은 거기 사시지, 한국에는 뭐 하러 오셔서 고생하십니까?"

순간 가슴이 먹먹해졌다. 좀 더 우아한 대화를 시도하려고 손가락 얘기도, 전원주택 얘기도 꺼냈는데 대화는 뚝뚝 끊기고 어색하기만 했다.

"돈을 많이 벌려고 왔습네다. 그때만 해도 한국에 와서 막노동을 해서 두 달 버는 돈이, 중국서 선생질해 일 년을 버는 거랑 맞먹었으니까요. 돈을 많이 벌어 우리 아들만큼은 왕사처럼 남부럽지 않게 해 주고 싶었습네다."

"오셔서 고생 많이 하셨겠습니다."

"말도 마시라요."

음식점은 한산했다. 누룽지 백숙을 시키고 앉았는데, 종업원이 머뭇거리며 와서는 물병과 접시에 가래떡 같은 물건을 놓고 갔다. 동그랗게 말린 종이 같은데, 보송보송한 게 풀어지지 않았다. 민 교수가 말린 종이를 흔들며 종업원을 쳐다보았다.

"이게 뭡니까?"

종업원은 당황한 표정으로 다가왔다.

"예, 바꿔드리겠습니다."

종업원은 주방을 향해 달려갔다.

"어, 그 말이 아닌데, 어쩌죠?"

민 교수는 어쩔 줄 몰라했다. 사장이 방으로 들어왔다.

"무슨 문제가 있나요?"

"아니요. 이게 무언지 몰라서 물었을 뿐인데요?"

사장은 민 교수가 들고 있던 가래떡 종이를 받아 접시에 놓았다. 사장이 물병의 물을 접시에 붓자, 물을 먹은 종이가 부풀어 올랐다.

"이렇게 해서 물수건으로 사용하시면 됩니다."

"아하, 이런 거였군요."

사장과 민 교수가 동시에 웃었다. 그걸 보자, 한국에 처음 와서 겪었던 일들이 떠올랐다. 별거 아닌데도 처음에는 모든 게 겁이 났다. 소통이 안 되는 건 겁나는 일이다. 중국인으로 보이는 저 종업원은 얼마나 당황스럽고 겁이 났을까? 민 교수는 물수건으로 손을 닦으면서 신기하다를 연발했지만, 나는 눈물이 나려고 했다.

열심히 한국어를 배워서 한국에 오기는 했지만, 쉽게 회화가 되지 않았다. 점점 반벙어리가 되어갔다. 서른다섯 살 때였다. 음식점에 취직을 했지만, 주로 주방에서 설거지를 했다. 손님이 많이 몰리는 점심시간이면, 주방장이 이것저것 닥치는 대로 시켰다. 며칠 지나자 단순한 지시는 알아들을 수 있었다.

"홍 씨! 밥 퍼."

"홍 씨! 국 퍼."

손님이 부르자 주방장이 가 보라고 했고, 나는 밥을 푸다 말고 달려갔다.

"이것 좀 더 주세요."

나는 손님이 내미는 빈 접시를 받아 들었는데 난감했다. 심장이 쿵쾅거렸다.

"이것을 더 달라는데, 이것이 무언지요?"

주방장이 빈 접시에 코를 대고 냄새를 맡더니 빙그레 웃었다.

"깻잎장아찌구면."

나는 민 교수에게 이야기하며 물수건으로 식탁을 문질러 닦았다.

"그때는 '이것'이라는 단어가 반찬 이름인 줄 알았습네다."

"홍 여사님도 처음에는 저분처럼 당황스러웠겠군요?"

내 표정을 찬찬히 살피며, 민 교수가 조심스럽게 물었다.

"정말 당황스러웠습네다. 저 분도 중국에서는 많이 배운 사람일 겁니다. 기품이 있어 보이지 않습니까? 저는 천만 원을 브로커에게 주고 한국행 비행기에 올랐습네다. 전 재산을 털어서 왔기 때문에 빨리 돈을 벌어야 했습네다. 처음에는 시장통에서 음식 배달을 했는데, 밤에 자리에 누우면 온몸이 찌릿찌릿 쑤셨습네다. 노동이라고는 해 보지 않았으니까요. 끙끙 앓는 소리가 절로 나왔습네다. 머리에 쟁반을 얼마나 많이 이고 다녔는지 글쎄 정수리 쪽 머리카락이 다 빠져버렸지요. 목은 자라목처럼 기어들어 갔어요. 무거운 걸 머리에 이는 게 힘에 부쳤습네다."

그때 종업원이 누룽지 백숙을 가져왔다. 눈이 마주치자 그녀가 반갑게 눈웃음을 친다.

"고생이 많습네다. 곧 익숙해질 거라요."

"고맙습네다."

그녀의 손이 아직 고운 걸 보니 한국에 온 지 얼마 안 된 것 같았다. 햇살이 커튼 사이로 들어와 그녀의 머리카락 위에 앉았다. 검은 머리카락이 반질반질했다. 이십 년 전에는 나도 저 여인처럼 아름다웠는데, 이제는 아무도 뒤돌아보지 않는 몰골이 되었다. 민 교수를 바라보았다. 웨이브 진 은색 머리카락이 어깨까지 내려와 있다. 말하지 않아도, 교수 태가 났다. 늘 집안에서 책을 읽고 글을 쓰는 민 교수는 어깨가 좁았다. 집안에서는 잘 몰랐는데, 봄빛 아래에서 보니 얼굴이 창백했다.

"교수님, 운동을 하셔야겠습네다."

"홍 여사님께서 도와주시겠습니까? 사실 제가 혼자서 나다니는 걸 싫어합니다. 그 수고비도 드리겠습니다."

"별말씀을 다하십네다. 저도 운동하는 것인데 무슨 수고비를 받습네까?"

천천히 식사를 마치고, 음식점 주변을 돌아보았다. 강변으로 벚나무가 줄지어 있다. 봄이 이렇게 무르익은 줄도 몰랐다. 뭉게구름처럼 몽실몽실한 벚꽃이 터널을 이루고 있다. 내 눈에 봄이 보이고 꽃이 보이고, 가슴에 생기가 가득 찼다. 연애 감정 같은 것이 내 몸을 감싸며 생각이 탱글탱글 젊어지고 있었다.

민 교수가 내 말에 고개를 끄덕여주기만 해도 신바람이 났다. 케케묵은 어린 시절까지 떠올랐다. 내 안에 갇혀서 이리저리 날뛰던 단어들이 쏜살같이 밖으로 뛰쳐나왔다. 내 입을 떠난 말은 민 교수의 머릿속 방으로 들어갔을 것이다.

"제 머릿속에는 방이 여러 개 있습니다. 저는 지금 자서전을 쓰고 있습니다. 제게는 일곱 명의 제자가 있지요. 한 명 한 명에 대해 쓰다 보니, 그들이 얼마나 소중한지 모릅니다. 홍 여사님, 걱정 마십시오. 제 머릿속이 뒤죽박죽 섞일 일은 없으니까요. 홍 여사님의 이야기방은 아주 정갈하게 준비되어 있습니다."

새벽녘에 깨어나면 민 교수의 말이 생각나 자꾸 곱씹게 된다. 신혼 때 생각이 나면서 가슴이 콩닥거렸다. 내 마음에도 봄이 가득 들어차기 시작했다.

남편은 중국에 있을 때, 바이올린을 만드는 기술자여서, 일본이나 유럽에 뻔질나게 드나들었다. 출장 다녀오는 길에 사 온 구두는 중국에서는 생전 보지도 못한 디자인이었다. 연주회 때, 신고 가면 동료들이 어디서 샀느냐며 부러워했다. 몇 달이 지나고 나면 중국에도 유행이 되기 시작했다. 그때는 참 좋았다. 남편은 한국에 와서 자신의 기술을 활용할 수가 없었다. 마트에서 무거운 상자들을 나르는 일을 하고 있다. 섬세한 바이올린을 만들던 손이 이곳에서는 아무 소용이 없었다.

토요일이면 남편이 있는 숙소로 달려갔다. 토요일 밤에는 중국에서 온 동포끼리 부부동반 모임이 있다. 함께 맛있는 음식에 술을 거나하게 마시고, 노래도 부르고 춤도 추었다. 그야말로 마음 놓고 질펀하게 놀았다. 그 모임에서 나는 '홍 씨'나 '이봐'가 아니었다. 나는 홍 선생님이었고, 남편은 강 부장님이었다. 우리는 일주일에 한 번 달콤한 부부의 정을 나누었다.

일요일이면 새벽에 일찍 일어나서 일주일간 쌓아놓은 남편의 빨래를 했다. 일주일 먹을 밑반찬을 부리나케 만들어 놓았다. 일주일에 한 번 만날 때마다 헤어지기 싫었다. 그런데, 얼마 전부터 남편과의 잠자리를 피하게 되었다. 병원에 다녀온 이야기를 하면서 내가

이상 행동을 하더라도 갱년기 증세니까 화내지 말라며, 남편에게
이해를 구했다.

민 교수의 꿈을 꾸었다. 함께 강변을 산책하고 있는데, 벚꽃이
내 머리 위에 화관처럼 쌓였다. 그가 입술을 오므리며 다가왔다. 내
어깨를 붙들고 정수리를 향해 뜨거운 입김을 불었다. 뜨거운 숨결
이 생생해서 눈을 번쩍 떴다.

남편의 입술이 속살을 더듬고 있었다. 남편의 어깨를 밀었다.

"상의도 없이 이게 뭐 하는 짓입네까?"

남편의 뜨거운 손이 옷을 벗기려고 서둘렀다.

"그만두란 말입네다."

급기야 남편을 밀치고 벌떡 일어나서 불을 켰다.

"이 마누라가 어찌 이러나?"

남편은 돌아앉아 꿍얼거리며 셔츠를 입었다. 내가 왜 이러지? 사
실 나는 남편이 원할 때 단 한 번도 거절한 적이 없었다. 그런데 요
즘 들어 남편이 곁에 오는 게 싫다. 나도 모르는 사이 민 교수와 남
편을 비교할 때가 있어 당황하곤 했다.

"아무래도 불안해서 안 되겠다. 민 교수 집에서 나와라."

"갱년기 증세라고 하지 않았습네까? 그렇게 좋은 조건에 편안한
직장이 어디 있다고 나오라고 합네까?"

"남자 혼자 사는 집에 있는 거 내가 싫다니까."

남편은 벌겋게 상기된 얼굴로 나를 노려보았다. 남편이 걱정하는
것도 일리가 있었다. 먼젓번 일했던 유흥업소의 여사장에게도 남자
가 여럿 있었다.

"어머 김 사장님, 오랜만이시다. 저분은 친구분이세요?"

사장은 콧소리를 섞어가며 김 사장의 팔 소매를 붙잡았다.

"너무하네. 최 사장님은 나보다 십 년이나 형님인데, 친구라니?"

"어머, 전혀 그렇게 보이시지 않아요. 최 사장님은 정말 동안이시다."

새로 온 손님에게 하는 수작의 원인은 고급 외제 차였다. 아니나 다를까 다음번에는 최 사장이 혼자 찾아왔다. 그런데 여사장보다는 나에게 더 관심을 갖는 게 아닌가.

"아주머니 말투로 보니 조선족 같은데, 어디서 왔어요?"

나는 머리를 짧게 깎은 최 사장이 무서웠다.

"흑룡강에서 왔습네다."

"반가워요. 우리 어머니 고향이 목단강이요."

"아, 그렇습네까? 우리도 가끔 버스 타고 맥주 마시러 갔습네다. 아주 가깝습네다."

나는 고향 사람을 만난 듯 반가웠고, 그 순간 내 마음은 무장 해제되었다. 그가 내민 양주를 받아 마셨다.

"살다가 어려운 일 있으면 연락하시오."

최 사장은 명함과 함께 오만 원을 주었다. 나는 놀라서 사양했다.

"아닙네다. 나는 남편이 있습네다."

최 사장이 가고 난 뒤, 나는 그에게서 받은 오만 원을 여사장에게 건넸다. 여사장은 손사래를 쳤다.

"이 돈은 최 사장님이 특별히 홍 씨에게 준 거니까 넣어둬요. 최 사장님은 엄마 생각이 나서 주는 거지. 흑심이 있는 게 아니라니까. 최 사장님은 내가 찍었으니까 염려 붙들어 매요."

남녀가 쉽게 얽히는 유흥가에서 일하면서 나만 괜찮으면 된다고 자만했던 게 얼마나 어리석은 생각이었는지 깨달았다. 그날로 보따리를 싸서, 남편의 숙소로 달려갔다. 그 후, 요양원으로 옮겨 일을 하였고, 김진경이 자기가 가장 존경하는 선생님이라며 민 교수님을 소개해 주었다.

"모연 언니, 여기 민영기 교수님은 정말 점잖은 분이야. 드나드는 사람들도 모두 인텔리고. 나의 멘토시니까, 잘 모셔 봐."

남편은 공단 쪽에서 일을 하기 때문에 이 집과는 버스로 두 시간 거리라서 우리는 부득이 주말부부가 될 수밖에 없었다. 남편은 조금 탐탁지 않아 했다. 다 마음에 드는데, 민 교수님이 홀아비라는 게 걸린단다.

나는 여기서 일을 하는 것이 천국 같았다. 한국에 와서 떠돌아다닌 곳들과는 생판 달랐다. 머리에 쟁반을 이고 시장통을 요리조리 피해 다니며 음식 배달을 하던 일들, 술집에서 있었던 일들이 이제는 낡은 필름처럼 떠올랐다.

바이올린을 케이스에 넣어 장롱 위에 얹었다. 여기서 나가면 어디로 가겠는가? 이제 나의 별에 도착한 것처럼 아늑한 곳에서 오래오래 살고 싶다. 이제 와서 중국으로 되돌아갈 수도 없다. 친정엄마와 아들이 많이 보고 싶다. 친구들도 봤으면 좋겠다. 얼마나 변했을까? 여기서는 친구를 사귀기도 힘들다. 중국에서 온 동포들과 모임이 있지만, 그중에는 사기꾼으로 돌변한 사람들도 있어서 돈을 많이 뜯겼다. 몸이 부서져라 일을 하다가 쉬어서 그런지 몸이 아픈 데가 생겼다. 옛날 어른들이 살만하면 죽는다는 말이 맞는 것 같다. 병원에 가서 조직 검사를 해놓고 왔다. 혹시 암이라면, 얼마 남지 않은 시간에 내가 뭘 하는 게 좋을지도 생각나지 않았다.

2020년 8월

민 교수는 자기도 몸이 안 좋아 보름 정도 입원할 거니까 걱정하지 말고 고향에 다녀오라고 한다. 민 교수는 얼마든지 건강한 가정부를 들일 수 있을 텐데…. 휴가를 주면서까지 나를 곁에 두려고 하는 배려에 눈물이 났다.

십오 년 만에 고향을 찾았다. 헤이룽 강을 바라보니 감회가 새로웠다. 여기는 강바람이 차다. 러시아와 가깝기 때문이다. 러시아에서는 이 강을 아무르 강이라고 부른다. 이십 대 청년이 된 아들은 나에게 안겨 오지도 않고 눈치를 보았다. 나보다 머리통 하나는 더 큰 아들을 덥석 안기도 멋쩍었다.

"아주 오신 거예요? 아니면 잠깐 다니러 오신 거예요?"

"응, 보름 휴가를 받았어."

아들은 고개만 끄덕였다. 반가워서 팔짝팔짝 뛰었던 아홉 살 꼬마가 아니었다. 우리가 서로 보듬고 살 수 있는 황금기를, 그 소중한 시간을 놓치고 말았다.

늙은 어머니는 내 손을 꼭 잡았다.

"주책없이 자꾸 눈물이 나는구나. 이제 여기서 나랑 함께 살자. 몸이 이게 뭐냐. 얼굴이 반쪽이 되었구나."

어머니는 내 얼굴을 쓰다듬었다. 나도 모르게 눈물이 볼을 타고 흘러내렸다. 돈을 따라 불나방처럼 날아다녔다. 이제 어디로 가야 하나?

우리가 살던 동네는 아파트 단지가 되었다. 친구들 집에 가보니 한국 제품인 텔레비전, 냉장고, 압력밥솥들이 있다. 언제 이렇게 급속도로 발전을 했을까? 차라리 여기서 친척들, 친구들과 어울려서 살았다면 어땠을까? 예전에 예술가는 자기가 맡은 분야에서 열심히 연습하고 공연하면 먹고살 만했다. 개인재산제가 도입되면서 상대적 빈곤감이 생겼고, 사람들은 이제 돈밖에 모르게 되었다. 결국 돈을 주인으로 모시고 사는 새로운 형태의 노예가 됐을 뿐이었다. 음악을 전공하고 바이올린을 켜던 시절이 그립다. 결국 이렇게 되려고 발버둥을 치며 살아온 건가?

살아가는 과정을 무시한 게 오류였어. 개같이 벌어서 정승같이 쓰려던 목표 때문에 이렇게 된 거지. 거울 속을 들여다본다. 정수리의 머리카락이 다 빠져 반들반들하게 윤이 난다. 공연 무대에 올라 바이올린을 켜던 아름답던 젊은 날의 내 모습을 떠올려본다. 예술가의 길을 계속 갔더라면 지금쯤 일가를 이루었을 텐데…. 바람을 허공에 심어 열매를 얻고자 했던 어리석은 날들이 오류였음을 인정한다.

한국에서 김진경이 전화를 했다. 민영기 교수님은 췌장암이 발견되어 삼 개월 선고를 받았단다. 민 교수님을 생각하니 정말 그분은 끝까지 바른길을 걸었다는 생각이 들었다. 이제 나도 김진경처럼 민 교수님이 나의 멘토였다는 걸 깨닫는다.

Ⅵ. 친구들의 근황

친구들의 근황

2020년 11월 30일

인천공항에 내리자, 겨울을 재촉하는 매서운 칼바람이 불고 있다. 여름옷 위에 두꺼운 코트를 걸쳤다. 사람들은 다들 갈 곳이 분명히 있는 것처럼 망설이지 않고 어딘가를 향해 바삐 걷고 있다. 박진경은 어디에든 뿌리를 내리고 싶은데 돌아갈 곳이 없다. 휴대폰을 켜자 미애의 메시지가 여러 개 떠 있다.

〈박진경, 지금 후포항으로 올 수 있니? 김진경이랑 경아와 광자도 온다고 했어.〉

갑자기 갈 곳이 생겼다는 게 고마워 눈앞이 뿌옇게 흐려졌다.

영덕터미널에 내리니 미애 남편 준이치와 친구들이 기다리고 있다. 친구들은 박진경을 얼싸안고 여고 시절처럼 뛰었다.

"너 괜찮니?"

광자가 언니처럼 그녀의 어깨를 두드렸다. 준이치가 꾸벅 고개를 숙였다. 작년 미애 결혼식에서 보고 처음 보는 것이다. 축 처진 눈 물주머니와 벨트 위로 봉곳이 나온 배가 눈에 띄었다. 그는 박진경의 여행 가방을 받아 자동차 트렁크에 실었다.

자동차는 영덕에서 후포까지 해변도로를 달렸다. 저 멀리 수평선 너머 하늘을 바라보았다. 앙코르와트에서 32도가 넘는 뜨거운 날들을 보냈는데, 스산한 11월의 깊은 가을로 훌쩍 떠나온 게 현실 같지 않다. 민영기 선생님이 이 세상에서 사라지는 모습을 차마 볼 수 없었다. 민영기 선생님의 영혼이 다녀왔다는 캄보디아를 향해 무작정 떠났다. 그날 선생님은 병원 침대에 누워 그녀와 친구들의 얼굴을 찬찬히 둘러보았다. 머리카락이 다 빠진 얼굴은 아주 갸름해졌다. 눈이 아기처럼 맑고 투명했다. 선생님의 입술에 귀를 대야만 들릴 정도로 목소리가 목구멍을 빠져나오기 힘든 거 같았다.

"꿈을 꾸었어. 지금은 꼼짝없이 누워 있는데 말이야. 씨엠립에서 쪽배를 탔어. 맹그로브 숲을 미끄러져 지나가는 쪽배의 느낌이 생생해. 죽기 전에 내 영혼이 가장 가고 싶었던 곳을 둘러보고 와서 행복했어. 나의 제자들, 좋은 자리 맡아놓고 기다릴 테니 행복하게 잘 살고 천천히 와.'

그들은 다가가서 한 사람씩 선생님의 어깨를 감싸 안았다. 아주 작고 앙상했다. 마지막으로 선생님이 박진경의 손을 잡았다.

"자서전을 거의 다 썼는데 마무리를 못했다. 자네가 친구들의 근황을 적어서 내 자서전을 마무리해 봐."

〈칠공주파의 반전〉이라며 선생님의 입가에 미소가 떠올랐다.

그들이 면회하고 온 다음 날 다시 혼수상태에 빠진 민 선생님은 삼일 후에 돌아가셨다.

그날 일을 생각하면 사람이 죽는 게 이 세상에서 그냥 소멸하는 건 아닌 것 같다. 민 선생님이 박진경의 꿈속에 나타나서 포옹하더니 속삭였다.

잘 가.

잘 있어도 아니고 잘 가? 그렇다면 선생님은 어딘가에 도착했다는 건가? 천국? 하도 꿈이 생생해서 현실 같았다. 아무래도 예감이 좋지 않아 요양병원으로 달려갔다. 의사가 선생님의 몸에 하얀 시트를 덮으려 하고 있었다. 심장이 쿵하고 떨어지는 것만 같았다.

"아, 잠깐만요."

민 선생님 몸은 아직 따뜻했지만, 영혼은 떠나고 없었다. 선생님의 영혼이 마지막 인사를 하러 꿈속으로 찾아왔나 보다.

며칠 전 맑은 눈으로 그녀를 바라보던 눈은 감겨 있다. 민 선생님은 얼굴이 노랗다 못해 치자 빛이다. 시냇물 흐르듯 조곤조곤 재미있게 말을 하던 입술은 다물지도 못한 채 떠났다. 입안으로 덧니가 보였다. 그 컴컴한 허공에 귀를 기울이면 선생님의 목소리가 들릴 것 같다.

"내가 좋은 자리 맡아놓고 기다릴게. 오래오래 잘 살고 와."

중년이 넘은 그들에게 공부를 마저 해서 고등학교 졸업장을 받으라고 설득하던 그의 목소리가 목구멍 저 안에서 맴돌고 있는 것 같다. 자존감이 떨어진 그들에게 공부하라고 등 떠밀던 민 선생님. 그가 떠나고 나니, 속을 꽉 채우고 있던 알맹이가 뭉텅이로 빠져나간 것처럼 헛헛했다. 민 선생님이 떠난 후, 충분히 슬퍼할 겨를도 없이 그의 영혼을 찾아 앙코르와트로 떠난 것이 좋은 방법은 아니었나 보다. 민 선생님의 장례를 친구들에게 맡기고, 박진경은 훌쩍 비행기에 올라탔다.

"민영기 선생님은 화장해서 양평수목원에 잘 모셨어."

광자가 박진경의 어깨를 두드렸다. 맘 놓고 울지 못했던 눈물주머니가 꿈틀거렸다. 그녀는 눈물이 핑 도는 모습을 보이는 게 부끄러웠다. 사람들이 얕잡아 볼까 봐, 만만하게 볼까 봐 늘 눈에 힘을 주고 살았다.

박진경은 밀려오는 파도에 눈길을 주었다. 눈물이 후드득 떨어졌다.

미애네 자동차는 해변을 지나 숲 속으로 들어섰다. 전원주택은 생각했던 것보다 규모가 컸다. 비스듬하게 조성해 놓은 넓은 잔디밭은 미끄럼을 타고 내려가도 좋을 정도로 경사가 졌다. 자작나무가 빙 둘러 있다. 밭을 정원처럼 꾸며 놓았다. 밭 둘레를 정원석으로 꾸미고 사이사이 영산홍을 심었다. 땅콩 모양의 밭은 계단을 밟고 올라가야 했다.

"이래 봬도 고추가 백 근 나옵니다. 철철이 과일을 따서 먹는 재미도 쏠쏠합니다. 배추, 상추, 치커리, 가지를 골고루 수확했지요."

준이치의 입가에 주름이 잡혔다. 한 해의 농사를 잘 지어 풍성하게 거둔 농부의 얼굴이다. 준이치는 박진경의 남편과 동갑이다.

박진경은 남편 생각을 하니 속이 답답하다. 작년에 퇴직하고 지금은 아파트 경비로 일하고 있다. 퇴직하기 전에 바람을 피워 속을 많이 썩였다.

"자, 옷 든든히 입고, 머플러로 얼굴 잘 싸매고 바다로 나가자."

경아에게 등 떠밀려 바닷가로 나왔다. 바람에 실려온 비릿한 냄새가 가슴속에 가라앉아 있던 기억들을 들쑤시고 지나간다.

어시장에 갔던 미애 부부가 아이스박스 두 개를 들고 왔다. 우리는 생선회와 삶은 홍게를 배불리 먹으며 밤새 이야기꽃을 피웠다. 그렇게 우리는 단단한 껍질 속의 말랑말랑한 마음을 꺼내 서로에게 보여주었다.

　준이치의 이야기는 단편영화를 보는 것 같다.

　"친구의 배를 타고 낚시를 하다가 그냥 후포가 좋아 머물게 되었지요. 처음에는 친구를 따라 관광객을 태우고 바다낚시에 나섰습니다. 물고기를 낚고는 환호성을 지르는 사람들의 모습이 보기 좋았지요. 그러다 문득 삶이 놀이 같다는 걸 느꼈습니다. 낚싯줄에 매달려 몸부림치는 우럭을 붙들고 카메라 앞에 서서 포즈를 취하는 관광객의 얼굴을 유심히 보았어요. 평소에 웃지 않아 굳은 얼굴이던 남자가 활짝 웃는 표정에서 개구쟁이 모습이 비치더군요. 우리 모두 어렸을 때는 놀이에 빠져 살았잖아요? 선장인 친구가 우럭을 바로 회 떠서 주면 접시에 휴대폰을 들이대고 사진을 찍는 사람들. 양동이에 반 넘치게 잡은 물고기를 가지고 식당으로 갑니다. 작은 건 튀김으로, 큰 건 매운탕을 끓이지요. 자기가 잡은 고기라 더 맛있다며 떠들썩하게 식사를 하지요. 나는 저만큼 떨어져 앉아 그들의 모습을 물끄러미 바라보았습니다. 아이들이 노는 것과 다를 게 없어요. 인생 참 단순합디다. 머리를 쥐어짜며 심각하게 살았던 내 과거의 시간을 다시 되돌아보았지요. 작년에 여기서 미애 씨한테 첫눈에 반했고, 결혼까지 하게 됐습니다. 여기서 이렇게 살아도 세월은 갑디다. 처음에는 내 이야기를 듣고 형제들이 와서 살겠다고 했습니다. 집을 두 채 지었지요. 저 건물에서 누이가 몇 년간 살았는

데, 자기는 외로워서 미칠 것 같다며 일본으로 돌아갔습니다. 이층
으로 오르는 계단은 사람의 발길이 오래 닿지 않아 이끼가 끼었습
니다. 누이가 떠나고 나서 나는 과연 자연 친화적인 사람인가, 인간
친화적인 사람인가 생각을 많이 하게 되더군요. 인간 친화적인 사
람은 이런 데서 견디기 힘듭니다. 저도 미애 씨를 만나지 못했다면
떠났겠지요. 이제 우리가 얼마나 살지는 모르지만 서로 보듬고 삽
니다."

미애는 남편의 손을 꼭 쥐고 있다. 이 남자가 얼마나 좋길래 모
든 걸 다 버리고 왔을까?

─가랑잎이 흩날리던 어느 날 오후 그리움만 남겨두고 가버린 사
람─

광자가 민 선생님이 즐겨 부르던 '그 어느 날 오후'라는 노래를
웅얼거렸다. 인간 친화적인 삶에서 떠나야 견딜 수 있다는 말이 자
꾸 귓바퀴에 맴돌았다.

미애가 자신의 이야기를 털어놓았다.

"우리가 다시 뭉쳐서 고등학교를 졸업한 후, 나는 사이버대학에
입학했어. 공부를 하기 시작하자 아무도 부럽지 않고 나 스스로에
게 부끄럽지 않았지. 노트북을 켜고 학교 홈페이지에 들어갔어. 공
부에 몰입하자, 떠나지 않아도 답답하지 않았어. 남편이 술에 취해
욕설을 퍼부어도 마음의 상처가 금방 아물었어. 노트북만 켜면 그
안에 새로운 세상이 펼쳐졌거든. 4년이 행복하게 지나갔어. 4.5 만
점에 졸업점수는 4.1이었지. 뒤돌아보니 열정을 발산하며 공부했던
게 제일 잘한 것 같고, 뿌듯해."

미애는 다이어트를 하지 않아도 살이 빠져서 날씬해졌다고 한다. 그런데 알고 보니 난소암이었다. 남편과 더는 살 수 없었다. 아이들도 제 아빠에게 이혼하라고 했고, 미애는 드디어 남편에게서 놓여날 수 있었다. 쉽게 이혼해 줄 위인이 아니었는데, 암에 걸렸다니까 놓아준 것 같았다.

"채팅을 했던 게 인연이 되어 준이치와 재혼해서 그의 곁에서 살고 있어. 오늘 아침에는 준이치에게 에르메스의 달달한 향수를 뿌려달라고 부탁했지. 그는 이 향수를 맡으면 나에게 키스하고 싶어진다고 하네."

후포 복지관에서 일본어 강사를 모집한다는 공고를 보고 응시했다. 준이치는 원어민 강사로, 미애는 일본어 초급반에서 강의하고 있다. 중년 여자들이 일본어 강좌에 등록을 했다. 여자들은 공부하며 행복해했고, 무의미하게 인생을 허비하고 있었다고 고백하는 여자들에게 좋은 영향력을 끼칠 수 있어 보람을 느꼈다. 수강생들과 함께 음식을 만들어 먹으며 많이 웃었다. 준이치와 함께 있으면 미애는 자신이 대단한 사람이라도 된 것 같았다. 수강생들은 미애가 사랑을 듬뿍 받은 여자처럼 얼굴에서 빛이 난다고 했다.

준이치는 미애가 전남편에게 원했던 모든 걸 해 주었다. 그는 연애하는 젊은 남자처럼 미애를 안아주고, 키스해 주었다. 이제야 고향에 안착한 것 같았다. 아마도 그는 전생에 미애의 애인이었나 보다. 그의 눈에는 그녀만 보이는 것 같았다. 쓸데없는 농담으로 웃기기도 했고, 허리에 팔을 감고 빙글빙글 돌며 춤을 추기도 했다. 귀에 대고 숨결을 불어넣으며 사랑한다고 속삭여 주었다. 추하게 변해가는 미애에게 아름답다는 찬사를 늘어놓았다. 인생이 얼마 남지 않은 지금에서야 준이치를 만난 것이 너무 안타까웠다.

이제 남은 시간을 하루하루 수제비를 늘리듯, 쪼개고 쪼개서 살려고 한다.

미애는 매일 떠나면서 수도 없이 사라지고 싶었다. 아무도 모르는 곳에서 새로운 삶을 살아보고 싶었다. 끈에 매달린 요요처럼 남편에게 다시 돌아갈 때마다 후회했다. 이제 그녀는 전남편을 용서할 것이다.

미애는 휘파람새처럼 다양한 목소리로, 다양한 향기로 살았기에 남들이 백 년 살 걸 육십 년에 다 살고 가는지도 모르겠다.

통증은 정말 싫다. 남은 날 동안 아프지 않도록 진통제를 듬뿍 맞을 것이다. 꿈속인 듯, 안개 속인 듯 살다가 사라질 것이다. 이 세상에 아무것도 남기기 싫다. 향수처럼, 향기로 잠깐 머물다 사라질 것이다.

─우리는 모두 인생을 스쳐 지나가는 여행자들이다. 떠난다는 것은 어느 정도 죽는 것이나 마찬가지다. 그러니까 나는 많이 죽었다─

『매일 떠나는 남자』의 이 문장을 읽고 용기를 내어 매일 떠나기 시작했다. 인생에 떠밀려 살지 말자. 미애는 운동화를 신고 현관문을 나설 때마다 다짐하곤 했다. 이제 아주 먼 곳으로 여행을 떠날 것이다.

미애가 이야기를 마치자 미애의 남편이 미소 지었다. 미애도 준이치를 향해 힘을 끌어모아 웃었다.

늘 억척스러운 언니 같던 광자가 손가락으로 방바닥에 동그라미만 그리고 있다.

"아랫배가 아파서 산부인과에 갔더니 자궁 안이 두꺼워졌대. 황체호르몬을 주사한 뒤, 열흘 안에 생리를 안 하면 소파수술을 하자고 겁을 주더라. 그냥 두면 하혈을 할 거래. 여성 호르몬이 바닥났다고 하는데, 참 서글프더라. 여태 숫처녀로 살아온 내 인생이 너무 서럽더라니까. 자궁 속을 누룽지 긁듯 닥닥 긁어낼 생각을 하니 참 부끄럽더라. 연애 한 번 못해 봤는데, 여자로서 사형선고를 하는 게 아닌가. 피부뿐만 아니라 머릿속 심지어 목구멍, 내장 안에도 발진이 생겼다더군. 여성 호르몬이 그렇게 대단한가?"

광자의 직업은 도배사다. 민 선생님을 만나서 오십 대에 고등학교 졸업장을 손에 쥐었지만, 광자는 계속 도배 일을 하고 있다. 승합차에 다섯 명의 여자 직원들을 태우고 출장을 다녔다. 광자는 작업복 위에 작업 도구들을 꽂은 벨트를 허리에 차고 일을 할 때 정말 멋지다.

경아 이야기에 다들 놀랐다.

"내가 골프에 미쳐서 다니다가, 애인이 휘두른 7번 아이언에 맞아서 다 죽게 되었지. 내 남편은 가만히 있는데, 내가 다른 남자랑 골프장에서 시시덕거렸다고 애인이 나를 죽이려고 했어. 뇌진탕으로 한 달 동안 의식이 없었대. 사실 남편이 나를 버릴 줄 알았어. 그런데 나 같은 것도 조강지처라고 트럭 운전도 쉬어가며 6개월 동안 재활치료를 도왔어. 그 후에 민 선생님을 만났지. 그리고 너희들과 함께 고등학교 졸업장을 받고, 대학에서 복지사 공부를 했잖아. 자기는 트럭운전을 하지만, 내가 공부하는 게 좋대. 죽어보니까 정말 소중한 사람이 누구인지 알겠더라. 그동안 의미 없이 살아온 내 인생이 아까워서 십 년 동안 열심히 살았어. 앞으로는 내 재능을 이웃들과 나누며 의미 있게 살아볼 거야."

이야기를 통해 친구들의 살아온 세월이 그려졌다.

박진경도 목청을 가다듬었다.

"나는 말이야. 지구 이 끝에서 저 끝까지 누구나 아는 책을 써야 한다고 생각해. 작년에는 버지니아 울프 책을 전부 사서 쌓아놓고 읽었어. 그녀는 자주 아팠는데, 사람들과 이야기하는 대신 두꺼운 책을 읽었대. 그녀의 일기를 보며 너무나 공감이 되더라. 나도 명작을 쓰고 싶어."

"역시 박진경은 평범하지 않아. 우리 친구들 중 제일 멋진 친구지."

광자가 박진경의 어깨를 툭 쳤다. 친구들은 자기의 치부를 다 드러내 보여주는데, 여기서까지 가면을 쓰고 싶지 않았다. 술기운을 빌어 상처 난 부위를 친구들에게 까발리고 싶어졌다. 박진경은 민 선생님의 장례식도 안 보고 캄보디아로 떠난 이유를 털어놓았다.

"남편이 갑자기 외제차를 사더니, 타던 차를 인심 쓰듯 나에게 주더라. 나는 남편의 속내도 모른 채, 나에게도 날개가 달렸다며 좋아했어. 연말에 한 번 가던 초등학교동창회에 뻔질나게 나가는 거야. 점퍼 하나면 한 계절을 나던 사람이 명품 옷을 사들이더니, 자기 방에 몰래 감춰놓았다가 입고 나가더라. 여자의 촉이라는 게 있잖아. 느낌이 좋지 않았어. 남편의 속옷에 여자의 긴 머리카락이 붙어 있더라. 옷에서 풍기는 달달한 향수 냄새, 담배를 끊고 가글을 자주 하는 것…. 지인의 입을 통해 그 여자의 실체에 대해 알게 되었어. 자식 또래의 아주 젊은 여자란다. 동창회에서 커플 행세를 하는데 눈꼴이 시어서 볼 수가 없더란다. 급기야 남편의 휴대폰을 몰래 훔쳐보게 되었지. 여자와 주고받은 메시지를 보는 순간 나는 얼어붙고 말았어.

〈김샘을 1초라도 못 보면 죽을 것 같다. 너무 보고 싶어.〉

〈김샘, 밤 열두 시지만, 안 자면 산책해요.〉

무뚝뚝한 남편이 이런 메시지를 보냈다는 것이 믿어지지 않았어. 남편이 다른 여자에게 이런 메시지를 보내는 동안 나는 아무것도 모르는 채 머리를 쥐어짜며 소설을 쓰고 있었던 거야. 지구 이 끝에서 저 끝까지 모두를 감동케 할 명작을 내놓겠다면서…. 얼마 전부터 삑삑거리며 색소폰을 불더라. 나는 제발 시끄럽게 하지 말고 학원에 가서 연습하라고 했단 말이지. 그런데 그 김샘이 색소폰 학원 강사였던 거야. 이십 대 후반의 아가씨야. 어쩌겠다는 건지. 어떻게 해야 할지 답이 안 나오네. 나는 가정을 깨지 않으려고 모른 척하는 중이야. 표면적으로는 편안해 보이지. 그런데 이렇게 쇼윈도부부로 계속 살아도 되는 걸까? 머릿속이 뒤죽박죽이었어. 멘토인 민 선생님마저 돌아가시니까 난 우주 속에 미아가 된 기분이었지."

박진경은 정말 좋은 사람이 되기 위해 노력했다. 그래서 주변 사람들은 그녀가 과거에 얼마나 폭발적인 사람이었는지, 열정이 많았는지 모른다. 평온해 보이는 얼굴만 보고 뭐든지 참는 사람, 뭐든지 긍정적으로 보는 사람, 아주 평범한 가정에서 잘 늙어가는 아줌마로 여겼다. 그녀 안에 펄펄 끓는 분노를 눈치채지 못했다.

남편이 주말에 여행을 간다며 서울에 올라올 수 없다고 할 때도 전혀 의심하지 않았다. 주말에 뭘 하지? 친구들에게 구걸하듯이 전화를 했다. 오늘 밤, 내일 점심 다 괜찮은데…. 다들 주말에는 가족과 함께 보낸다고 했다. 박진경은 벌떡 일어나 강변을 걷기 시작했다. 사람들이 팔을 휘저으며 빠르게 걷고 있었다. 박진경은 그들 속에 있을 때, 아는 사람이 없어도 안심이 되었다. 가족과 함께 느긋하게 산책하는 사람들, 세발자전거를 타는 아이, 유모차를 미는 남자. 그녀는 그들을 부러운 시선으로 바라보았다.

집에 돌아와 티브이를 켰다. 드라마 속 인물들이 친척이나 되는 것처럼 정겨웠다. 남편은 전화도 하지 않았다. 삼십여 년 전, 그 아득한 시간이 그리웠다. 만원 버스에 꽉 끼어서 슬쩍 키스하던 남편의 뜨거운 입술이 그리웠다. 남편과 데이트할 때는 많이도 걸었다.

다른 여자랑 데이트한 적 있어요?

그럼요. 제가 잘생겼잖아요? 여자들이 가만두지 않네요.

그때 그만둘걸. 그때는 왜 그 말도 멋져 보였는지 모르겠다.

그래서 지난주에 훌쩍 여행을 떠났다. 여행사 하는 친구가 자리 하나가 빈다며 호출했다. 너무나 반가워 눈물이 날 뻔했다.

전통의상을 입은 세 명의 여자들이 춤을 추었다. 박진경은 무대로 올라가 그들을 따라 손가락을 꼬아가며 춤을 추었다. 스무 살도 안 되어 보이는 여자들은 모두 아기 엄마들이었다. 남자는 주로 백수며 여자들이 돈을 벌었다. 가이드가 초라한 움막을 가리켰다.

"움막에 문이 두 개 있으면 아내가 둘이고, 세 개 있으면 아내가 셋입니다."

그늘에 앉아 있던 아이들이 일행을 따라왔다.

"안녕하세요? 반갑습니다."

한국말을 잘하는 남자아이를 보며 마음이 짠했다. 맨발이다.

"아이들에게 돈을 주지 말고 사탕이나 먹을 걸 주세요."

막대사탕을 아이에게 건네자 활짝 웃었다. 커다란 눈이 반짝거렸다. 여자들은 이런 생활을 어떻게 견디며 사는 걸까? 저렇게 사는 여자들도 있는데, 그냥 살아야 하는 건가. 평균대 위에서 비틀거리며 걷는 느낌이었다. 결혼생활을 정리할 생각으로 여행을 떠난 것이다.

아침 일찍 일어나 호텔 수영장으로 향했다. 수영장 너머로 야자수가 줄을 서 있고 그 사이로 바다가 출렁거렸다. 목욕가운을 벗고 수영장으로 들어갔다. 자유형으로 절반쯤 가다가 숨을 쉬려고 일어섰다. 그런데 물에 몸이 푹 잠겼다. 물이 키를 넘는 순간 공포가 몰려왔다. 민 선생님의 얼굴이 휙 지나갔다. 얼른 힘을 빼고 몸을 돌려 누웠다. 발등으로 물을 툭툭 차며 배영을 하기 시작했다. 태양이 뜨기 전 하늘이 붉게 물들었다. 수영장 가장자리로 천천히 몸을 틀며 저기가 천국일까 생각했다. 이국적인 풍경, 다른 피부색, 다른 언어, 신비로운 전설이 많은 나라. 이야기를 좋아하면 가난하게 산다는데.

박진경은 캄보디아 말로 하늘을 향해 속삭였다. 섭써바이! (안녕하세요?) 민영기 선생님!

메콩강은 엄마의 강이라고 불린다. 티베트에서 발원하여 동남아 지역을 거쳐 남중국해로 흘러 들어간다. 캄보디아 똘레삽 호수는 메콩강 수량에 직접 연관되니 우기 때 강원도만 하다가 건기 때는 제주도만 하게 줄어든다. 깜퐁플럭에 갔다. 수상가옥들이 즐비했다. 베트남 난민들은 수상가옥에서 평생을 살아야 한다. 베트남 전쟁 때 전쟁을 피해 나라를 떠났기 때문에 베트남에서 받아주지 않았다. 게다가 캄보디아에서는 육지를 밟지 말라고 했다. 그들은 물이 빠질 때마다 물길을 따라 이사를 한다. 일 년에 8번 이사한 적도 있다고 한다. 그래도 물고기와 우렁이 많아서 그걸 팔아서 먹고 산다. 수상교회도 있고 수상학교도 있다. 호수에 둥둥 떠 있는 맹그로브라는 나무가 저희들끼리 엉켜 숲을 이루었다. 그 사이로 쪽배를 타고 미끄러졌다. 맹그로브는 물에 잠겼다 떴다 하면서 물을 정화한다고 했다. 민 선생님은 혼수상태에 빠져 여기서 쪽배를 탔다고 했다. 음습한 맹그로브 숲이 마음에 들지 않았다. 눈에 보이는 물은 흙탕물이다. 그래도 물은 깨끗하다고 한다.

"선장님은 월급을 받으니 줄 필요 없고 부선장님에게만 매너 팁을 주세요."

열 살 정도 된 어린 소년이 밧줄을 던져 배를 부두에 고정시켰다. 검은 눈이 보석처럼 반짝거렸다. 배에 올라타더니 어깨를 주물렀다. 고사리 같은 손이 꼭꼭 주무르는데 시원했다. 그 소년이 부선장이다. 1달러를 주었다. 대부분 주무르지 않아도 된다며 1달러를 소년의 손에 쥐어주었다.

"어꾼지란! (감사합니다)"

"우리 인원이 열일곱 명이니, 하루에 이렇게 받으면 돈 좀 벌겠네."

"아니요. 이걸로 열흘을 살죠. 국수 한 그릇에 1.5 달러입니다. 어린아이들이 많으니 열흘에 한 번 차례가 와요."

가이드의 설명에 그녀는 속으로 가만히 말한다. 쏨 또(미안합니다)

　　　　　＊　　＊　　＊

　"내가 만약 죽었다면 죽은 사람이 속상할 게 뭐 있겠나? 불가에
서는 그렇게 생각하라더군. 움막에서 살아가는 젊은 여인들을 보
니, 나 자신이 비참하게 느껴지지 않더라."

　박진경의 이야기를 들은 친구들이 눈만 크게 뜨고 그녀를 바라
보았다. 광자가 그녀의 등을 두드렸다.

　"너는 세상의 진흙탕에서 한 발을 들고 고고하게 사는 줄 알았
는데."

　"그러게. 내가 통속소설의 주인공이 될 줄은 몰랐네."

　그믐달이 걸려있는 검푸른 하늘에 붉은 아침놀이 깔리기 시작한
다. 하늘과 바다의 경계가 흐릿하다. 멀리, 그리고 가까이 오징어잡
이 배의 집어등 불빛이 밝게 빛난다.

　김진경이 입을 열었다.

　"내가 말이야. 십 년 전에 홍영표를 만났어. 정말 잘살고 있더
라. 고등학생 때 오토바이 몰고 다니며 사고 치던 홍영표가 아니더
라고. 정신이 번쩍 들더라. 내가 이렇게 나태하게 살아도 되는가 하
고. 함께 사고 치던 사고뭉치인데 홍영표는 박사학위도 있고 기업
의 대표이사가 되었어. 나는 가면을 뒤집어쓰고 누가 알까 봐 안절
부절못하며 살았지. 그를 만나고 온 날, 밤새도록 잠을 이루지 못했
어. 과거는 과거일 뿐이지. 앞으로 정신 차리고 내 인생을 살아봐야
지 하는 생각으로 말이야. 그때 민 선생님을 만났고, 너희들과 함께
졸업을 할 수 있었던 거지. 내가 복지사가 되어 아직도 일을 할 수
있는 건 민영기 선생님 덕분이지."

우리는 밤새도록 서로를 알아갔다. 열여덟 살 철없던 그때로 돌아간 것 같았다. 병선과 혜성은 여전히 모델과 매니저로 잘 살고 있다. 병선은 TV 홈쇼핑에서 자주 얼굴이 보인다.

"그냥 사세요. 우리는 어차피 얼마 안 있어 소멸할 건데⋯. 속 갑갑하시면 여기 내려오세요."

준이치가 해답을 내놓는다. 정말 소멸하는 걸까? 영혼은 없는 걸까? 그런저런 생각으로 잠을 설쳤다.

2020년 12월 1일,

달그락거리는 소리에 깼다. 깜빡 잠이 들었나 보다. 준이치가 그냥 누워 있으라며 현관문을 열었다.

"여기 사람들은 일어나자마자 그냥 어판장으로 나갑니다."

베란다 방충망들이 살아있는 생물처럼 스르륵스르륵 움직였다.

"바닷바람이 워낙 세서 창틈에 먼지가 없어서 그럽니다. 유령은 아니니 겁먹지 마세요."

일곱 시 삼십 분, 드디어 하얀 수평선이 바다와 하늘의 경계를 가르며 나타났다. 방파제 끝에 선 등대는 수평선을 향해 깜빡깜빡 신호를 보냈다. 불을 끈 배들이 드디어 아침잠에 드는 것 같다.

준이치가 어판장에서 사 온 생선으로 음식을 해서 내놓았다. 도미는 굵은소금을 뿌려서 찌고, 복어는 지리로 맑게 끓였다.

"달짝지근하네요. 도미에 소금만 술술 뿌려 쪄 먹는 건 상상도 못 했어요. 이렇게 시원하고 맛있는 복국도 난생처음이구요."

광자가 입맛을 다시며 준이치를 바라보았다.

"그렇죠? 그래서 제가 서울 가서는 회를 못 먹습니다."

식사를 마친 후 방파제로 나갔다. 바람이 조금 잔잔해졌다. 방파제에는 낚시꾼들이 낚싯대를 드리우고 일렬로 앉아 있다. 준이치가 망태기 안을 손가락질하며 속삭였다.

"저게 학꽁치입니다."

그녀들은 낚시꾼들에게 방해가 될까 봐 고개만 끄덕였다. 외항과 내항을 가르는 방파제. 삼발이 구조물인 테트라포드가 겹겹이 쌓인 저 아래로 파도가 들어왔다가 짐승처럼 으르렁거리며 물러났다. 함께 기념사진을 찍자고 하자 준이치가 휙 돌아섰다.

"저는 추억하는 게 싫어서 사진을 찍지 않아요. 그냥 세월이 흘러가게 놔두는 겁니다. 맛있는 거나 먹다가 그냥 소멸하는 거지요."

정말 사람이 죽으면 아무것도 없이 소멸하는 걸까?

낚시꾼이 떡밥을 던지자 치어들이 떼를 지어 군무를 춘다. 치어들이 방향을 바꿀 때마다 바닷속 물풀이 따라서 춤을 춘다. 세파에 시달리지 않은 어린것들은 무엇이나 아름답다. 저들은 언제, 어떻게 내항을 떠나 거친 바다로 나가는 걸 알게 되는 걸까? 박진경은 친구들이 저마다 인생의 거친 바다를 헤치고 나갔다가, 자연의 순리에 따라 고향의 품으로 회귀하는 늙은 물고기들 같다는 생각이 들었다. 그냥 그냥 살다가 소멸할 거라는 준이치의 말이 오래도록 가슴에 남았다.

* * *

준이치가 박진경을 영덕터미널까지 태워주고 갔다. 경아와 광자, 김진경은 하루 더 머물기로 했다. 버스는 삼십 분 후에 있다. 박진경은 대합실에 앉아 텔레비전을 멍하니 바라보았다. 내용이 눈에 들어오지 않았다. 그동안 헤매면서 집에 대해 많이 생각했다. 자신은 아직도 길 위에서 방황하고 있는데, 민 선생님은 당신만의 집에 도착한 것 같다.

"하늘나라는 참 좋은 곳인가 보다. 다시 돌아온 사람이 아무도 없는 걸 보면."

민 선생님은 죽음에 대한 두려움을 그렇게 다독였다. 민 선생님이 했던 농담처럼 민 선생님은 참 좋은 천국에 도착했나 보다. 돌아오지 않는 걸 보면. 이제 민 선생님과의 추억만 그녀의 숭숭 뚫린 마음속을 들락거렸다. 살아있다는 건 어디까지일까?

"연기야!"

여자들의 비명이 들리고 여러 사람이 뛰는 발소리가 긴박하게 들려서 벌떡 일어섰다. 불이 어디서 난 걸까? 연기는 보이지 않았다. 꺄악 꺄악 하는 소리에 뒤를 돌아보니 세 살쯤 된 사내아이가 파란 풍선을 들고 넘어질 듯 넘어질 듯하면서 대합실 안을 뛰어다니고 있다. 엄마와 할머니로 보이는 사람들이 연기야를 외치며 손을 벌리고 달리고 있다. 아이의 이름이 연기인 것을 깨닫고 다시 의자에 앉았다. 눈살을 찌푸리던 사람들의 시선이 뛰는 아이의 모습을 따라 이리저리 움직였다. 공중에 웃음 가루라도 뿌린 걸까? 사람들의 입가에 슬며시 미소가 감돌았다. 그놈 참, 힘이 넘치네. 풍선을 들고 황홀해서 뛰는 아이를 유심히 바라보다 메모지를 꺼냈다. 그녀는 사내아이와 파란 풍선을 스케치했다. 언젠가 소설의 한 장면으로 쓰겠다고. 이렇게 새로운 것을 입력하면 골치 아픈 기억들은 밀려 나가겠지.

박진경도 별것 아닌 것으로 행복했던 때가 있었다.

그녀가 남편을 처음 봤을 때, 잘생겼다기보다는 친근감이 들었다. 민영기 선생님과 이미지가 비슷해서 편안하게 느껴졌다. 둘이 있을 때면 오빠냐고 묻는 사람들이 많았다. 만원 버스에서 옴짝달싹 못 할 때 그가 끌어안고 입을 맞추는 바람에 심장이 멎는 줄 알았다.

그렇게 다정했던 남편이 다른 여자에게 마음을 뺏겼다는 생각만 해도 온몸이 떨렸다. 친구가 지인의 지인 카카오스토리를 봤는데, 거기 네 남편이 젊은 아가씨 어깨에 팔을 걸치고 활짝 웃고 있더라며 일러 주었다. 그런 기억들이 마음을 후벼 파는 것 같다.

아이가 뛸 때마다 파란 풍선이 깃발처럼 아이를 따라 나부꼈다. 하얀 드레스를 입은 여자아이가 엄마 품에 안겨 고개를 가만히 빼고 연기를 바라보았다.

"친구야."

여자아이가 연기에게 가겠다고 하자, 아기 엄마는 안 된다며 아이의 원피스 자락을 잡아당겼다. 엄마 손아귀에서 자기 몸을 비틀어 빼낸 아이는 연기를 향해 달려갔다. 여자아이가 친구야 하며 따라가지만, 파란 풍선에 정신이 팔린 연기는 뒤뚱거리며 달아났다. 여자아이가 달려가 끌어안으며 '사랑해' 하자 그제야 연기는 가만히 멈춰 섰다. 대합실에 웃음 폭탄이 터졌다.

* * *

　집으로 갈 버스를 타기 위해 일어섰다. 벌써 어둑어둑해졌다. 시외버스 터미널에만 오면 스산한 늦가을 냄새가 났다. 동태탕을 먹으며 술잔을 기울이던 민 선생님의 모습이 떠올랐다. 버지니아 울프, 보르헤스, 톨스토이의 문학에 대해 말씀해 주시던 선생님의 목소리가 그립다. 코트 깃을 올리고 총총걸음으로 팔 차선 도로를 건너던 선생님의 뒷모습이 그립다. 목련이 뚝뚝 떨어지던 계절에도, 눈이 펑펑 쏟아지는 겨울에도 이 거리를 바라보면 '오늘도 쓸쓸히 낙엽은 지고'라는 노랫말이 입안에 맴돌았다. 민 선생님은 죽어서 그녀를 떠났다. 남편은 다른 사랑을 찾아서 떠났다. 아니 떠났었다. 이 통속적인 현실을 무시한 채 고상한 척, 그녀는 아름다운 문장을 찾아 헤맸다.

　고등학교 2학년 때, 민영기 선생님이 학교에 교생 실습을 오셨다. 선생님은 박진경의 재능을 알아보았고, 문학의 세계로 이끌어 주었다. 그녀는 선생님의 말씀을 따라 문학의 길을 걸었다. 지금까지 한 길만 걸어왔다.

　그녀는 빈 둥지에서 떠나고 싶었다. 그러나 몸은 집에 두고 마음만 민 선생님을 향해 훨훨 날아갔다. 민 선생님은 그녀의 멘토였다. 학교 교생 실습으로 한 달 다녀간 민영기 선생님이 평생 멘토가 될 줄은 몰랐다. 나이가 십 년밖에 차이 나지 않았지만 앞서가는 선배로서 더듬더듬 길을 찾지 못하는 그녀들에게 시각장애인의 지팡이처럼 갈 길을 인도해 주었다. 선생님 덕분에 이 혼란스러운 세상에서 일곱 명의 친구들은 도태되지 않고 각자도생 하고 있다. 박진경은 민 선생님이 생전에 마무리하지 못한 '칠공주파의 반전'에 대해쓸 것이다. 그리고 매년 칠월 칠일 일곱 시에 '우리들의 동창회'는계속 이어질 것이다.

　증오의 발톱이 그녀를 벌떡 일으켜 세웠다. 미움도 힘이 되나 보다. 오셀로의 탄식이 가슴을 저미는 것 같다.
　"난 속았고 내 위안은 그녀를 증오하는 것이야. 오 결혼의 저주여!"
　집으로 가는 버스가 승강장 안으로 들어왔다. 사람들 틈에 끼어시외버스에 올랐다. 차창 밖으로 연기가 달리는 모습이 보였다. 순간 파란 풍선이 펑 소리를 내며 터졌다. 연기는 찢어진 풍선의 잔해를 들고 그대로 멈춰 섰다. 너무 놀라서 울지도 못한다. 황홀감은거기까지인 것 같다. 저 아이의 얼굴에 나타난 황망한 표정이 자신의 것 같아서 연기에게서 눈을 떼지 못했다.
　"그만큼 갖고 놀았으면 됐다. 이제 소시지 먹어야지."
　연기 엄마의 목소리에 박진경도 정신을 가다듬었다. 자전거를 타고 달려오며 다이아몬드 반지를 휘두르던 남편의 모습이 떠올랐다.이제 다시 제자리로 돌아온 남편에게 기회를 주어야 할까?
　연기는 소시지를 베어 물면서 한 손에 들린 찢어진 풍선을 들여다보고 있다. 맛있는 거나 먹다가 그냥 소멸할 거라던 준이치의 말이 떠올랐다. 연기가 매점 쪽을 손짓하며 엄마를 잡아끌었다. 잠시후 연기가 달리는 등 뒤로 이제는 노란 풍선이 흔들렸다.

영기야! 영기야!

어린 시절 그렇게 불렸을 민영기 선생님이 연기라는 아이의 모습에 오버랩된다. 저 아이가 무럭무럭 자라서 사랑이 많은 사람이 되었으면 좋겠다. 민영기 선생님처럼….

한정된 공간을 빙글빙글 돌면서 달리는 것이 인생이라는 생각이 들었다. 배 위에서 평생 육지를 밟지 못하는 베트남 난민들은 거기서도 행복하다고 했다. 인생의 정답을 찾지는 못했지만, 해답을 찾은 것 같다. 여행은 사람을 철들게 하고 포용력을 키워 주는 것 같다.

시외버스가 움직이기 시작했다. 박진경은 연기의 터진 풍선처럼 찢어진 아픔을 한 손에 들고, 마음을 다잡고 집으로 돌아갈 것이다. 이제 길 위에서 울지 않을 것이다. 버스가 터미널을 벗어나 달리기 시작했다.